नदी सिंदूरी

शिरीष खरे

राजपाल

₹ 285

ISBN : 9789393267399

पहला संस्करण : 2023 © शिरीष खरे

NADI SINDURI (Stories) by Shirish Khare

राजपाल एण्ड सन्ज़

1590, मदरसा रोड, कश्मीरी गेट, दिल्ली–110006

फोन : 011–23869812, 23865483, 23867791

e-mail : sales@rajpalpublishing.com

www.rajpalpublishing.com

www.facebook.com/rajpalandsons

समर्पण

श्रुति, ओज की नानी, जयश्री की माँ और मेरी सासू माँ सुशीला माने के लिए, जिन्हें कोरोना महामारी की पहली लहर में सांगली शहर के एक निजी अस्पताल में इस उम्मीद से दाखिल कराया था कि वह बीमारी को हरा कर कुछ दिनों बाद जब घर लौटेंगी तो हमेशा की तरह उनके हाथ में एक झोला होगा, जिसमें होंगी दोनों बच्चों के लिए चॉकलेट, बिस्कुट, मिठाई या खाने का ऐसा ही कोई सामान। लेकिन, कोविड-काल में उस अस्पताल से उनका शव बाहर आया। दुख की इस घड़ी में यह टीस भी ज़िन्दगी भर सताएगी कि प्रशासन ने उनके अंतिम संस्कार की प्रक्रिया बहुत तेज़ी से निपटा दी। इतनी तेज़ी से कि हम में से कोई उनका अंतिम दर्शन तक नहीं कर पाया!

श्रुति इतनी छोटी है कि अपनी नानी के साथ बिताई यादों को अब भूलने लगी है। वह दिन-ब-दिन नानी का चेहरा भूलती जा रही है।

ओज तो और भी छोटा है। इतना कि नानी से मिला लाड़, प्यार, दुलार याद रखने लायक याददाश्त ही नहीं बनी है उसकी।

जयश्री को सच्चाई स्वीकार करने के लिए अभी और कुछ बरस चाहिए, घर का दरवाज़ा खटखटाने की आवाज़ जब कभी सुनाई देती है तो उसे अक्सर यही लगता है कि उसकी माँ दरवाज़ा खटखटा रही है!

मुझे सासू माँ से कुछ शिकायतें रहीं, लेकिन जब वे नहीं हैं तो कोई शिकायत नहीं है। हाँ, इस संबंध में कुछ शिकायतें अपने आपसे हैं अब।

क्रम

भूमिका	7
हम अवधेश का शुक्रिया अदा करते हैं	13
कल्लो तुम बिक गईं	29
रामदई, हमने टीबी नई देखी	42
जब कछु नहीं तो चोरी ही सई	49
धन्ना तो बा की राधा संगे गोल हो गओ	57
सात खून माफ़ हैं	69
दूध फ़ैक्ट्री से लाओ न	79
ऐसो कोई नही बोलो हमसे आज तक	86
डरियो तो डरियो, मनो अब मत डरियो	98
खूंटा की लुगाई भी बह गई	114
हमने उनकी सई में फाड़ दई	125
तुम तो मेरी चौथी बेटी हो	137
बसंत, साले हे मार	144
उपसंहार	152
आभार	160

गाँव की कहानियों से पहले गाँव पर नोट्स

सिंदूरी नदी के किनारे बसा मदनपुर गाँव है जो काफ़ी हद तक उत्तर-मध्य हिन्दी-पट्टी के कई दूसरे भारतीय गाँवों की तरह, लेकिन कहीं-कहीं उनसे भिन्न भी है। एक हज़ार की आबादी का इतना छोटा गाँव कि जहाँ न डाकघर है, न थाना, न तहसील, न पार्क, न स्ट्रीट-लाइट, न चौराहे, न तिराहे, न ही कोई नेताओं की मूर्तियाँ। जब चौराहे, तिराहे, मूर्तियाँ ही नहीं तो महापुरुषों के नामों पर गलियों के नाम रखने से जुड़े विवाद भी नहीं। फिर भी कुछ संकरी, कुछ चौड़ी गलियों के भीतर अपनी ही तरह की एक दुनिया है, जो स्कूल, मन्दिर, चबूतरे, पीपल, बरगद, खेत, खलिहान, खेल के मैदान, कच्चे खपरैल वाले घर, मोहल्लों से होते हुए नदी के दो घाटों और नदी के पार तक जाती है।

नदी किनारे और आस-पास की यह दुनिया मशीनों से दूर ऐसी तासीर लिए हुए है, जिसमें जीवंतता और भिन्नता है। विद्रूपता और मानवीयता दोनों हैं। दरअसल, जातीय ताने-बाने में पारंपरिक जड़ता है तो कुछ ऐसी ध्वनियाँ भी हैं जो लोगों को आपस में एक-दूसरे से बाँधती हैं। जो भी है, जैसा भी है, गाँव की ताकत और कमजोरियाँ सब सामने हैं। यह दुनिया इस मायने में असाधारण कही जा सकती है कि यहाँ रहने वाले हर आदमी की दिनचर्या अति सहज और स्वाभाविक है। लेकिन, जब हम उनके पीछे के संघर्षों में जाते हैं तो यह विशिष्ट दिखती है। लगता है कि यदि हमने इनके बारे में अच्छी तरह से नहीं कहा तो ये हमेशा के लिए कहीं अति साधारण न समझ ली जाएँ!

सिंदूरी मध्य भारत की एक बड़ी नदी नर्मदा की सहायक नदी है। सामान्यत: हम इतिहास और साहित्य में बड़ी नदियों और उनके तट पर विकसित नगरीय सभ्यता पर तो खूब चर्चा करते हैं, पर कहीं-न-कहीं किरी छोटी नदी और उसकी गोद में किसी गाँव की संस्कृति हाशिये पर ही छूट जाती है। ऐसे में सिंदूरी की गोद में आकार लेते मदनपुर जैसे एक गाँव की उपस्थिति को परिधि में लाने की कोशिश की गई है, जो मध्य प्रदेश की राजधानी भोपाल से करीब दो सौ किलोमीटर की दूरी पर है। गोंड आदिवासी बहुल इस गाँव में दूसरे समुदाय के

लोगों के साथ गोंड आदिवासी इस तरह से घुले-मिले हैं कि दो समुदायों का अंतर करीब-करीब पट गया है।

जहाँ शहरनामे तो खूब हैं, ऐसे में यह एक ग्रामकथा है जिसमें एक ग्राम की बसाहट और उसके चारों तरफ़ कई सारे पेड़ हैं, मगर आस-पास कोई बड़ा जंगल नहीं और यहाँ के गोंड आदिवासी परिवार नदी किनारे या उससे कुछ दूर खेतीबाड़ी से जुड़े हैं। उनका रहन-सहन, पहनावा, खान-पान, पूजा-पाठ सब पारंपरिक आदिवासियों से कटता जा रहा है। मेरे ख़याल में यहाँ के आदिवासी आर्थिक रूप से बाकी आदिवासियों से मामूली सम्पन्न, लेकिन सांस्कृतिक रूप से उनसे विपन्न हैं।

भारत के गाँवों का दायरा बहुत व्यापक और विविधता लिये हुए है। सारे गाँव एकसमान होते हुए भी एक-दूसरे से एकदम भिन्न हैं। इसलिए शायद जब भी मैं साहित्य में ग्रामीण पृष्ठभूमि से जुड़ा कुछ पढ़ता तो यह लगता कि मेरे गाँव का पूरा इलाका छूटा हुआ है। जब कभी मौका मिलेगा तो अपने इलाके को साहित्य में ज़रूर दर्ज करना चाहूँगा। इसी सोच से ये तेरह कहानियाँ लिखी हैं। इन सभी में नदी सिन्दूरी सीधे या परोक्ष रूप में शामिल है। ये कहानियाँ 1993-94 के समय की हैं, जब गाँव के महज दो-एक मकानों में ही हिन्दी समाचार-पत्र आते थे और वे भी दोपहर बारह बजे तक, भोपाल से आनेवाली प्राइवेट खटारा बस से। लेकिन इन कहानियों को लिखा मैंने 2022 में, यानी व्हाट्सअप, ट्विटर, फ़ेसबुक, इंस्टाग्राम जैसे सोशल मीडिया के दौर में। इन पच्चीस-तीस वर्षों के अंतराल में पलटकर यह देखने की कोशिश की गई है कि तब का गाँव कैसा हुआ करता था।

सिंदूरी नदी पर स्थित मदनपुर मेरा ही गाँव है, जहाँ मेरे पुरखे आज़ादी से पहले एक गोंड ज़मींदार के बतौर मुनीमजी बही-खाते सँभालते थे। वहीं, एक शिक्षक का बेटा होने के नाते मुझ पर हमेशा पारंपरिक मूल्यों की दृष्टि से आदर्शवादी बने रहने का दबाव होता था। लेकिन, कई दशकों से जब मैं अपने गाँव से दूर हूँ तब उस दुनिया को मुड़ कर देखता हूँ। सोचता हूँ, जब मैं गाँव और नज़दीकी कस्बे के मिडिल तथा हाई-स्कूल में पढ़ता था तो उस दुनिया में घट रही घटनाओं के बारे में क्या सोचता था और उन पर कैसे प्रतिक्रिया देता था, जबकि अब आधुनिक और प्रगतिशीलता के आईने में दोबारा अपना ही अतीत देखता हूँ तो उसमें क्या दिखता है! आज की तारीख में पुरानी घटनाएँ तथा उनसे जुड़ी धारणाएँ किस सीमा तक बदल चुकी होती हैं। उन दिनों जब

अपने आस-पास और अपने भीतर प्रेम कहानियों से गुज़र रहा था तो प्रेम की अनुभूति, उसकी शक्ति ने अंतत: कैसे मेरे भीतर रूढ़िवादिता को तोड़ने के लिए प्रतिरोध की भावना भर दी थी।

जहाँ नब्बे के दौर में देश-दुनिया की कई बड़ी घटनाएँ अब इतिहास में दर्ज हो चुकी हैं तो वहीं उसी दौरान दूर-दराज के किसी देहात में घटने वाली घटनाओं को यहाँ संस्मरण और कहानियों के रूप में दर्ज कराया गया है। ये कहानियाँ यथार्थ और असली पात्रों के बेहद करीब हैं और कुछ जगहों पर व्यक्तियों के नाम भी नहीं बदले गए हैं। हालाँकि, हर एक कहानी अपने आप में स्वतंत्र है, पर कहीं-न-कहीं कुछ पात्र, प्रसंग और अन्य सूत्र आपस में गुँथ गए हैं। कहीं कोई पात्र किसी कहानी में सहायक है, वहीं दूसरी कहानी में केंद्रीय भूमिका निभा रहा होता है। कहीं किसी कहानी का अंत उसके बाद वाली कहानी में विस्तार पा रहा होता है। जहाँ तक खुद लेखक की बात है तो वह कहीं सूत्रधार है, कहीं सहायक है, कहीं गायब है और आखिर तक पहुँचते हुए जैसे यह उसके निजी जीवन पर प्रकाश डालती लगती है।

ज्यादातर कहानियों में आखिर तक अनिश्चितता है, बल्कि कई बार तो इनका अंत भी अचानक ही हो जाता है। पहली से लेकर आखिरी कहानी तक सबको ज्यों-का-त्यों जोड़ते हुए अधूरा छोड़ दिया गया है। वहीं, कहानियों के पात्र अपने आप में इतने सीधे और सधे हैं कि उनके बारे में स्पष्ट करने के लिए भाषाई आडंबर और दर्शन की आवश्यकता नहीं पड़ती है। कहानी किसी के व्यक्तिगत जीवन और ग्रामीण समुदाय के साथ उनके संबंधों के बारे में इस प्रकार से कहती हुई बढ़ती है कि चरित्र प्रधान हो जाता है और यह चिंता पीछे छूट जाती है कि कहानी का प्रारूप क्या बन रहा है!

जहाँ तक बोली का सवाल है तो नदी सिंदूरी का क्षेत्र मध्य प्रदेश के सागर वाली बुंदेलखंडी के करीब है, पर महाकौशल (जबलपुर) के इस अंचल में अंग्रेज़ों का राज रहा था तो खासी तादाद में अंग्रेज़ी के शब्द भी आ गए हैं। नमूने के तौर पर : ''काय बड़ुँ कैसे हो?'', जवाब : ''सब राइटई है!'' कई शब्द उर्दू के इसलिए हैं कि नदी सिंदूरी रायसेन ज़िले के गाँवों से होकर भी गुज़रती है, जो आज़ादी के पहले भोपाल रियासत के अधीन थे। लिहाज़ा, यहाँ की बोली भिन्न तरह की बुंदेली तो है, मगर इसकी मौजूदगी के बावजूद कहानियों में इसका इस्तेमाल उतना ही किया गया है कि उसकी धार बगैर टूटे ताज़ा बनी रहे। दो-एक जगह अपशब्दों का प्रयोग किया है। कहानी में परिस्थिति की माँग

के अनुसार अनिवार्य लगने पर ऐसा किया गया है।

नदी सिंदूरी एक बड़े पाठक-वर्ग को ध्यान में रख कर और भारत के एक भिन्न लोक-जीवन से परिचय कराने के लिए लिखी गई है। पहले तो उन लोगों के लिए जो अपने गाँव और उसकी जड़ों से आज भी जुड़े हुए हैं। दूसरे उन लोगों के लिए जो हैं तो गाँव के ही, लेकिन शहरीकरण की प्रक्रिया के तहत सालों या एक पीढ़ी पहले गाँव से आकर शहरों में रहने लगे। इसके बावजूद, गाँव के प्रति उनका मोह तथा आकर्षण नहीं छूट सका। दरअसल, उनकी यादों में गाँव आज भी 'ज्यों-का-त्यों' बसा हुआ है। तीसरे वे संभ्रांत वर्ग के लोग हैं जो यथार्थ से दूर तो हैं, मगर कहीं-न-कहीं असल भारत और उसकी वास्तविकताओं को जानने में जिनकी उत्सुकता बनी रहती है। भारतीय गाँवों के बारे में उन्हें अमूमन उन शोधार्थियों, साहित्यकारों और पत्रकारों के माध्यम से जानकारियाँ मिलती हैं, जो मूलतः ग्रामीण पृष्ठभूमि के नहीं होते। असल में गाँवों को लेकर जिनकी समझ सतही-सरलीकृत बताई जाती है।

सवाल यह कि पुस्तक का नाम *नदी सिंदूरी* क्यों रखा गया? गाँव की कहानियों को सिंदूरी नदी से पिरोने के पीछे प्रमुख कारण तो यह है कि बगैर नदी के किसी शहर और गाँव के अस्तित्व की कल्पना नहीं की जा सकती है। मेरी यादों में मदनपुर भी ऐसा ही गाँव है। सिंदूरी नदी के बगैर गाँव की स्मृतियाँ ऐसी हैं जैसे किसी किसान के लिए बगैर हल-बैल या ट्रैक्टर के खेत को जोतने की कल्पना करना। ये कहानियाँ किसी और शीर्षक से भी लिखी जा सकती थीं, पर मेरे भीतर भी एक नदी बहती है, जब मैं अपने गाँव की सड़क से राज्य की राजधानी भोपाल और कई महानगरों की सड़कें नाप रहा होता हूँ, इस बीच यदि कोई नदी दिखती है तो पता नहीं कैसे बहुत भीतर तक सिंदूरी की धारा फूट पड़ती है। इसलिए, कहानियों के भीतर सामान्यतः आपको एक बहती हुई नदी दिखेगी।

नब्बे का दशक राजनीति में नए बदलाव का दशक माना जाता है। इस दशक में राजीव गांधी की हत्या, पिछड़ा वर्ग से जुड़े मुद्दों और गठबंधन की राजनीति के उदय से लेकर अयोध्या में विवादित ढाँचे का विध्वंस तथा साम्प्रदायिक दंगे हुए। इसी दशक में नवीन आर्थिक नीतियों के जरिये उदारीकरण को बढ़ावा दिया गया। ऐसे में 'नदी सिंदूरी' अतीत से संवाद करके उसके छूटे सिरे पर खुद को जोड़ती है, जिस पर एक नया बाज़ार आकार ले चुका है और विकास ने कई छोटी नदियों को मार डाला है। आज जब भोगवाद के शहरी नजरिये के चलते छोटी नदियों के किनारे की गाँव-संस्कृति उजाड़ दी गई है तब यह कहानी हमें

उस शुद्ध देहाती दुनिया में ले जाती है जहाँ नदी को देख रोया, गाया या हँसा जा सकता है, जहाँ नदी सिर्फ़ संसाधन नहीं है, न सिर्फ़ गाँव का भूगोल तय करती है, बल्कि एक समुदाय रचती है, जिसमें लोकरीति, लोकनीति, किस्से और कहावतों का ताना-बाना है, जो अब तार-तार हो रहा है।

इन कहानियों को लिखे जाने का विचार कोरोना महामारी के पहले लॉकडाउन के दौरान आया, जब लाखों की संख्या में उत्तर भारतीय प्रवासी मज़दूर मुंबई और दिल्ली जैसे महानगरों से पैदल ही अपने गाँवों की ओर चल पड़े थे। घर वापसी की पीड़ादायक यात्राओं से जुड़ी मार्मिक तस्वीरों ने हर संवेदनशील व्यक्ति को भीतर तक झकझोर कर रख दिया था। कई लोग किसी तरह गाँव की सीमा तक पहुँचे भी थे तो उन्हें अछूत जान कर बाहर ही रोके रखा गया। कई तो रेल की पटरियों पर ही कट कर मर गए। ऐसा समय था जब बाहर से चारों ओर शांति नज़र आती थी, मगर तंग चारदीवारी के भीतर जैसे हर कोई एक अदृश्य राक्षस से डरा-सहमा और अशांत रहता था। हालत यह थी कि कोई बालकनी में खड़ा होता और ऊपर वाले फ़्लैट की बालकनी से कोई दूसरा छींकता तो लगता कि कोरोना का वायरस नाक-मुँह से शरीर में घुस कर फेफड़े दबोच लेगा। साँसें फूल जाएँगी और उसका दम ही घुट जाएगा।

इस बीच लोगों का ध्यान वापस गाँव के खुले परिवेश और शुद्ध हवा-पानी की ओर गया। वे फ़ास्ट-फ़ूड की बजाय शरीर की प्रतिरोधक-क्षमता बढ़ाने वाली हरी-सब्ज़ी, दाल, दूध, अंडा, घी जैसी सामग्री को दोबारा तरजीह देने लगे। उन्हें समझ आ गया कि शहर की सारी सुख-सुविधाएँ जीवन का विकल्प नहीं बन सकती हैं। इन परिस्थितियों में उन्हें अपना गाँव, गाँव में बिताई ज़िन्दगी और संघर्ष याद आया। अपनी जड़ों, अपने लोगों का ख़याल आया। वे तड़पने लगे। लगा, आ अब लौट चलें!

...और तब वे लौट कर खुद को कोई तीन दशक पीछे ले जाते हैं तो पाते हैं कि तब की सामान्य से सामान्य चीज़ या गतिविधि भी आज कितनी अनूठी लगती है। जैसे कि ग्रामीण दिनचर्या में मवेशियों का अपना एक विशेष स्थान है और जब वे अतीत में मनुष्येतर कहानियों से ऐसी ही किसी कहानी को ढूँढ़ते हैं तो सच्ची कहानी उन्हें हासिल होती है। इन कहानियों के भीतर गाँव की अपनी परंपरागत कहानियाँ, आल्हा जैसे लोकगीत और रामलीला का स्थानीय संस्करण भी है।

कहानियों में लोक-कलाकार, नर्तकी, चोर, ठग, साधु हैं। प्रगतिशील पुजारी, आदर्शवादी मास्साब और विद्रोही दलित युवक है। उदारवादी बस मालकिन, उजड्डु बस कंडक्टर, सैलून वाला, टेलर, सामंती, पिछड़े वर्ग का नेता, नदी की बाढ़ में बहा किसान और उसकी पत्नी है। राजनीति, कस्बे से आने-जाने वाली बसों के किस्से, कस्बाई आकर्षण भी, कस्बाई दबंगई का विरोध और जातीय विरोधाभास भी है।

और साथ ही गाँव की महिलाएँ और कस्बे की लड़की भी मिलेगी। इसमें चोरी-छिपे और सतह तक आईं गाँव की प्रेम-कहानियाँ हैं, साथ ही कस्बाई लड़की के लिए प्रेम से जुड़ी एक स्मृति है। कुल मिलाकर, सभी कहानियों में लड़ाई-झगड़े के समानांतर प्रेम एक स्थायी तत्व है जो सारी कहानियों को जोड़ता है।

जैसे चिड़िया उड़ती है, वैसे ही मेरे हाथों से यह किताब छूट रही है। यह भली या बुरी है, इसके बारे में तो पाठक ही बताएँगे। आपकी समीक्षा और प्रतिक्रिया का इंतज़ार रहेगा...

—शिरीष खरे

10 दिसम्बर, 2022
सांगली

हम अवधेश का शुक्रिया अदा करते हैं

"आल्हा-ऊदल बड़े लड़इया, जिनकी मार सही न जाए। एक खों मारे, दो खों मारे, तीजा ख़ौफ़ खाये मर जाए," दुर्बल तन का बूढ़ा गायक वीर रस से ओत-प्रोत आल्हा काव्य-छंद गाते-गाते हाँफ़ने लगा, तो मुल्ला राय ने उससे चाय-पानी के लिए पूछा। लेकिन, गायक ने कहा कि वह घर से नाश्ता करके आया है और लोटे से पानी पीकर फिर सारंगी उठा ली। उसके बाद वह दुबली भुजाएँ फड़फड़ाते हुए लोगों को बताने लगा कि बुंदेलखंडी शौर्य के प्रतीक आल्हा-ऊदल कितने वीर योद्धा हुआ करते थे।

इसी बीच बजरंग-बली की मढ़िया स्थित मदनपुर बस-स्टैंड पर तेंदूखेड़ा जाती ठसाठस भरी एक बस से दोपहर को आठ-दस सवारियाँ उतरीं और तेज़ी से अपने-अपने घर चल दीं, लेकिन उनमें से एक कोई पच्चीस साल का युवक जो कंधे पर बड़ा बैग लादे हुए था, मढ़िया के पीछे मुल्ला राय की चाय-दुकान की ओर पलटा, जहाँ सारंगी की धुन पर दुर्बल तन का बूढ़ा गायक आल्हा गा रहा था। फिर वह युवक चल कर बैंच के इर्द-गिर्द गायक को घेरे भीड़ से अलग मढ़िया के चबूतरे तक आ गया। उसके बाद वह चबूतरे पर ही बैग पटक कर बरगद की छाया में बैठ गया और वहीं से बैठे-बैठे आल्हा की लयानुसार मटक-मटक कर ढोलक पर थाप देने का अभिनय करने लगा।

"जे बात तो है, गोविंद मम्मा तुम हमें आल्हा सुना नहीं रये, हमें जगा रये, तुमाय बराबर आल्हा जा एरिया में कोउ नही गा सकत है।"

"हमाई सुनत-सुनत तुम भी तो गान लगे मुल्ला बेटा!" कानों तक जाती घनी-चौड़ी मूँछ, माथे पर गाढ़ा सिंदूरी तिलक, गले से पेट की ओर गोलाकार रुद्राक्ष की माला और पीले कपड़े में साधु का रूप धरे लोक-गायक गोविंद मम्मा मुल्ला को जवाब देते हुए घंटों बाद मुस्कुराए।

"पहले लड़ाई भई तोपों की, फिर बंदूक लई उठाए, चलै गोलियाँ पानीपत का जो बख्खर देय उड़ाए।" मौका निकाल मुल्ला ने भी बीच में ही भीड़ के

सामने चौका जमा दिया।

''नहीं, नहीं गोविंद मम्मा सरस्वती की कृपा से जो सारंगी बजाके गात हैं, बा की होड़ नहीं हो सके मुल्ला भैया!'' चबूतरे पर देर से बैठा वह युवक अपने को रोक नहीं सका जो बस से कंधे पर बड़ा बैग लादे उतरा था। उसने गोविंद मम्मा और मुल्ला के बीच चल रही बातचीत में हस्तक्षेप किया।

''अरे अवधेश ढोलकबाज़, तुम कब पधार गए रे इते? कपड़ा-लत्ता देख तो लग रओ सीधे भोपाल से चले आ रहे, अप-टू-डेट।'' मुल्ला के यह कहने के बावजूद भीड़ ने अवधेश नाम के उस युवक को ज़्यादा भाव नहीं दिया। इधर, सफ़ेद लंबी दाढ़ी सहलाते हुए गोविंद मम्मा ने अवधेश द्वारा खुद की तारीफ़ सुने जाने के बाद भी उस पर निशाना साधते हुए कहा, ''अरे काय बेटा अवधेश, आज कैसे गाँव की गली भूल गये रे तुम, बा भूरा बाई के चक्कर में खूब नाम रोशन कर रहे ग्राम मदनपुर को, चलो ठीक है, गाँव से तो निकरे, रामलीला में पइसा तो है, गाँव-देहात घूम-घूम कर अच्छो कमा रहे हो, ऐं!''

''अरे कहाँ मम्मा, रामलीला में अब बा बात नइया, अब पहले जैसो पइसा नइया, मनो जा है कि दाल-रोटी चल जात है।''

''हाँ, तो अवधेश कोतवाल ढोलक गज्जब बजात है, कलाकार मस्त है, तभई तो रामलीला के भूरा का दिल जई पर आओ है!'' अवधेश ने रामलीला की लोकप्रियता में आ रही गिरावट पर अपना दुखड़ा सुनाना चाहा था कि मुल्ला ने बीच में उसकी बात काटते हुए मज़ा ले लिया। मुल्ला ने यह बात जलते स्टोव पर रखी चाय की पतीली को अजीब तरह से घुमाते हुए यूँ कही थी कि वहाँ खड़े सभी लोग खिलखिला कर हँस पड़े।

अवधेश कोतवाल समझ गया कि किस तरह उसकी तारीफ़ की आड़ में रामलीला कंपनी के भूरा से उसके बेमेल संबंध के कारण उसका चरित्र-हनन किया जा रहा है। वह चबूतरे पर लाज के मारे सिकुड़ता ही जा रहा था, मगर फिर अचानक खड़ा होकर बोला कि जब तक गाँव में उसका घर-द्वार है, जब तक माँ ज़िंदा है, तब तक गाँव आता रहेगा। ज़रा मुस्कुराने का नाटक करते हुए अवधेश बोला, ''चलो अब कछु दिन तो गाँव में हैं, तो और बात हुइये, चलत हैं अब।''

अवधेश की उपस्थिति ने पूरे माहौल को असहज कर दिया था। कुछ उसे किसी अपराधी-सा, कुछ उसे बिगड़ा नवाब-सा, तो कुछ उसे अनदेखा कर रहे थे। आखिर अवधेश ने भी अपने बैग पर ढोलक स्टाइल में थाप मार हाथ पटका, बैग कंधे पर धरा और घर की तरफ़ चलने को हुआ कि चलते-चलते उसकी

नज़र मुझ पर पड़ गई। ''हर-हर नरबदे'' कह कर उसने अभिवादन किया तो जवाब में मैंने भी उसे ''हर-हर नरबदे'' कहते हुए ऐसे ही पूछ लिया, ''और भैया घरे चले का ?''

''हाँ भैया घरे, नदिया में नहा-धोके खाना खा हैं और फिर मस्त नींद सोहे आज के दिन।'' एक हथेली को दूसरी हथेली पर ढोलक की थाप-सा बजाते हुए अवधेश तेज़ कदमों से चल दिया।

अपनी जगह से बिछड़ा आदमी दूर कहीं जब अपनी जगह को याद करता है तो जगह भर नहीं रह जाती है, जगह में जान आ जाती है, वह माँ लगती है, लगता है कि पीछे एक माँ छूट गई है जिससे मिलना ही है। अवधेश के अंदर गाँव बसा था, यादों का एक गाँव जिसमें उसकी माँ थी, तभी वह गाँव की माटी को माई की माटी मानता था। भला अपनी माटी को लेकर सबके मन में एक-सी ही भावनाएँ क्यों होती हैं ? कोई खास वजह जो सबको सिर्फ़ छूटे हुए लोगों से नहीं, छूटी हुई यादों और छूटी हुई जगहों से भी प्यार हो जाता है। जगह जो दूसरों के लिए पहली नज़र में महज़ जगह होती है।

एक समय था, जब रामलीला कंपनी में अवधेश ढोलक बजाता तो देर रात तक सुनाई पड़ने वाली ढोलक की मस्त गूँज पर पूरा गाँव गौरवान्वित महसूस करता था। वजह यह थी कि अवधेश ढोलक तो ज़बरदस्त बजाता ही था, नामी रामलीला कंपनी में इकलौता ऐसा आदमी था जो अपने मदनपुर का था, बल्कि मदनपुर जैसी छोटी जगह पर भी रामलीला कंपनी आती तो उसमें अवधेश की भूमिका अहम मानी जाती थी, नहीं तो उसके पहले तक तो लोगों को रामलीला देखने के लिए चार-छह किलोमीटर दूर किसी बड़े गाँव जाना पड़ता था।

यह उन दिनों की बात है जब टीवी गाँव में तो नहीं, मगर इलाके में आ गया था, यानी *रामायण* धारावाहिक के समय की, *रामायण* की लोकप्रियता तब इस कदर हावी थी कि लोग इतवार सुबह नौ बजे तक तेंदूखेड़ा पहुँचने के लिए बस या साइकिलों से आठ, साढ़े आठ बजे ही निकल पड़ते थे, लेकिन तब भी रामलीला का जलवा था कि एक तो टीवी घर-घर नहीं पहुँचा था, दूसरा रामलीला में होने वाले मनोरंजन का जो स्वाद स्थानीय लोगों ने चखा था वह स्वाद टीवी में कहाँ था !

लिहाज़ा, अवधेश के संपर्क से जब रामलीला कंपनी गाँव आती तो स्वागत के लिए बड़े-बूढ़ों की अगुवाई में ग्रामीण हर्षोल्लास से फूल-मालाएँ लेकर बस-स्टैंड पहुँचते और वहाँ से चौड़ा रास्ता पकड़ पुराने स्कूल तक लाते, जहाँ कंपनी

को ठहराने का बंदोबस्त रहता। गाँव का नाम खराब न हो जाए, इसी आशंका से अवधेश के ज़रिए कंपनी की खातिरदारी का पूरा ख़याल रखा जाता। वहीं, रात आठ बजे राम-जानकी मन्दिर की आरती के बाद जब रामलीला का पर्दा खींचा जाता तब गाँव का एक आदमी नारियल उठाता, जिसका मतलब था कि नारियल उठाने वाले आदमी का परिवार अगले दिन के लिए कंपनी को कच्चा राशन, घी, तेल और उस ज़माने में 501 रुपये नकद की भेंट देगा।

कंपनी का मालिक या उसका सहायक खुद माइक पर आकर इसकी घोषणा करता और आभार प्रदर्शित करने के लिए सबसे ताली बजवाता। लेकिन, कंपनी की असल कमाई होती रामलीला के दौरान दर्शकों द्वारा नज़राने के तौर पर दी जाने वाली नकदी से। इसलिए कंपनी को यदि लगता कि किसी गाँव में नज़राना ज़्यादा मिल रहा है तो वह उस गाँव में रामलीला ऐसी लंबी खींच देते कि यह खेल महीना भर भी खिंच जाता।

शुरू में मुझे समझ नहीं आता था कि गाँव में जब रामलीला चल रही होती तो कोई लड़की या महिला भला खेल देखने आती क्यों नहीं, लेकिन जब समझने वाली उम्र हुई तो खुद ही समझ गया कि क्यों गाँव की कोई महिला उस जगह नहीं होती, क्यों जहाँ चाचा बैठता वहाँ से भतीजा गायब हो जाता है, क्यों बाप को मंच के सामने खड़ा देख जवान हो रहे लड़के हैलोजन लाइट से दूर कहीं पीछे चले जाते। इस तरह, राम-जानकी मन्दिर के बाहर चौड़ा रास्ता मैदान पर अलग-अलग समूहों में लेकिन इकट्ठा होकर महिला-विहीन पब्लिक रामलीला का मज़ा लेती। दरअसल, होता यह था कि कंपनी वाले कंपनी की कमाई को तरजीह देते हुए देर रात ऐसी रामलीला दिखाया करते थे जिसमें रामजी की लीला कम ही नज़र आती थी, भूरा-हल्कोई संग अवधेश लीला ज़्यादा हो जाती थी। उदाहरण के तौर पर—

शंकर भगवान का धनुष टूटने के उपरांत नटखट लक्ष्मण की उपस्थिति में राम-परशुराम संवाद चल रहा होता, जिसमें परशुराम राम से कहते, ''हे राम, यदि तुम मुझसे प्रार्थना कर रहे हो तो सुनो मैं बताता हूँ बचने का एक उपाय, तुम्हारा अनुज यदि सेवक ही है मेरा, तो कहो उससे करे मेरी सेवा, अन्यथा करे युद्ध, युद्ध, युद्ध!''

जैसे ही रामलीला का कोई पात्र अपने संवाद की पंक्ति का अंतिम शब्द बोलता, बाजू में बाकी संगीतकारों के साथ बैठा अवधेश अपनी उँगलियों पर पहने धातु के विशेष छल्लों से ढोलक पर ज़ोरदार प्रहार करता। क्रोध के मारे

परशुराम फरसा लिए इधर से उधर फिरते और लाचार की-सी मुद्रा में खड़े राम उन्हें शांत करने का प्रयास करते। इस बीच दर्शकों के सामने आकर परशुराम दहाड़ उठते, ''सब राजा मारे जाएँगे, सब!'' परशुराम की दहाड़ सुन लक्ष्मण खीं-खीं-खीं हँस पड़ते। एक अंतराल के बाद अवधेश ढोलक खड़ी करके उस पर तीन से चार बार हाथ पटक देता और परशुराम गुस्से के मारे तमतमा जाते, मंच पर घोषणा कर देते, ''यदि बालक (लक्ष्मण) को निकाला गया नहीं, तो सब राजा जाएँगे मारे, सब! सब के सब!''

और उसके आगे रात ढलती देख जो होता, उसी की बाट तो ग्रामीण जोह रहे होते, दरअसल उसके बाद ही तो पर्दे से भूरा-हल्कोई की एंट्री होती, अवधेश के पूरे बदन में अचानक ही स्फूर्ति आ जाती, वह ढोलक के एक बाजू को अपनी हाथों की दोनों उँगलियों से पीटते हुए डांसरों का स्वागत करता।

बाकी पात्र सीन से ओझल हो जाते और भूरा-हल्कोई ज़मीन पर कुछ देर पाँवों में बँधे घुँघरुओं की आवाज़ से समा बाँध देते। फिर वे अपनी-अपनी कमर को तेज़ झटक पब्लिक से ही पूछते, ''अरे रे, क्या अंधेर है, मैं पूछती हूँ यह कैसा धर्म, कैसा विधान है, कहाँ का न्याय, कहाँ का संविधान है, कि एक लक्ष्मण को निकाला नहीं गया तो, तो एक नहीं, दो नहीं, तीन नहीं, छह नहीं, सब राजा मारे जाएँगे, भाई क्यों मारे जाएँगे सब राजा, उनमें कुछ दुष्ट होंगे, कुछ साधु होंगे, तो क्या साधु राजा भी मारे जाएँगे!''

फिर यहाँ से शुरू होता रामलीला का स्थानीय संस्करण, जिसमें डांसर भूरा, हल्कोई संग अवधेश ढोलकबाज़ की जुगलबंदी से ग्रामीणों की नींद उड़ जाती। डांसरों के हाथ-पैर के स्टेप व चेहरे की भंगिमाएँ तो बदलतीं, लेकिन कमर एक खास रिद्म में लगातार लचकती रहती, जो गाना सुनाई देता उसे लकड़ी के तख्त पर अवधेश के साथ बैठी गायिका गा रही होती और भूरा-हल्कोई खाली मुँह चला रहे होते। दोनों बाएँ से दाएँ, दाएँ से बाएँ होते और बीच-बीच में हारमोनियम की ध्वनियों की लय पर चकरी समान घूम जाते, ऐसा कभी-कभार ही होता जब दोनों साड़ी को घुटनों तक उठाते और फिर उसे ज्यों-का-त्यों छोड़ देते मानो रामलीला की मर्यादानुसार उन्हें उतनी ही साड़ी उठाने की अनुमति मिली हो।

दूसरा डांसर हल्कोई था, पर छोटी कदकाठी के हल्कोई में भूरा बराबर आकर्षण नहीं था, जबकि दूसरी ओर बैठे ढोलकबाज़ अवधेश और भूरा की बॉडी लैंग्वेज और दोनों के बीच होने वाले इशारों को देख सभी समझ सकते थे कि दोनों के बीच कुछ चक्कर है, उनके बीच की यही केमिस्ट्री, यही हाव-भाव,

यही लगाव देख लोगों में रोमांच पैदा होता। इकहरे बदन के भूरा में औरत की-सी लचक थी और नाक-नक्श ऐसा कि मेकअप करके, चटख रंग के कपड़ों में सज-धज कर जब वह नाचता तो उसके सामने गाँव की छोरियाँ फ़ेल होतीं। अदाओं का भी अपना सौंदर्य होता है, जो भूरा के कारण रामलीला वालों को किसी विदूषक की ज़रूरत नहीं पड़ती, कायदे से भूरा अकेले ही मोर्चा सँभाले रहता और हल्कोई के साथ अवधेश देर रात तक उसका साथ देता।

एक अच्छी बात यह होती कि तीन की तिकड़ी के नाच-गाने में कोई खास अश्लीलता नहीं थी। इधर, ग्रामीण भी अनुशासित, जो सिनेमा टॉकीज़ के दर्शकों की तरह न गाली-गलौज करते, न सीटियाँ बजाते। रामलीला की मर्यादा ऐसी कि रस्सी के उस ओर नाचता हुआ भूरा अपने आपको पूरी तरह सुरक्षित पाता, जबकि रस्सी के इस ओर यदि किसी के मन में रावण की तरह उसे उठा कर कहीं भगा ले जाने का ख़याल आता भी तो वह लिहाज़ रखता था। गाँव में कुछ दबंग थे, लेकिन गुंडे नहीं, हाँ, उनमें पैसों की गर्मी होती, जब किसी साल चना, मटर, सोयाबीन की फ़सल ठीक-ठाक दामों पर बिक जाती तो वे मनोरंजन पर पैसा खर्च करते और उनके खीसे से सफलतापूर्वक पैसा खींचने का ज़िम्मा खासकर रामलीला कंपनी के भूरा पर होता।

दरअसल, रामलीला-प्रेमियों द्वारा दिए जाने वाले नज़राने से ही रामलीला कंपनी की असल कमाई होती। इसमें जो भी दर्शक रामलीला के प्रदर्शन से प्रसन्न होकर 51 या उससे ज़्यादा रुपए नकद इनाम देता, उसका नाम माइक पर लिया जाता। यदि कोई 11 से कम नज़राना भेजता तो मतलब यह कि उसने रामलीला के जिस पात्र के नाम से नज़राना भेजा है, उसके प्रदर्शन से खासा निराश है और यह एक किस्म की हूटिंग होती।

यूँ तो नज़राना कोई भी दे सकता था, लेकिन नज़राने को लेकर कई बार दबंगों के बीच जंगी मुकाबला हो जाता था। ज़्यादा लोभ के चक्कर में कंपनी भी चाहती थी कि ऐसी स्थिति बने और महज़ कुछ घंटों में वह चाँदी पीट ले। इसलिए तो जिस गाँव में कंपनी को अपेक्षा से ज़्यादा नज़राना मिलता, कंपनी वहीं रामलीला का खेल लंबा खींच देती और जहाँ उसे लगता कि कोई खास नज़राना हासिल नहीं हो पा रहा है, तो कंपनी रामलीला का खेल कुछ दिनों में ही वहाँ से समेट कर किसी दूसरी जगह के लिए निकल पड़ती।

हमारे यहाँ तीन-चार किलोमीटर दूर गाँवों से दबंग खास नज़राने के मुकाबले के लिए आते। जनता-जनार्दन नीचे दरी पर बैठती, जबकि दबंग ट्रैक्टर की ट्रॉली

या बैलगाड़ी पर अपने चार-छह चमचों के साथ पूरी ठसक से बैठा करते। शराब के नशे में रामलीला देखना पाप माना जाता था, इसलिए कुछ दबंग भांग, गांजा या अफ़ीम चढ़ा कर बैठ जाते। शुरूआत में मुकाबले के दौरान कई दबंग नज़राना देते नज़र आते, लेकिन आखिर में किन्हीं दो दबंगों के बीच ठन जाती और वहाँ बैठे दर्शकों की चरम उत्सुकता इस बात पर आकर ठहर जाती कि नज़राने की बाज़ी जीतेगा कौन! नज़राने में उधारी नहीं चलती थी और नज़राने की रकम 51 से लेकर 501 रुपए तक जा पहुँचती थी। मान लीजिए, मदनपुर के टंटू पटेल और खैरुआ के मुकादम के बीच ठन गई तो पूरे मुकाबले में गाँववाद सतह पर आ जाता और दर्शक आपस में बँट कर अपनी-अपनी पार्टी का मनोबल बढ़ाते।

इस दौरान कंपनी का प्रतिनिधि नज़राना लेकर माइक पर पहुँचता और घोषणा करता, ''मदनपुर के दरियादिल टंटू पटेल ने भूरा के प्रदर्शन पर प्रसन्न हो, ये 101 रुपए का नज़राना कंपनी को दिया है।'' इसके बाद बड़ी अदा से भूरा कहता, ''हम और हमारी कंपनी टंटू पटेल का शुक्रिया अदा करती है!'' इसी के साथ भूरा कमर पर हल्की ताली पटक कमर को हौले-से झटका देता, इसके तुरंत बाद अवधेश 'शुक्रिया अदा करती है!' के बाद ढोलक से ऐसी थाप देता कि दबंग का नज़राना तुरंत वसूल हो जाता।

वहीं, इसके तत्काल बाद 101 रुपए के जवाब में खैरुआ का मुकादम जब 201 रुपए का नज़राना भेज खेल में रोमांच पैदा करता तो शुक्रिया अदा करने का यही क्रम फिर दोहराया जाता। इधर, ताव में आकर टंटू पटेल इस दफ़ा नोटों की गड्डी निकाल सौ-सौ के पाँच नोट लहरा देता, जिसके जवाब में सामने वाली पार्टी भी 501 रुपए भेज देती, फिर दोनों 501-501 रुपए का नज़राना तब तक भेजते रहते, जब तक कि उनमें से किसी एक की जेब खाली न हो जाए। अवधेश ढोलक बजा-बजा कर मुस्कुराता हुआ दर्शकों के सामने हाथ से यूँ इशारा करता कि उसकी उँगलियाँ दर्द करने लगीं रे भाई! भूरा भी नखरा दिखाते हुए कमर पर ऐसे हाथ रखता मानो कमर सही में लचक ही गई हो। लेकिन, नज़राने के इस खेल में दोनों पार्टियाँ ऐसी अड़ जातीं कि आखिर फ़ायदा कंपनी की झोली में जाता और दर्शकों के बीच से नोट खिंचे चले आते।

यह सिलसिला किसी एक के जीतने के साथ ही खत्म हो जाता, जो जीतता उसके नाम पर भूरा और अवधेश शो के आखिर में आइटम सॉन्ग सरीखा एक स्पेशल परफ़ॉर्मेंस देते। फिर भूरा माइक पर आकर कहता, ''अंतत: मुकाबले की बाज़ी लगी टंटू पटेल के हाथ। हम और हमारी कंपनी टंटू पटेल का दिल

की अनंत गहराइयों से शुक्रिया अदा करते हैं!'' ढोलक की आवाज़ के साथ ही मुकाबले से बाहर हुआ दबंग रात के अंधेरे में अपने चमचों के साथ अपना-सा मुँह लेकर कुछ दिनों तक आस-पास भटकता नहीं दिखता था, जबकि सुबह होते ही विजेता की चर्चा चारों तरफ़ के गाँवों में हुआ करती और वह विजेता सरीखा बड़प्पन दर्शाते हुए बर्ताव करता।

सुबह होती तो रामलीला के सारे पात्र पहचान में आते सिवाय एक भूरा के। रात को साड़ी पहन नाचने वाला भूरा दिन भर शर्ट-पैंट में टहलता, मानो उसके दिन और रात भी दो हिस्सों में बँट गए हों, रात में लड़की तो दिन में लड़का। दरअसल, नकली चाँदी के चमकीले गहनों और गाढ़े मेकअप के बगैर भूरा थोड़ा कम भूरा दिखता था। सिर पर बगैर विग के उसकी पहचान पूरी नहीं लगती थी, छोटे-छोटे बालों में भूरा रात का भूरा नहीं ही लगता था। होंठों पर लिपिस्टिक, नाखूनों पर नेल पॉलिश और साड़ी से लेकर ब्लाउज तक का लाल रंग उस पर ऐसा चढ़ा होता कि सुबह लाल रंग से अलग उसे देखना अलग ही अनुभव होता।

भूरा किस गाँव का था यह तो नहीं मालूम, पर मदनपुर के अवधेश बिना भी उसका जीवन अधूरा था। रात की तुलना में भले ही उसका व्यक्तित्व उतना आकर्षक न दिखे, बावजूद इसके वह दिन में देर से उठता तो भी अवधेश के साथ ही नज़र आता। धर्मेन्द्र और हेमा मालिनी की हिट जोड़ी तो हमें टीवी की लोकप्रियता के साथ ही पता चली थी, मगर उसके पहले गाँव में अवधेश और भूरा की जोड़ी की धूम रही। यूँ तो रामलीला में राम, लक्ष्मण, सीता, हनुमान, रावण से लेकर कुंभकरण वगैरह बने कलाकारों का ऐसा ग्लैमर था कि गाँव वाले किसी-न-किसी बहाने उनसे बतियाने या उनके नज़दीक जाने का मौका ढूँढा करते। यह और बात है कि न जाने क्यों पूरी रामलीला कंपनी ग्रामीणों से एक दूरी बनाकर चला करती थी और गाँव के किसी भी मामले में वह हस्तक्षेप नहीं करती थी। हालाँकि, अवधेश गाँव का ही था सो उसके बहाने लोग भूरा से बात करके उसकी निजी ज़िन्दगी में झाँकने की कोशिश करते। रही बात अवधेश की तो वह जैसे घर की मुर्गी दाल बराबर।

अवधेश का कंपनी से जुड़ना भी महज़ संयोग था। हुआ यह था कि सिंदूरी नदी के पार पड़ोसी गाँव चीखली में एक साल रामलीला के शो से ठीक पहले कंपनी का ढोलकबाज़ किसी बात पर मालिक से लड़ कर भाग गया। अवधेश ने उस रात ऐसी ढोलक बजाई कि मालिक ने फिर कभी पुराने ढोलकबाज़ का नाम नहीं लिया। भूरा कंपनी में पहले से ही था और अवधेश ने पहली बार

जब रामलीला में ढोलक बजाई तो भूरा ने उसका स्वागत करते हुए कहा, ''हम और हमारी कंपनी अवधेश का शुक्रिया अदा करती है!'' फिर यहीं से दोनों की अंडरस्टैंडिंग ऐसी जमी कि सालों-साल दोनों साथ रहने लगे थे, रिश्ते को कोई नाम दिए बगैर ही।

अवधेश कोतवाल को ढोलक विरासत में मिली थी। उसके बाबा जब तब बड़ा ढोल लेकर ग्राम-पंचायत की ओर से मुनादी पीटने निकलते तो अवधेश भी उनके साथ ढोलक बजाते घूमा करता। उसके बाबा यानी हम सबके छड़ीदार दादा तेंदूखेड़ा थाने में अपराध संबंधी सूचनाएँ देने का काम भी किया करते। उन्होंने अवधेश को ढोलक बजाना सिखाया और अवधेश उनसे अच्छी ढोलक बजाने लगा। छड़ीदार दादा चाहते थे कि अवधेश थानेदार बने, पर अवधेश स्कूल जाने की बजाय सिंदूरी नदी के किनारे सारा-सारा दिन ढोलक बजाया करता।

बताते हैं कि बहुत पहले स्कूल में कोई सोनी सर हुआ करते थे, जो कक्षा में अवधेश के गैर-हाज़िर रहने पर उसे पकड़ने के लिए कुछ बड़े बच्चों को सिंदूरी नदी भेजते। अवधेश पकड़ में आ जाता तो पढ़ाई के बाद वह उससे ढोलक बजवाते। अवधेश हमसे कोई दस-बारह साल सीनियर था, जो स्कूल के कार्यक्रमों में ढोलक बजाते-बजाते गाँव-गाँव धर्म-कर्म के आयोजनों में जाने लगा था। लेकिन, असल पहचान उसे रामलीला में भूरा के डांस पर ढोलक बजाते हुए ही हासिल हुई थी।

गाँव में रामलीला के आयोजन से हर्षोल्लास का वातावरण था, लेकिन ज्यादातर कहानियों में विलेन होता है, तो इस कहानी में भी एक विलेन बन गया। विलेन भी रामलीला मंडली के बाहर का और गाँव का ही, नाम था—ठाकुर कृपाल सिंह अटारी बारे।

पचास पार, बमुश्किल पाँच फ़ीट, कमज़ोर काठी, बारीक नज़र, गेहुँआ तन पर अक्सर सफ़ेद धोती-कुर्ता पहनने वाले कृपाल सिंह एक टाँग ज़रा छोटी होने के कारण मज़बूत छड़ी के सहारे टेक-टेक चलते। देखा जाए तो कुछ वर्षों तक गाँव में सत्ता का एकमात्र केंद्र मीराबाई उर्फ़ बाखर बारी हुआ करती थीं, जो कि पुराने गोंड जमींदार की इकलौती बेटी थीं, बाखर यानी ज़मींदार द्वारा बनवाया महलनुमा घर, जहाँ से गाँव ही नहीं बल्कि एक बड़े क्षेत्र की राजनीति इसलिए प्रभावित होती थी कि आस-पास गोंड आदिवासियों की एक खासी आबादी मीराबाई को अपनी बेटी मानती थी। लेकिन, इस बीच कुछ दशकों में कृपाल सिंह ने उन्हें ज़बरदस्त चुनौती दी और गाँव में कई गोंड परिवारों की

नई पीढ़ी को अपने पाले में खींच मीराबाई के वर्चस्व को कम करने में सफल रहे थे। वहीं, बाकी गैर-आदिवासी वोटों के दम पर उन्होंने और उनके ज्यादातर समर्थकों ने यह मान कर चलना शुरू कर दिया था कि ग्राम-पंचायत मदनपुर के भावी सरपंच कृपाल सिंह होंगे।

साल 1975 में तत्कालीन प्रधानमंत्री इंदिरा गाँधी ने आपातकाल की घोषणा कर दी तो कृपाल सिंह क्षेत्र के कुछ चुनिंदा युवा नेताओं में से थे, जिन्होंने इंदिरा गाँधी के निर्णय का विरोध किया था और जिसके कारण उन्हें लंबे समय तक अंडरग्राउंड भी रहना पड़ा था। फिर समय के साथ जब नरसिंहपुर जिले में सत्ता के समीकरण बदले और कांग्रेस विरोधी नेता पॉवर में आए तो कृपाल सिंह को इसका फ़ायदा मिला और थाने या मंडी से लेकर आपसी झगड़ों के निपटारे तक में उन्होंने लोगों की खासी मदद करते हुए अपना सियासी सिक्का जमा लिया।

लेकिन, हर एक में कुछ-न-कुछ कमज़ोरी होती है, कृपाल सिंह में भी थी, एक तो वे दारू के पक्के नशेड़ी और दूसरा लंगोट के बहुत ही ज्यादा कच्चे थे।

अब होश में या बेहोशी में पता नहीं किन क्षणों में भूरा पर उनकी नीयत खराब हो गई। भूरा अवधेश के साथ पुराने स्कूल की दालान पर नए गानों के साथ नाचने की प्रैक्टिस किया करता था और भूरा के सौंदर्य से मुग्ध सिंह साहब के खबरची इस बारे में बढ़ा-चढ़ाकर सिंह साहब तक भूरा के हुस्न की तारीफ़ों के पुल बाँधा करते थे।

एक दोपहर नशे में धुत सिंह साहब ने भूरा को अकेले गुपचुप अपनी अटारी यानी छोटी हवेली में हाज़िर होने का हुक्म पहुँचाया। रामलीला मंडली को बात समझते देर न लगी और भूरा ने हाथ जोड़ कर अटारी जाने से मना कर दिया। इधर, वासना के भूखे सिंह साहब तिलमिला गए, तुरंत अवधेश को बुलवा लिया। अटारी के आँगन में ही माथा पटक अवधेश सिंह साहब के सामने रामलीला की लज्जा का वास्ता देते हुए दया की भीख माँगने लगा तो वहाँ बैठे सब सहम गए कि आजू-बाजू रहने वाले लोग कहीं उसका गिड़गिड़ाना सुन न लें! अवधेश का इस प्रकार से विरोध देख सिंह साहब भी समझ गए कि उनकी ख़्वाहिश पूरी होनी आसान नहीं है और तत्काल बात सँभाली नहीं गई तो उल्टा यह बात गाँव में चारों तरफ़ उड़ जाएगी। तब उनकी इज़्ज़त और सालों की सियासत पर धब्बा लग सकता है।

यह बात सोचते हुए सिंह साहब ने गुस्से में अपनी मजबूत छड़ी अवधेश की तरफ़ दे मारी और कुर्सी के बल खड़े होकर उसे चुप रहने का इशारा किया।

फिर अटारी की दालान में अवधेश को बुला कर खूब गरियाया कि कैसे भूरा जैसे एक लौंडे के साथ खुलेआम संबंध बनाने से वह अपने बाप, दादा, गाँव, बिरादरी की नाक कटवा रहा है। साथ ही भूरा को अटारी में बुलाने का मामला अपने तक रखने की हिदायत भी दी और यह भी कहा कि यदि उसे लगे कि भूरा को अटारी भेजना चाहिए तो गुपचुप भेज देना, गाँव से संबंध भी बना रहेगा और रामलीला के लिए कुछ नकद दान-पुण्य भी कर दिया जाएगा। लेकिन, अवधेश ने वहीं सिर हिला कर मना कर दिया तो सिंह साहब के दिल पर साँप लोट गया। आपा खोते हुए उन्होंने मेज़ पर रखा दारू का गिलास अवधेश के मुँह पर दे मारा। अवधेश हाथ-पाँव जोड़ मुँह पर पड़ी दारू गमछे से पोंछते हुए वहाँ से निकल भागा।

यह वाकया हुआ तो कुछ लोगों के बीच ही था, पर शाम ढले राम-जानकी मन्दिर की आरती के पहले आधा गाँव सब समझ गया कि दोपहर कृपाल सिंह की अटारी में हुआ क्या है। इसका अंदाज़ा शायद कृपाल सिंह को भी न था। कृपाल सिंह की ठसक ही वजह थी कि लोग इस बारे में एक-दूसरे से बतियाना नहीं चाह रहे थे, मगर इस बात को लेकर गाँव में हल्का तनाव था। इधर, लोगों के मूड से कटी रामलीला कंपनी पहले की तरह खेल तो दिखा रही थी, लेकिन उसे अब वैसा नज़राना नहीं मिल रहा था। रही-सही कसर अवधेश और भूरा के संबंधों में आ रही बोल्डनेस ने पूरी कर दी।

दरअसल, पूरी रामलीला कंपनी सिंदूरी नदी में जाकर नहाया करती थी, बाकी सब तो जल्दी लौट आते, अवधेश और भूरा वहीं रह जाते, क्योंकि भूरा के गाँव में नदी न होने से उसे तैरना नहीं आता था तो अवधेश उसे तैराकी सिखाया करता। दोनों को पानी में छपाछप करते देख मर्द तो मर्द औरतें भी साड़ी के पल्लू को दाँतों में दबा हँसी-ठिठोली करतीं। प्रेम के मामले में हमारा गाँव भी बाकी गाँवों की तरह ऐसा जड़वत था कि पुराने स्कूल और देर रात चलने वाली रामलीला में क्या होता है तो इससे किसी को मतलब नहीं था, लेकिन हाँ दिन में सख्त हिदायत होती कि सबके सामने सब कायदे से रहेंगे और गाँव में ऐसी-वैसी नौटंकी नहीं चलेगी।

इधर, ऐसी बातों से अनजान भूरा को सिंदूरी में देर तक नहाने के कारण तो मदनपुर भाता ही था, नदी किनारे लंबे घास के मैदानों में बकरियाँ चराते गड़रियों और अवधेश के साथ रेडियो चालू करके रेडियो लिए-लिए घूमना भी उसे अच्छा लगने लगा था। सिंदूरी एक अन्य वजह से भी भिन्न थी। वजह यह

थी कि दूरदर्शन पर दिखाई जाने वाली फ़िल्म-धारावाहिकों में नदी पर नावें चला करती थीं, सिंदूरी गहरी थी, फिर भी उसमें नाव नहीं चला करती थी, क्योंकि किनारे-किनारे ज़रा-सा पैदल चलकर एक जगह मुड़ते हुए वह थोड़ी देर के लिए आदमी के घुटने-घुटने तक आ जाती थी, वहीं से पैर धोओ और हो जाओ आर या पार! भूरा भी अवधेश के साथ रेडियो लेकर नदी की उस उथली जगह से आर-पार होता रहता था।

भूरा को भी क्या पता था कि इन्हीं सब वजहों से गाँव में एक नई ही रामलीला शुरू हो जाएगी। हालाँकि, एक दिन इसका संकेत सेठानी काकी ने किया तो था, मगर उनकी बात पर भूरा ने ध्यान ही नहीं दिया। एक बार जब वह अवधेश संग गड़रियापुरा घाट से पुराने स्कूल लौट रहा था तो काकी की दुकान से कुछ सामान खरीदा था, तब काकी ने दोनों को चेताया, ''नदिया में ऐसो मत लोटो भैया कि पूरे गाँव में आग लग जाए!'' भूरा बगैर समझे ही बोल दिया, ''कछु दिन और हैं तुमाय गाँव में काकी, पानी खूब है इतै, तनिक आग भी होने चइये कि नई!''

फिर वही हुआ जिसका अंदेशा था कि आग लग ही गई! राम-जानकी मन्दिर में आरती शुरू होने से पहले वहाँ के पुजारी दाढ़ी वाले पंडित जी मन्दिर की छत से शुरू हो गए, ''हमने भी रामलीला देखी हैं जबलपुर में। मनो, ऐसे नज़राने, ऐसे लौंडा डांस वाली रामलीला हमने नहीं देखी। अब तो पूरे गाँव में लीला चल रही, नदिया के घाट से लेकर चबूतरों तक में लीला। गाँव में आदमी नाम की चिड़िया है कि नहीं, बहू, बेटियाँ, मोड़ा, मोड़ी सब जानत हैं, का चल रओ है जो! औकात में हर चीज़ अच्छी लगत है, औकात से बाहर शोभा नहीं देत है...!''

मन्दिर परिसर से पुराना स्कूल कुछ कदम ही दूर था इसलिए रामलीला कंपनी के कलाकारों तक पंडित जी की आवाज़ साफ़ सुनाई दे रही थी। गाँव के मुख्य मन्दिर का पुजारी होना ही बताता था कि गाँव में उनकी क्या हैसियत है। तभी तो जब कभी वे गुस्से में फूट पड़ते तो बीच में कोई उन्हें टोकने वाला नहीं होता। फ़िल्म एक्टर अमज़द खान सरीखी कद-काठी ही नहीं बल्कि आवाज़ भी उतनी ही बुलंद थी उनकी, ''गाँव में अब तक तो बड़ी सुख-समृद्धि है, मदनपुर पर बदनामी का बट्टा नहीं लगो। बट्टा लगने की नौबत आन ही काय देने!''

सुख-समृद्धि वाली बात सही ही थी, मदनपुर उपजाऊ खेतों वाला गाँव था, हर परिवार के पास दो-ढाई एकड़ खेत तो होता ही था, सिंदूरी नदी के आस-पास

कुछ हाथ गहरी ज़मीन खोद दो तो पानी बाहर आ जाता, लिहाज़ा किसान साल में दो बार फ़सल लेते थे, भूख, कुपोषण जैसी बातें सुनने को नहीं मिलतीं। न ही दो जून की रोटी की खातिर किसी को अपना गाँव छोड़ बाहर जाना पड़ता।

इतिहास दोहराता है, पर नदियाँ सूख जाएँ तो जीवन खत्म हो जाता है, कुछ भी दोहराने लायक नहीं बचता है। नर्मदा की कुछ सहायक नदियाँ सूखने की कगार तक पहुँच गई थीं, फिर भी सिंदूरी बह रही थी शांत प्रवाहित जीवन-रेखा की तरह, वर्चस्ववादी संस्कृति की छाया और भीड़ से दूर ऐसी धुन की तरह जिसमें मानो इसी उपेक्षा के कारण उसकी अपनी स्वतंत्र पहचान बची हो। उपेक्षा का यह भाव धार्मिक ही नहीं प्रशासनिक भी था तभी तो राज्य तो दूर, ज़िले और तहसील के नक्शे तक पर भी सिंदूरी की पतली नीली धार का होना, न होना बराबर ही दिखाई पड़ता था। मगर, नाम से सिंदूरी जब आँखों के आगे हरे-भरे क्षेत्र से किसी सर्पिणी-सी आकृति बनाती एक स्वच्छ-श्वेत जलधारा लिए यात्रा करती, तब नक्शे पर हिन्द महासागर का जल भी उथला दिखाई पड़ता था। सिंदूरी के बहने से गाँव की सम्पन्नता और शान बनी हुई थी।

लेकिन, दाढ़ी वाले पंडित जी जो 'बट्टा-बट्टा' कर रहे थे, उसका अर्थ यह था कि मदनपुर में प्रेम-संबंधों को लेकर हर आदमी इतना सजग रहा है कि वह प्रेम को फलने-फूलने से पहले ही उसे काटना या मसलना जानता था। इसलिए, प्रेम-प्रसंगों के मामले में अक्सर गाँव पर बट्टा लगने की नौबत ही नहीं आ पाती थी। कभी आती भी तो बड़े-बूढ़े पंचायत लगाकर ऑन द स्पॉट प्यार पर रोक लगाने का फ़रमान सुना देते और मिनटों में मामला रफ़ा-दफ़ा हो जाया करता था। बावजूद इसके गाँव में प्रेम कहानियाँ पनप ही जाती थीं, कहीं से तो प्यार फूट ही पड़ता, पर ज़्यादातर मौकों पर वह इस हद तक नहीं फूट पाता था कि गाँव का परंपरागत ढाँचा तोड़ सके।

''देखो आगे का होत है, कोई कांड-बांड न हो जाए!'' आगाह करने के अंदाज़ में पंडित जी मन्दिर की छत से नीचे मन्दिर परिसर में उतर आए, मगर वहाँ उपस्थित लोग और कंपनी के कलाकार समझ गए कि रामलीला की लीला अब गाँव में ज़्यादा लंबी न खिंचेगी।

उसके बाद उस रात ऐसी रामलीला हुई कि कुछ घंटे में ही रामलीला का आखिरी अध्याय लगभग खत्म हो गया। पहली बार ऐसा हुआ कि भूरा-हल्कोई के साथ अवधेश की तिकड़ी मंच से नदारद थी और खेल के अंत में यह घोषणा हुई कि कल रामलीला का अंतिम दिवस होगा और परसों कंपनी मदनपुर वासियों

से विदा लेकर अपने अगले पड़ाव के लिए प्रस्थान करेगी।

अगले दिन रामलीला में दर्शकों की लगभग उतनी ही भारी भीड़ जुटी जितनी कि पहले दिन जुटी थी। कई सारे लोग आखिरी दिन तिकड़ी का कमाल देखने जो आए थे, लेकिन उन्हें तब निराशा हाथ लगी जब अवधेश तो ढोलक बजा रहा था, मगर भूरा-हल्कोई डांस करने आए ही नहीं थे। बाकी कलाकार भी मानो अभिनय न करके किसी नाटक के संवाद पढ़ रहे हों। खैर, जब दर्शकों के अभिवादन के लिए पूरी रामलीला कंपनी हाथ जोड़ कतारबद्ध नज़र आई तभी दर्शकों की भीड़ से एक आवाज़ गूँजी, ''रुक जइयो, रुक जइयो, हमें एक बात पूछनी है।''

लोगों ने देखा कि कृपाल सिंह का राइट-हैंड लखन है, जो हाथ उठाए दिख रहा था। वह हमेशा ही कृपाल सिंह के साथ खड़ा होता था, पर उस दिन उसने कृपाल सिंह से दूरी बनाते हुए पूछा, ''रामलीला तो हो गई, अब पंचायत का फ़ैसला कबे हुइये, अवधेश गाँव में रेहे, या कंपनी में?'' लखन की यह बात किसी को समझ नहीं आई कि अवधेश तो गाँव आता-जाता ही था, उसके पिता यानी हमारे छड़ीदार दादा की मौत के बाद उसकी माँ उसके भाई के परिवार के साथ रहती थी और अवधेश कंपनी से जो भी कमाता था, उसका एक हिस्सा लाकर अपनी माँ के हाथों पर रख देता था।

''समझ नहीं आई तो बात जा है कि अवधेश भूरा के साथ संबंध रखेगा, या गाँववालों से, यदि भूरा से संबंध तोड़ेगा तो गाँव में उसका स्वागत है, नही तो गाँव निकारा,'' दूर खड़े कृपाल सिंह खुल कर सामने आ गए।

''यह तुमाय गाँव को कैसा न्याय है, जो अवधेश तुमाई मर्ज़ी से चलेगा, कंपनी बराबर पैसा क्या तुम दोगे, उसके हुनर लायक काम क्या तुम दोगे, खुशी और तरक्की देख-देख जल के राख मत हो जइयो!'' उत्तर भूरा ने इस तरह दिया कि शंकर जी के धनुष टूटने के बाद उसमें नटखट लक्ष्मण की आत्मा समा गई हो और वह अपनी बातों से परशुराम को और अधिक क्रोधित करना चाह रहा हो।

''गाँव के मामले में तू टाँग मत अड़इये, आइटम बीच में नहीं बोलेगी, बोल अवधेश गाँव में इश्कबाज़ी की मनाही है कि नहीं? तेरा भूरा से इश्क है कि नहीं?'' ऊँची आवाज़ में बोलते हुए कृपाल सिंह ने मुद्दा वापिस पटरी पर ला दिया।

''इश्क, मोहे का पता अटारी बारे दद्दा!'' अवधेश धीमी आवाज़ में बोलते हुए राम का-सा विनम्र ही बना रहा।

''बहुतई बढ़िया बेटा, खा जा फिर अन्न की सौगंध कि भूरा को तू नहीं

चाहे।'' कृपाल सिंह ने गाँव की सबसे बड़ी सौगंध खाने को बोल दिया, क्योंकि वे जानते थे कि गाँव के मेहनतकश किसान-मज़दूर अन्न का बहुत मान रखते हैं और कुछ भी हो जाए, मगर अन्न की झूठी कसम नहीं खा सकते।

''अन्न और माँ की सौगंध तो दद्दा हमने आज तक नहीं खाई और न खाएँगे, रही बात गाँव से निकालने की तो बो अधिकार आपहे नइया, न आप पंच हो, न सरपंच हो, प्रेम हमने कोई मोड़ी से तो करो नइया, तो कैसे बाहर कर सकत हो हमें?'' अवधेश की इस बात में दम था कि गाँववाले जब कभी प्रेम-प्रसंग के मामले में बैठे तो मामला लड़का-लड़की के बीच का होता था, ऐसा पहली बार हो रहा था कि मामला लड़के-लड़के के बीच की गहरी दोस्ती का था, इसलिए गाँव के बड़े-बूढ़े कैसे इस प्रकरण का निपटारा करेंगे, यह एक टेढ़ा सवाल था।

''तू नियम मत बता, इत्तो बता कि तुझे जा भूरा से पियार है कि नहीं, बाकी गाँव, पंचायत हम देख ले हैं,'' मारे गुस्से के कृपाल सिंह कँपकँपाने लगे।

''पियार! पियार में तो बा पावर होत है कि तुमओ नियम भी भगत-भगत फिरत हैं, काय सिंह साहब, भूल गए, हम नहीं भूले, कि प्यार में चइये डेप्थ, जो तुमाय पास उस दुपहरिया नहीं थो अटारी में।''

दुपहरिया की याद दिलाते हुए भूरा ने ऐसा व्यंग्य-बाण छोड़ा कि कृपाल सिंह सकपका गए। फिर भी उन्होंने खुद को सहज प्रकट करते हुए कहा, ''भूरा के मुं नहीं लगत हम, अवधेश तू बता बेटा गाँव प्यारो है कि नइया, हम तेरे दुश्मन नइया, जा लफड़ा में तेरी ज़िन्दगी तबाह हो जे है, जा बात तोहे बाद में समझ आ है, चल हम तोहे गाँव निकारा नहीं कर रहे, मनो जा बात ध्यान रखियो, गाँव में पहले जैसो मान, सम्मान न रेहे बेटा! अब अच्छा, बुरा तेरे हाथ, बस आखिरी बेर बोल तू का बोलत है?''

पूरे गाँव की ही नहीं बल्कि रामलीला कंपनी के हर कलाकार की नज़र अवधेश पर जाकर ठहर गई। अवधेश के लिए तुरंत यह निर्णय लेना इतना आसान नहीं था कि वह गाँववालों से बगावत करके भूरा का दामन थामे, या फिर भूरा का दामन थामने के लिए गाँववालों की बुराई मोल ले? हालाँकि, उसे किसी भी हालत में गाँव से नहीं निकाला जा रहा था, मगर मान-सम्मान का हवाला देकर उस पर अनावश्यक दबाव बनाया जाने लगा था। इसलिए उसे यह डर भी था कि गाँववालों की अनदेखी करनी कहीं उसके या उसके परिवार के लिए घातक सिद्ध न हो जाए!

''मेरो बाप मर गओ तो का, मेरी महतारी जई गाँव में रहत है, तो गाँव से

संबंध बनो रेहे, आत-जात रेहें।'' अवधेश ने पूरी गंभीरता से अपनी बात सँभल कर रखते हुए अंत में कह ही दिया, ''मनो, भूरा को नहीं छोड़ सकत हैं!''

अवधेश की यह दो टूक बात सुन रामलीला कलाकारों के चेहरों पर प्रसन्नता दौड़ पड़ी। अंब बारी भूरा की थी। भूरा के पुरुष तन के भीतर से स्त्री मन बाहर आ गया। भूरा बोला, ''हम और हमारी कंपनी अवधेश का शुक्रिया अदा करती है!'' और हवा में हथेली को तैराते हुए कमर पर हौले-से हाथ रख एक ज़ोरदार टुमका मारा। इधर, अवधेश ने उस टुमके पर ढोलक की थाप दे दी, 'ढप्प'!

प्रतिक्रिया-स्वरूप दूर कहीं अंधेरे में बैठे एक झुंड ने ताली पीट दी, इस हरकत से हैरान-परेशान होकर कृपाल सिंह दर्शकों की ओर देख चिल्ला उठे, ''उते कौन है रे!'' और एक के कंधे का सहारा लेकर अपनी मज़बूत छड़ी अंधेरे में बैठे उस झुंड की तरफ़ फेंक मारी जहाँ से इस बात पर ताली बजी थी, ''हम और हमारी कंपनी अवधेश का शुक्रिया अदा करती है!''

कल्लो तुम बिक गईं

'मेरा दिल भी कितना पागल है ये प्यार तो तुमसे करता है, पर...' अपने घर की दालान में कुछ ज़्यादा ही ऊँची जगह पर रखे टीवी माने दूरदर्शन पर सभी एकटक 'चित्रहार' देखे जा रहे थे। तीन दशक पहले 'दूरदर्शन युग' के आदमी से अब का कोई रिपोर्टर माइक अड़ा यह पूछे कि उन दिनों बॉलीवुड गानों के कार्यक्रम 'चित्रहार' को देख आप कैसा महसूस करते थे, तो...! खासकर हम गाँववालों से कि साल 1991 में प्रदर्शित 'साजन' फ़िल्म का गाना साल 1994 में जब चित्रहार पर चलता था तो भी वह क्यों हमारे लिए नया ही था!

गाँव में तब भी कहाँ टॉकीज़-वॉकीज़ हुआ करता था, सो दूरदर्शन पर राष्ट्रीय समाचार के बाद आने वाला 'चित्रहार' पूरा हफ़्ता हमें ज़्यादा ही इंतज़ार कराता था। बुधवार के 'चित्रहार' के लिए सोमवार, मंगलवार किसी तरह से कटते, फिर शुक्रवार के 'चित्रहार' के लिए गुरुवार का दिन भारी पड़ जाता था। आधे घंटे का 'चित्रहार' जब आता तब शायद ही ऐसा हुआ हो कि उसमें पाँच से ज़्यादा गाने दिखाए गए हों, इसलिए हर गाने की कीमत हमें मालूम थी और यह भी कि हमारी उम्मीद से उलट कोई गाना अगर बुरा निकलता तो कैसे सारा गुस्सा दूरदर्शन की स्क्रीन के आगे फूट पड़ता, ''बहुतई बदमाश हो गए हैंगे!''

कभी यह बदमाशी भी होती कि बीच में दो–चार विज्ञापन ज़्यादा घुसेड़ दिए जाते और तब पाँच की बजाय चार गाने ही देखने को मिलते, तब एक गाना सीधे-सीधे काटे जाने पर मन तो करता कि दूरदर्शन को एक शिकायती-पत्र लिख ही दिया जाए कि अति हो गई आदरणीय, चित्रहार जैसे मनोरंजक कार्यक्रम की समयावधि अब बढ़ाई जाए!

मगर, दूरदर्शन वालों से ज़्यादा शिकायत ग्रामीणों को बिजली-विभाग वालों से रहती। वजह, उन दिनों गाँव में लाइट आती कम थी, जाती ज़्यादा थी। तभी तो अक्सर पूछा यह जाता था, ''काय, लाइट आ गई का?'' इसलिए, चित्रहार हो या रविवार सुबह की 'रंगोली', अमिताभ-धर्मेन्द्र की मारधाड़ वाली कोई फ़िल्म हो या 'चंद्रकांता' जैसा लोकप्रिय धारावाहिक, यहाँ तक कि कृषि-दर्शन या देर

रात प्रसारित शास्त्रीय संगीत का अखिल भारतीय कार्यक्रम से लेकर 'रुकावट के लिए खेद है' ही क्यों न चल रहा हो, मन में एक धुकधुकी लगी ही रहती थी, ''कहूँ, लाइट न चली जाए!'' और, अफ़सोस वाली बात तो यह कि बड़ी निर्दयता के साथ लाइट चली भी जाती थी।

नवंबर 1994 में ऐश्वर्या राय दक्षिण-अफ्रीका से मिस-वर्ल्ड का ताज पहन कर लौटी थीं और दिसंबर यानी दिवाली के बाद की हाड़तोड़ ठंड के समय सब अपने-अपने बिस्तर पर रज़ाइयाँ ओढ़े इसी धुकधुकी में 'चित्रहार' देखे जा रहे थे, ''कहूँ, लाइट न चली जाए!'' आस-पड़ोस से जमा हुए कुछ लड़के भी नीचे दरी पर शॉल लपेटे कँपकँपाते 'ब्लैक एंड व्हाइट' टीवी के कल्पना-लोक में खोये हुए थे।

एक मैं था जो तब चारपाई पर पड़ा सबसे उलट ही प्रार्थना कर रहा था। प्रार्थना यह कि लाइट चली जाए, ताकि टीवी बंद हो जाए और सब यहाँ से उठें, जाकर सो जाएँ! उन दिनों गाँव में आमतौर पर दिन डूबने से पहले सभी का खाना हो जाता था, पर किस्मत से यदि लाइट बनी रहती तो हमारे घर आए लड़के दस, ग्यारह, बारह बजे रात या तब तक जब तक कि उनकी आँखों में नींद न भर जाए टीवी के आगे से टस-से-मस न होते। लेकिन, एक मैं था जो उस समय यह चाह रहा होता कि लाइट चली जाए, ताकि दालान, घर, आस-पास घुप्प अंधेरा हो जाए और ऊँघने को हो रहे लड़कों के सोने से पहले उन्हें झकझोर कर अपने-अपने घर जाने के लिए कहा जाए।

दरअसल, शाम के बाद से मन बहुत भारी हो गया था। इतना ज़्यादा भारी कि चित्रहार के गाने तक बहला नहीं पा रहे थे, न किसी से बात करते बन रहा था, न कुछ खाने का ही जी कर रहा था। खाली पेट उदासी का घेरा बढ़ता जा रहा था। ऐसी तकलीफ़ में चुपचाप पड़े बस यही सोच रहा था कि लाइट चली जाए, और जैसा कि अक्सर होता था, लाइट चली भी गई!

''अरे! अभे पाँच मिनट और हते, अभे तो एकाध गाना और आतो। बुध को नये गाना दिखात हैं, मनो लाइट को तो जानई होत है!'' दरी पर बैठा रामप्रसाद कुंभार तुरंत टॉर्च जलाते हुए रुआँसी-सी आवाज़ में लाइनमैन को गालियाँ देते हुए बोले जा रहा था। तब मम्मी भी पीतल की चिमनी और माचिस अपने सिरहाने एक स्टूल पर रखना नहीं भूलती थीं। गाँव में लाइट रात को जाती तो अमूमन सुबह ही लौटती। इसलिए मम्मी की जलाई चिमनी पूरी रात जलती रहती, लेकिन मैं दुख में इतना डूबा हुआ था कि वह बुझ भी जाती तो भी मुझे उस रात अंधेरे से डर

नहीं लगता। जब कोई दुख में ज़्यादा डूब जाता है तो अंधेरा बेमानी हो जाता है।

बात यह थी कि रोज़ाना की तरह उस शाम भी मैं स्कूल से लौटते ही घर के पिछवाड़े सटी टंकी का पानी मुँह पर उलीच रहा था, साबुन हाथ-पैरों में मल रहा था, कि तभी मम्मी ने किचन की खिड़की से एक ऐसी बात बताई कि कलेजा धक से रह गया। मैं टॉवल हाथ में लिए वहीं के वहीं उकड़ूँ बैठ गया।

मम्मी बोलीं, ''आज कल्लो से जी भर मिल लो, बात कर लो, कल कल्लो जा रई है।'' मैं समझ गया कि कल्लो का सौदा पक्का हो गया है, कई दिनों से ग्राहक का इंतज़ार किया जा रहा था, आज जाकर कल्लो बिक गई। 'कौन खरीदार,' 'किस गाँव जाएगी,' जैसी बातें फिर क्या मतलब की रह गई थीं जब कल्लो बिक ही गई थी तो! मतलब की बात तब एक यही रह गई थी कि कल्लो घर पर घरवालों के लिए महज़ कुछ घंटों की मेहमान रह गई थी।

मैं बच्चा था तो बचकानी बातें ही सोचे जा रहा था, यही कि काले रंग और बड़ी काली आँखों वाली हमारी कल्लो गाय जो बचपन से हमारे साथ रही, सालों दूध पिलाती रही, अचानक ही हमेशा के लिए हमें छोड़ कैसे जा सकती है! लेकिन, भावुकता में मैं भूल गया था कि जानवर हमें नहीं छोड़ते, हम जानवर को पालतू बनाते हैं और एक दिन उन्हें छोड़ देते हैं। कल्लो हमें नहीं छोड़ रही थी, बल्कि हम उसे छोड़ रहे थे, किसी नये मालिक के हाथों उसे बेच कर। और, छोड़ भी कुछ इस तरह रहे थे कि उसके जाने की बात एक सूचना भर रह गई थी।

घर के पिछवाड़े, जिस जगह पानी की टंकी थी, उसी से बस आठ-दस कदम दूर ही बँधी बैठी कल्लो को क्या पता कि वह बिक गई है। उसे क्या पता कि हमारे घर में तो वह उसकी आखिरी रात थी। मैं कल्लो के नज़दीक गया और उसकी गर्दन बाँहों में भर अपना चेहरा उसके चेहरे पर धर दिया। कल्लो की पीठ को सहलाया, उसके माथे को कई-कई बार चूमा, पुचकारा, उसकी प्यारी आँखों को जी भर देखा, दोनों हथेलियों से उसका मुँह पकड़ नाक से दुलार किया, बोला, ''सुन रई हो कल्लो! कल तुम जा रई हो, अब हम तो बड़े हो गए, तुमाये नये घर में तुम्हें हो सकत है कि नन्हे मोड़ा-मोड़ी मिलहे। हमें याद कर रंभाना मती उतो तुम, हूँम्म!''

गर्दन पर हाथ फेरते हुए मैंने देखा कल्लो के गले से पीतल की घंटी उतार ली गई थी, तभी देर से उसकी उपस्थिति में बजने वाली टन-टन की आवाज़ मुझे सुनाई नहीं दे रही थी। कल्लो हमारे घर इतने साल पहले आई थी कि तब मुझे ही याद नहीं मैं किस कक्षा में पढ़ता था। इतना भर याद है कि जब टीवी हमारे

घर नहीं आया था, तो हमें बहुत समय कल्लो के आस-पास रहने और उससे बतियाने को मिलता था। तब उसके गले में बँधी पीतल की घंटी बजती रहती थी।

कल्लो के रहते हमारा घर छोटे से बड़ा और कच्चे से पक्का होता गया और इधर खपरैल की छत के नीचे सालों-साल कल्लो खूँटे से बाँधी जाती रही। इस बीच कल्लो से जुड़ी कई सारी यादें थीं, पर जब वह अपनी जगह नहीं होगी तो क्या यह जगह भी पक्की बना दी जाएगी! फिर क्या उसे याद करते हुए भी यह जगह वीरान और काटने को दौड़ती हुई-सी लगेगी!

कल्लो ने कान झटक कर फिर तिरछा चेहरा कि मेरी ओर मासूमियत से देखा तो याद आ गया कि कैसे कल्लो जब बछड़ा जनती थी तब हमें हमारे साथ खेलने के लिए एक नया भाई मिल जाता। कल्लो के थनों पर झटके मार-मार बछड़ा कल्लो का दूध पिया करता था और कल्लो के गले में बँधी पीतल की घंटी टनटनाती रहती। कल्लो इतनी सीधी थी कि मम्मी सालों-साल उसे दुहती रहीं, मगर एक बार भी यह सुनने को नहीं मिला कि कल्लो ने कभी उन्हें लात मारी हो।

हमने घर के लिए ही गाय पाली थी, कभी दूध नहीं बेचा था। फिर कभी कोई ज़रूरतमंद दूध माँगने आता भी तो मुफ़्त ही छोटा लोटा भर उसे दूध दे देते। बछड़े को कल्लो का दूध पीने के लिए दूध-ही-दूध होता। गर्मियों के दिनों में कभी-कभार आँगन में कल्लो और बछड़े को खड़ा करके मैं मम्मी के साथ दोनों पर बारी-बारी से छोटी बाल्टियाँ भर-भर कर पानी उलीचा करता था। उनके बालों से कीड़े निकालकर मिट्टी के तेल की कटोरी में डालने का गज़ब खेल खेलता।

मेरी नज़र कल्लो के मुँह के आगे थोड़ी दूर भूसे से भरे कोने पर गई, सोचा कि जब कल्लो जाएगी तो यह भूसा किस काम का रह जाएगा! हाँ, इस भूसे में हम कच्चे सीताफल, आम, केले दबाकर रखा करते थे पकने के लिए। मम्मी हर रात कल्लो के खाने के लिए उसके मुँह के पास तगारी में भूसा डालतीं और उसे खूँटे में अच्छी तरह बांधना न भूलतीं, इस डर से कि वह हरे चारे के लालच में चरते-चरते सुबह तक कहीं दूर न निकल जाए! लेकिन, उस रात वह हमारे घर खूँटे में आखिरी बार बँधी थी कि अगले दिन उसे बहुत दूर जो निकाल दिया जाना था, इतनी दूर कि फिर हम उसे कभी देख नहीं सकते थे। इतनी दूर कि वह रँभाए तब भी हम उसका रँभाना नहीं सुन सकते थे।

ऐसा क्या था जो कल्लो को बेचना ज़रूरी हो गया था। सिर्फ़ कुछ हज़ार रुपयों के लिए? हालाँकि, हम बड़े हो रहे थे और यह बात भी अच्छी तरह जान

रहे थे कि रुपयों से सुविधाएँ हासिल होती हैं और सुविधाओं से खुशियाँ हासिल होती हैं। कई बार हमारे भीतर का अभाव हमें लालची बनाता है, जिसका पछतावा हमें बहुत बाद में होता है।

''बात रुपयों की है ही नइया, बात है अब सँभालत नई बन रओ,'' पापा कुछ दिन पहले ही बोल दिए थे। ''जित्तो हो सकत थो खूब सँभालो, अब मम्मी की भी उमर हो रही, बा की भी बश की नइया, घर बैठे ग्राहक आत है तो का अड़चन है?'' वे पहले ही ठान चुके थे।

दरअसल, जब कल्लो को खरीदा गया था तब यह सोच कर खरीदा गया था कि घर पर ही गाय का शुद्ध दूध मिलेगा, शुद्ध यानी बिन पानी मिला दूध। पापा कहा करते कि गाँव के छोटे बच्चे चाय नहीं दूध पीते हैं। फिर कल्लो के अधेड़ होते ही हम धीरे-धीरे बड़े हो गए थे।

पहले हमारा घर-आँगन भी तो पक्का नहीं था सो लीपने के लिए कहाँ गली-गली गोबर ढूँढ़ते फिरते, फिर कच्चे चूल्हे में लकड़ियाँ जलाने के लिए कंडे भी चाहिए होते, मगर जब से गैस सिलेंडर आया कच्चा चूल्हा कभी-कभी ही जलता ठंड में पानी गर्म करने के लिए। यानी जब घर-बार पक्का, सुविधा-सम्पन्न होने लगा तो मेहमानों का ख़याल भी ज्यादा सताने लगा कि गोबर की गंध और कल्लो के रंभाने के चलते कहीं वे अब भी हमें गंवार तथा गया-गुज़रा न समझ बैठें! बदले हालात में कल्लो को बेचने के पीछे एक दलील यह भी दी जाने लगी थी कि सीधे दूध खरीदना ही सस्ता पड़ता है। लेकिन, यह दलील तब आई जब कल्लो की भी उम्र हो गई थी और उसमें अपेक्षा से अधिक दूध देने की क्षमता घटती जा रही थी।

हालाँकि, ऐसी दलीलों के बाद भी वह सालों तक हमारे घर की प्रिय सदस्या रही, पानी, चारा देने या उसकी सेवा में कभी कोई कोताही मैंने नहीं देखी। दिवाली पर ही तो फूलों की माला चढ़ा कर उसकी आरती उतारी गई थी, तब मैंने कल्लो के लिए देसी गुलाब के फूलों का मुकुट बनाकर उसके सिर पर लगाने की कोशिश कितनी बार की थी, मगर कान फड़फड़ा कर हर बार वह मेरा मुकुट गिरा दिया करती थी। उसे क्या खबर कि हम उसे महारानी बना रहे थे।

दालान में चारपाई पर भीतर तक रज़ाई में सिकुड़ा मैं कल्लो के बारे में पूरी रात ही सोचता रहा और जब मुँह उघाड़ कर बाहर निकाला तो देखा कि माटी का तेल खत्म होने के कारण चिमनी बुझ गई थी। लेकिन, तब तक एक ओर से हमारे घर के सामने से कोई सौ कदम दूर नेशनल हाईवे पर दौड़ती गाड़ियों के

ऊपर सूरज निकल रहा था। दूसरी ओर, सूरज से फूट कर आँगन में पड़ती धूप इस बात का एहसास करा रही थी कि उस दिन कल्लो का साथ छूट जाएगा। फिर उसके साथ बिताई गई सुखद स्मृतियाँ ही साथ रहेंगी दुख पहुँचाने के लिए।

थोड़ी देर बाद जब मैं दालान से निकल आँगन में आ गया तो देखा मम्मी आँगन झाड़ रही थीं। मेरे उठने तक तो वह घर का आधा काम निपटा भी चुकी होतीं। ''मम्मी, कल्लो कौन गाँव बिकी है?''

''नाम तो पता नइया, मनो करैया के उते कोउ गाँव का आदमी बता रहे थे?''

करैया के उधर कोई गाँव का आदमी मतलब हमारे मदनपुर से जमुनिया गाँव जाने वाली सिंदूरी नदी के पुल के पार रायसेन जिले का कोई गाँव। ''अच्छा, अच्छा मम्मी, आज बो आदमी किते बजे आहे?''

''पापा जब स्कूल से लौटके आहें, तभई उन्ने बाहे बुलाओ है शाम को, लेन-देन पापाई करत हैं, हम थोड़ी करत हैं।''

गाँव के किस आदमी को खेत बटिया पर देना है, किसे बछड़ा बेचना है, यहाँ तक कि किस दुकानदार से किराने का माल खरीदना है, जैसे छोटे-से-छोटे लेन-देन में मम्मी नहीं पड़ती थीं। दरअसल, घर में ही नहीं बल्कि गाँव और पूरे इलाके की यही सोच थी कि लेन-देन के दौरान यदि औरत को बीच में आना पड़े तो समझो परिवार में ही कुछ कमज़ोरी है। पापा तब हर दिन साइकिल से गाँव की सिंदूरी नदी का पुल पार करके रायसेन ज़िले में खमरिया के प्राइमरी स्कूल पढ़ाने जाते थे और शाम को मेरे स्कूल से लौटने के बाद ही वे चार-पाँच किलोमीटर दूर से घर लौटते थे।

मतलब यह तो तय था कि मेरे स्कूल से लौटने के बाद ही पापा घर आएँगे। यानी तब तक वह खरीदार कल्लो को न ले जाएगा और मेरी आँखों के सामने ही कल्लो घर से विदा होगी। अगर इतवार होता तो पूरा दिन कल्लो के साथ बिता सकता था, पापा सरकारी शिक्षक थे, लेकिन पढ़ाई के मामले में पापा से भी ज़्यादा सख्त तो सातवीं पास मम्मी थीं जो मुझे बड़ा अफ़सर बना देखना चाहती थीं, इसलिए पापा के जाने के बाद मम्मी उस दिन भी स्कूल भेज ही देतीं।

गाँव में बच्चे अक्सर या तो बड़े-बूढ़े के या फिर घर के मवेशियों के सबसे करीब होते हैं। इसलिए कोई बाहरी उनके मवेशी को पत्थर मारे या छेड़े तो बच्चे दुःख और गुस्सा करते हैं। लेकिन, उस समय मैं दुखी और शांत हो गया था।

बाथरूम जाने से पहले मैंने कल्लो की तगारी में थोड़ा और भूसा डाला, उसकी पीठ पर दो-चार बार हाथ फेरा और नहा कर जब तैयार हुआ तो सोचने

लगा कि क्या किसी तरह यह सौदा अब भी कैंसिल कराया जा सकता है! हालाँकि, एक बार जुबान देने के बाद अपनी बात पर ना-नुकुर करने लग जाना इलाके में बड़ी शर्मिंदगी और बेइज्ज़ती की बात मानी जाती थी, फिर भी नाश्ते के बहाने रसोई में पराँठे सेंक रहीं मम्मी के पास गया, अपनी थाली में परांठा डालते हुए बोला, ''कल्लो को रहन दो न, का इते नुकसान पहुँचा रही, बूढ़ी होके मरहे तो घरई में न!''

''बात नुकसान-बुकसान की नइया, शादी-बियाह, रिश्तेदारी में जाने होत है तो जा गइया के चक्कर में कहूँ नई जा पाएँ! घर की रखबाली के लाने बड़ी मुश्किल से कोई आदमी तैयार होत है आजकल। रखबाली के भी पइसा माँगन लगे अब तो लोग!''

''तो जा बात आज काय कह रई हों, कल्लो तो सालों से इते है, पहले ऐसी बात काय नई कही ?''

''पहले गइया भर नई थी, शेरू भी तो थो, दो जानबर छोड़ शादी-बियाह करवाने के लाने घर छोड़त न बनत तो, मनो अब रहन दे तू!''

मैंने देखा मम्मी की आँखों में नमी गाढ़ी हो रही थी और ज्यादा बात करता तो वे फूट पड़तीं! शायद कल्लो के जाने से वे भी दुखी हों, या फिर उन्हें शेरू याद आ गया हो।

दरअसल, सन् 1984-85 में जब पापा अपना घर-परिवार छोड़ अपनी कमाई से हाईवे किनारे एक अलग मकान बनवा रहे थे तो यहाँ से गाँव दूर पड़ता था और आस-पास कुछ गिने-चुने टपरे ही हुआ करते थे, इसलिए रखवाली के लिए पापा ने किसी तरह भोपाल से एक काला भूरा एलसेशिएन कुत्ता मँगाया था, जिसे मम्मी शेरू कह कर बुलाने लगी थीं, जो बहुत भौंकता था और हम सबका इतना लाडला हो गया था कि उन दिनों तेंदूखेड़ा कस्बे से जब फ़ोटोग्राफर स्पेशली फ़ोटो खींचने घर आया तो हमने सबसे ज्यादा फ़ोटो शेरू के साथ ही खिंचवाईं। शेरू भी सालों तक जिया और अपनी उम्र के आखिरी दिन तक हमारे साथ रहा। आखिर एक दोपहर बूढ़ा होकर आँगन में मरा पड़ा मिला, तब मम्मी उसके लिए फूट-फूट कर रोई थीं। पापा सिंदूरी नदी के पुल के नीचे ज़मीन में उसे गाड़ आए थे।

मम्मी वह घटना बताने लगीं जिसके गवाह हम भी थे कि एक बार जब आवारा कुत्तों ने गेट के भीतर घुस कर शेरू पर हमला कर दिया था तो अपनी कल्लो गाय कैसे उन आवारा कुत्तों को मारने दौड़ी थी, उस दिन उन्होंने जाना

था कि जानवरों को भी अपने और पराए का भेद मालूम होता है।

''फिर इंसानों को क्या हुआ ?'' मन में यही बात दबाए किसी तरह आधा पराँठा ही मैंने पेट में डाला, भूख कल शाम से ही जो मर गई थी। पापा के रसोई में आते ही मैंने स्कूल का बस्ता उठा लिया था और मम्मी से कहा कि मेरे आने तक कल्लो को जाने मत देना। इधर, पापा कुर्सी पर नाश्ता करने बैठ गए कि उन्हें स्कूल के लिए दूसरे गाँव जाने के लिए मुझसे पहले निकलना होता था। लेकिन, उस दिन मैं स्कूल के लिए उनसे पहले निकल गया था।

तेज़ कदमों से मैं गेट खोल बाहर हाईवे पर आ गया, जाना मुझे बाईं तरफ़ था, लेकिन उस समय मैं दाईं तरफ़ देखने लगा कि इसी दिशा में कोई डेढ़ किलोमीटर दूर सिंदूरी नदी का पुल पड़ता है और उससे आगे यह सड़क रायसेन ज़िले के जमनिया, करैया जाती थी। जाती तो वहाँ से भी गोरखपुर, देवरी, उदयपुरा, बरेली, बाड़ी होते हुए भोपाल तक, लेकिन उस समय मेरा दिमाग करैया पर ही अटका हुआ था। करैया के आस-पास के किसी गाँव के आदमी के हाथों कल्लो बिक जो चुकी थी।

मैं सोचने लगा कि जब ज़्यादा ही छोटा था तो कैसे स्कूल नहीं जाने की ज़िद किया करता था, इसलिए पापा मुझे साइकिल की सीट से लगे डंडे पर आगे बैठा खमरिया अपने स्कूल ले जाते थे, तब मैं उनके साथ सिंदूरी नदी का पुल पार करता था और नीचे देखता कि पुल के नीचे एक और घाट बना हुआ था, जिस पर सुबह नौ-दस बजे गाँव के जाने-पहचाने लोग दिखा करते, फिर कुछ समय बाद पुल के उस तरफ़ किसी बाहरी सेठ का ढाबा क्या बना गाँववालों ने अपनी ही नदी के पुल, घाट से एक दूरी बना ली।

दरअसल, ढाबे के पास कई ट्रक वगैरह आकर रुकने लगे थे और फिर तेंदूखेड़ा कस्बाई कल्चर के लफंगे आए दिन पुल के नीचे ही घाट पर शराब के नशे में गदर मचाने लगे, इसलिए उस जगह गाँववालों की बजाय बाहरियों का हस्तक्षेप बढ़ता गया और देखते-ही-देखते वह घाट कस्बाई लोगों के लिए एक 'एन्जॉय पॉइंट' एक 'एडवेंचर स्पोर्ट' में बदल गया।

अपने गाँव से बहती नदी अपनी लगती है, ऐसे में अचानक ही बाहरी ताकतें जब उस पर हक जताने लगें तो यह देख तकलीफ़ होती है। हॉलीडे पर दूर-दूर से लोग जीपें भर कर आते और नदी किनारे खाते, पीते, मस्ती करते। गाँववालों से ही उनकी करतूतें सुनी थीं इसलिए मुझे सिंदूरी नदी के पुल की तरफ़ जाने से ही डर लगने लगा था। लेकिन, इस सुनसान सड़क से सिंदूरी नदी

का पुल और वह ढाबा पार करके उस शाम कल्लो विदा होने वाली थी करैया के पास के किसी गाँव के लिए। 'कोई नहीं, यहीं गेट के बाहर से ही उसे विदा कर दूँगा।' ऐसा सोचते हुए मैं पलटा और स्कूल के रास्ते चल दिया।

इधर, बीच रास्ते में मुझे गाँव भर के मवेशियों को चराने ले जाती हुई बरेदन बऊ (ग्वालन अम्मा) मिलीं। मुझे देख हँसी, कल्लो के बारे में पूछा तो मैंने उनसे कह दिया, ''हाँ कल्लो उम्दा है।'' सोचने लगा कि हाईवे किनारे बसे गाँव के मवेशी भी कितने एक्सपर्ट होते जाते हैं, अच्छी बात कि जो सड़क के आजू-बाजू चरने के बावजूद वाहन के नीचे आकर हादसों के शिकार नहीं बनते, लगातार आने वाली मोटर-कारों के हॉर्न की आवाज़ें भी फिर उन्हें विचलित नहीं कर पातीं।

बरेदन बऊ कभी हमारी कल्लो को भी चराने ले जाती थीं, तब मवेशियों के एक बड़े झुंड को वह सिंदूरी नदी के पुल से उल्टी दिशा में तेंदूखेड़ा, जबलपुर जाने वाली सड़क पर ढाई किलोमीटर दूर पाठा नामक एक शांत चारागाह पर चराने ले जाती थीं। शाम को जब मेरा स्कूल छूटता तो मैं स्कूल के बाहर ही उनका इंतज़ार करने लगता। मवेशियों के झुंड में कई बार कल्लो को ढूँढ़ना मेरे लिए मुश्किल होता, मगर कल्लो को ढूँढ़ कर उसे किसी लड़के के साथ घर तक पहुँचाना बरेदन बऊ का काम होता था। घर का रास्ता कल्लो भी खूब जान गई थी, हर शाम चरने के बाद वह खुद ही आकर गेट के सामने खड़ी हो जाती और रंभाने लगती थी। लेकिन, सड़क पर चलते हुए उस समय मैं सोच रहा था कि उस दिन तो उसे उसी गेट से दूसरे गाँव भेज दिया जाना था। उस दिन के बाद उसे घर-वापसी का रास्ता याद करने के लिए कोई मौका ही नहीं मिलने वाला था।

चलते-चलते मेरे कानों में गायों के गले में बँधी घंटियाँ तेज़-तेज़ टनटनाने लगीं। इतनी तेज़ कि मैं आँखें बंद कर वहीं ठहर गया। दो मिनट के लिए वहीं बैठ गया।

पालतू मवेशियों को घर लौटने का रास्ता खूब पता होता है। वे दिन भर जहाँ रहें, लेकिन हर शाम लौट आते हैं घर। मगर, एक दिन उन्हें दूर किसी गाँव में बेच दिया जाता है और फिर उनके मालिक के बदलते ही वह घर उनके लिए नहीं रह जाता है। पालतू मवेशी फिर उस घर लौट नहीं पाते हैं।

यही सारे विचार दिमाग में लिए उस समय मैं गाय-बैलों के गले की बजती घंटियों से होते हुए आगे बस-स्टैंड स्थित बजरंग-बली के चबूतरे के पीछे का छोटा घाट उतर मैं समय से पहले तो स्कूल पहुँच गया था, लेकिन बेचैनी के

मारे मुझसे कक्षा में बैठा नहीं जा रहा था। तिवारी सर, पांडेय सर अपने-अपने पीरियड में आये-गए, लेकिन मुझे बोर्ड पर कल्लो का वही तिरछा मासूम चेहरा और उसकी बड़ी काली आँखें दिखाई पड़तीं। फिर दीक्षित सर के पीरियड में मैंने उनसे यह सवाल पूछा कि सिंदूरी नदी कहाँ से निकलती है और कहाँ तक जाती है। लेकिन, वे तो दूर इमलिया गाँव से आए थे और वैसे भी मदनपुर की नदी से जुड़ा यह सवाल तो पाठ्यक्रम से बेदखल था। फिर भी उन्होंने यह सवाल होमवर्क की कॉपी में लिखवाते हुए हमें इस बाबत बड़े-बुजुर्गों से बात करने के लिए कहा। जब लड़ई भैया ने लंच की घंटी टनटनाई तो मुझे लगा कि मैंने धैर्य की आधी परीक्षा पास कर ली और आधा समय इसी तरह कट गया तो मैं शाम को घर के लिए दौड़ पड़ूँगा।

अक्सर सभी बच्चे नज़दीक ही बरगद के नीचे बैठ कर लंच किया करते थे। वहाँ लड़ई भैया मेरे पास आए और वह बात बताई जो वे दीक्षित सर के सामने कहने से झिझक रहे थे, ''अपने गाँव की नदिया खापा चमेली से निकरी है, टिपराउन नाम का गाँव है उते जा नरबदा में मिलत है।'' मुझे तब पहली बार पता चला था कि सिंदूरी उतनी छोटी नदी भी नहीं है। सागर, नरसिंहपुर और रायसेन ज़िले के गाँवों से बहने वाली सिंदूरी का एक बड़ा जलग्रहण क्षेत्र है। लड़ई भैया के साथ गप्पें लड़ाते यह भी पता कर लिया था कि कोई अस्सी कोस का घेरा बनाने वाली अपनी सिंदूरी नदी चालीस-पचास गाँवों से और गुज़रती है और करीब इतनी ही हज़ार आबादी के लिए जीवनदायी नदी है।

इस बीच बरगद के आस-पास खेलते हुए प्रीतम ढीमर के साथ दूसरी कक्षा के बच्चे आए तो मैंने उन्हें बताया कि सिंदूरी नदी कहाँ शुरू, कहाँ खत्म होती है। लड़ई भैया से यह भी पूछने लगा कि अपना गाँव कितने साल पुराना होगा? ''जा तो नई पता मनो हमाय बाप के, बाप के, बाप के भी बाप के भी बाप के, और उनके के भी बाप जईं पैदा भये थे।''

जवाब प्रीतम ढीमर ने दिया और अपनी बात पर खिलखिला कर हँसा दिया। हालाँकि, मध्यप्रदेश शासन की किताब में मदनपुर का नाम जब हमने देखा था तो खुशी और गर्व से हमारी आँखें चमकने लगी थीं। भारत के पहले स्वतंत्रता-संग्राम की पूर्व भूमिका में मदनपुर का नाम 'मदनपुर की बगावत' के तौर पढ़ने को मिला था। बगावत भी अभी की नहीं, साल 1842 की, जब मदनपुर में आदिवासी राजा ढेलनशाह ने अंग्रेज़ों के खिलाफ़ बगावत कर दी थी। यही नहीं, ढेलनशाह ने दूसरी बार साल 1857 में भी फिर आदिवासियों के साथ मिल कर

तेंदूखेड़ा-चांवरपाठा थाने पर कब्ज़ा कर लिया था। बाद में अंग्रेज़ों ने उन्हें पकड़ लिया था और फाँसी पर लटका दिया, तो इस गाँव की बसाहट ज़्यादा नहीं तो डेढ़-दो सौ साल पुरानी तो है ही।

फिर जब चौधरी सर की गणित की क्लास के लिए अंदर घुसा तो रात का जागना भारी पड़ने लगा और एक झपकी लेने का भी मन किया, मगर तभी ध्यान आया कि क्यों नहीं मैंने लड़ई भैया से यह भी पूछ लिया कि क्या गोंडपुरा में कोई गाय खरीदना चाहेगा। दरअसल, मुझे यह आइडिया देर से आया कि पापा यदि गाँव के ही किसी आदमी के हाथों थोड़ा और सस्ते में कल्लो को बेचें तो वह नज़दीक तो रहेगी, जैसे कि कल्लो के बछड़े भी इसी गाँव में बिके थे!

देखा जाए तो हमारा गाँव था तो गोंड आदिवासी बहुल, मगर हाईवे किनारे और कोई बीस किलोमीटर की परिधि में दो बड़े कस्बों से घिरा होने के कारण गाँव में गैर-आदिवासी संस्कृति हावी होती जा रही थी। आदिवासियों की नई पीढ़ी का रहन-सहन, खान-पान, पहनावा और यहाँ तक कि तीज-त्यौहार भी इस सीमा तक बदल रहे थे कि हमें लगता ही नहीं था कि वे हमसे अलग हैं। वे अपने कुल देवता की पूजा करने विशेष मौकों पर नज़दीक के जंगल में तो जाते, लेकिन राम-जानकी मन्दिर में होने वाली आरती के समय भी प्रतिदिन हाज़िर होते।

सुबह से शुरू होने वाली रामधुन और भजन-कीर्तन मंडली में गोंडपुरा के लोगों की खासी उपस्थिति देखी जाती। इसी तरह, गाँव से दूर तक कोई घना जंगल न होने के चलते उनका पूरा जन-जीवन जंगल की बजाय खेत-खलिहानों के इर्द-गिर्द सिमट गया था। नकदी का चलन बढ़ गया था इसलिए भी उनमें से कुछ परिवार किसानी, मजूरी के अलावा मवेशी पाल कर दो पैसा ज्यादा कमाना चाहते थे। आदिवासियों के बाद गिनती के आठ घर छोड़ दें तो ऐसा कोई घर न था जहाँ कम-से-कम एक मवेशी न मिले। उन दिनों हमने शहरों में वृद्धाश्रम के बारे में तो सुना था, लेकिन उसी तर्ज पर अपने गाँव और आजू-बाजू के गाँवों में किसी गौशाला के बारे में नहीं सुना था। तब किसान गाय, भैंस, बैल, बछड़े को परिवार के अन्य सदस्य की तरह बुढ़ापे तक सँभाला करते थे और यह बात कल्पना से बाहर की थी कि बुढ़ापे में वे गाय को गौशाला भरोसे छोड़ देंगे।

हाँ, यह सच है कि तेंदूखेड़ा में हर शनिचर पशु-बाज़ार भी लगता था, जिसमें बैल दलाल या फिर सीधे किसान और दूध व्यापारी गाय-बैलों को खरीदते-बेचते। दरअसल, पूरा इलाका छोटे किसानों का था, जो खेती-किसानी के लिए बैलों पर ही निर्भर थे। इसलिए बरसात के पहले जुताई वगैरह के कामों

के लिए तेंदूखेड़ा के अलावा भी दूसरी जगहों पर बड़े-बड़े पशु-मेले लगा करते थे, जिन्हें अपना मवेशी ऊँची कीमत पर बेचना होता वे दलालों के मार्फत भी सौदे कराते। लेकिन, पापा ने कभी बाज़ार में किसी दलाल के माध्यम से कल्लो के बछड़े नहीं बेचे थे, मतलब यह कि उन्हें पैसों की बहुत अधिक नहीं पड़ी थी। मुझे एकदम खटका कि हमारे घर के पीछे ही तो बांकेलाल कक्का रहते हैं, जो पशु-बाज़ारों के अलावा दूरदराज़ के गाँव में डोर-टू-डोर जाकर भी पशुओं का सौदा कराते हैं, मतलब यदि बांकेलाल कक्का को ही बोल दें कि कल्लो का सौदा गाँव में ही कहीं करा दें और हमें ज्यादा पैसा चाहिए नहीं तो शायद बात बन जाए!

इतना सब सोचते हुए मेरे दिल में कल्लो को घर नहीं तो गाँव में ही रखने की आखिरी उम्मीद बंधने लगी। उसके बाद अपनी आँखों की चमक को भीतर तक महसूस कर सकता था और इसी बीच आखिर जब लड़ई भैया ने शाम को स्कूल से छुट्टी की आखिरी घंटी बजा दी तो फिर क्या था! मैं घोड़े की तरह सरपट घर की ओर भागा। चाहता था कि खरीदार के आने से पहले ही पापा-मम्मी से किसी तरह अपनी बात मनवा लूँगा और इसी उत्साह में गेट खोल दौड़ते हुए ही आँगन तक जा पहुँचा। मगर यह क्या! देखा कि पापा उस दिन मुझसे पहले आ चुके थे। मैंने पापा से सीधे पूछा, ''कल्लो किते है?''

''अभई कछु देर पहले ही चली गई!''

उस क्षण पापा के इन शब्दों पर मुझे यकीन न हुआ। ''ऐसे कैसे चली गई थोड़ी देर पहले!'' मैं हक्का-बक्का रह गया। हल्का चीखते हुए बोलने लगा, ''स्कूल से इत्ती जल्दी आके कल्लो को भेजने की क्या ज़रूरत थी? हमें तो आ जाने देते!'' लेकिन, उस समय तो मैं पापा का उत्तर सुनने को राज़ी न था, इसलिए पापा के कुछ कहे बगैर वापिस गेट के बाहर हाईवे पर निकल आया और फिर बाईं ओर सुनसान सिंदूरी नदी के पुल की दिशा में दौड़ पड़ा।

जब उम्मीद की डोर एक झटके में टूट रही हो, जब जान से करीब की कोई चीज़ बिछड़ रही हो तो आदमी कुछ पलों के लिए अपनी जान की परवाह भी छोड़ देता है और फिर अनजान से अनजान रास्ते पर अकेला अपने दम पर दौड़ने लगता है। मैं दौड़ता ही रहा कोई डेढ़ किलोमीटर दूर पुल तक बिना डरे, लेकिन अचानक पुल के उस तरफ़ ढाबा देख पाँव अपने आप रुक गए डर के मारे ही।

पुल के नीचे सिंदूरी नदी के घाट पर कुछ ट्रक ड्राइवर सरदार हाथ-मुँह धो रहे थे, मैंने सड़क की तरफ़ सीधे देखते हुए कल्लो का नाम लेकर दस-बारह

बार गला फाड़ कर पूरी ताकत से आवाज़ दी।

लेकिन, मुझे भी पता था कि कल्लो सिंदूरी नदी और ढाबा पार कर दूर जा चुकी थी, उसे कहाँ मेरी आवाज़ सुनाई देगी! मैं वहीं हताशा के मारे सड़क किनारे बैठ गया। फिर यकायक उठा और एक बार फिर दुख और गुस्से के मारे पूरी ताकत से चिल्लाया, ''कल्लो तुम बिक गईं!''

लेकिन, ठीक उसी समय बाजू से बस गुज़री और मेरी आवाज़ सिंदूरी नदी के पुल पर उस जगह वहीं के वहीं दबी रह गई।

रामदई, हमने टीबी नई देखी

"कूद मत जइयो उद्दू भैया, तुमाओ धरम भ्रष्ट हो जेहे हमाओ तन को पानी छूके!"

कई बार किसी की कोई बात ऐसे घर कर जाती है कि सालोंसाल वह शब्दश: दिमाग में रहती है। वह बात याद आते ही आँखों के सामने पूरी घटना ही चली आती है। उस दिन भी ऐसा ही हुआ। मुग्घा ने उदयराम से जो बात कही थी वह ऐसी गड़ गई कि उसकी बात याद आई तो एक बार फिर आँखों के सामने सालों पुरानी वह घटना घट गई—

"काय तुमने गाँव पर कबिता कही, सब बताई, मनो छिंदोर का नाम नई लओ?"

नदी के अंदर देर तक डुबकी मारने के बाद उदयराम अचानक ऊपर निकला और मुझसे बोला। फिर खुले बदन पानी में हथेलियाँ मारता हुआ, तैरता हुआ दूसरे किनारे पहुँच गया।

घाट किनारे बैठे मुझे खुद कुछ नहीं सूझ रहा था तो महीनों पुरानी बात पर पूछे गए उसके सवाल को लेकर मैं उसे क्या जवाब देता!

वे दिन थे, जब 'मध्य प्रदेश राज्य आदिम जाति कल्याण विभाग माध्यमिक शाला, मदनपुर' यानी कोई पसेरी भर भारी नाम वाले गाँव के स्कूल में मैं और उदयराम गोंड साथ पढ़ते थे।

उन दिनों 15 अगस्त और 26 जनवरी की सुबह हम कुछ स्कूली बच्चे स्कूल के बाहर मैदान में लहराते तिरंगे के नीचे एक के बाद एक आते और अपने आगे जमा हुए गाँव के सामने प्रस्तुतियाँ देते।

साल के यही दो मौके होते थे जब मैं कोई नया रटा भाषण सुनाता था, पर साल 1994 का 15 अगस्त खास था, कि तब मैं सातवीं में था। उस साल मैंने भाषण छोड़ एक कविता तैयार की थी, कविता क्या तुकबंदी थी :

"मेरा गाँव बड़ा अलबेला
मैं इसकी माटी में खेला

इसका नाम मदनपुर प्यारा
यह सब गाँवों से न्यारा
राष्ट्रीय राजमार्ग-12 पर
टूटे-फूटे बिजली से ये रोशन घर
सीधे-सादे लोग यहाँ के
झगड़े, टंटों का नहीं झमेला... ''

इस तरह, 'अलबेला', 'खेला', 'पर', 'घर', 'झमेला', 'मेला' और 'ठेला' टाइप शब्दों को लयबद्ध करके तब एक लंबी कविता लिख दी थी। इसमें आगे बताया कुछ इस तरह से गया था कि सोनी ब्रदर्स की खटारा बस में बैठो तो राजधानी भोपाल से कोई पाँच घंटे की दूरी पर, गाडरवारा तहसील में नरसिंहपुर ज़िले के सबसे आखिरी छोर वाला, रायसेन ज़िले के जमनिया गाँव से लगा मदनपुर किस कदर अनूठा है! कविता में गाँव का सारा रंग-ढंग था, लोगों की अजीब आदतों और अनोखी जगहों का दिलचस्प बखान था, मगर मैंने कविता में छिंदोर का नाम तक नहीं लिया था। इसी बात की ही तो शिकायत छिंदोर किनारे उदयराम कर रहा था।

''काय भैया! उदयराम छिंदोर कहाँ से निकरी है, और कहाँ जात है? कछु पता है?'' मैंने उस समय घाट के उस पार पहुँचे उदयराम को आवाज़ लगाई।

''हम कछु नई जानत, न हमें मतलब है, मनो इत्तो पता है कि छिंदोर नरबदा मैया में जाके मिलत है, जे मे हम गोता मार रये।''

''हओ, जा तो हम भी जानत हैं कि छिंदोर नरबदा मैया में जाके मिलत है, बई की नन्ही बहन है, जा भी पता है कि अपनी नदिया कित्ती लंबी है, कित्ते गाँव से होके आत-जात है?''

लड़ई भैया ने यदि सिंदूरी के बारे में नहीं बताया होता तो मुझे इतना भी पता नहीं होता। हमें हमारे मास्साबों ने नर्मदा सहित गंगा, नील और दुनिया जहान की नदियों के बारे में बता दिया था, मगर स्कूल की किसी कक्षा में नर्मदा की सहायक नदी छिंदोर का नाम तक नहीं था। हाँ, इतना मालूम था कि गोंड आदिवासी बहुल गाँव के लिए सहज जो 'छिंदोर' रही, आधिकारिक रूप से वही 'सिंदूर' थी, पर एक मैं था जिसे 'सिंदूर' को 'सिंदूरी' कर देना तब भी पसंद था, अब भी पसंद करता हूँ कि 'सिंदूर' में 'सिंदूरी' जैसा ममत्व कहाँ! 'सिंदूरी' का नाम लो तो लगता है कि हाँ अपनी बड़ी बहन, या माँ! मगर, जिसे हम सबसे ज्यादा चाहते हैं, जिसके प्रति सबसे ज्यादा लगाव रखते हैं, सबके

सामने उसी के बारे में न के बराबर बात करते हैं, इसलिए कविता में 'सिंदूरी' का छूट जाना तब भी अखरा था, अब भी अखरता ही है, यह सोचते हुए भी कि विशालकाय नदियाँ, बड़ी-बड़ी घाटियाँ, भूगोल नामक स्कूली विषय में दर्ज हो जाती हैं, महान साम्राज्य की बड़ी-बड़ी घटनाएँ इतिहास का अध्याय बन जाती हैं, लेकिन सिंदूरी जैसी छोटी-छोटी नदियाँ, ऐसी छोटी-छोटी नदियों के किनारे की सभ्यता, बारीक चीज़ें, मामूली बातें, सच्चे किस्से, कहानियाँ, ज़िंदादिल लोग और उनकी भावनाओं को कहाँ जगह मिल पाती है?

''...सिंदूरी के तट से देखो गंगा-सा यह घाट है, भैया उदयराम कबिता में तुमाई छिंदोर जोड़ दई, अब मती कहियो!''

लेकिन, तब मैंने कविता में सिंदूरी जोड़ी भी तो गंगा जैसी हिन्दुस्तान की बड़ी नदी से तुलना करके, जबकि छोटी-से-छोटी चीज़ का भी अपना एक स्वतंत्र अस्तित्व हो सकता है, सिंदूरी जैसी छोटी नदियों का महत्त्व इसलिए बड़ा है कि बड़ी नदी इन छोटी-छोटी नदियों के जल से ही तो बड़ी बनती है। नर्मदा जैसी बड़ी नदी ही कई छोटी नदियों से मिलकर उनकी बड़ी बहन बनी है। नर्मदा में सिंदूरी की तरह चालीस से ज़्यादा सहायक नदियों का जल समाया हुआ है, तब जाकर नर्मदा लंबी-चौड़ी होती गई है और नर्मदा पर सरदार सरोवर जैसे विशालकाय बाँध की कल्पना की जा सकी है।

फिर सिंदूरी का बहाव तो मदनपुर बसाहट को आस-पास के उन दर्जनों गाँवों से अलग करता था जिनके भाग में कल-कल बहती नदी नहीं थी। एक नदी का यह स्वतंत्र अस्तित्व ही तो था कि उसने पूरे गाँव की दो टीलों के ज़रिये पहचान कराई थी, एक टीले पर लड़ईपुरा और दूसरे पर गड़रियापुरा बसा हुआ था। लड़ईपुरा के कच्चे घाट पर सबसे अधिक साठ से ज़्यादा गोंड आदिवासी परिवारों का जीवनयापन होता था, जबकि गड़रियापुरा के कच्चे घाट पर गड़रिया, विश्वकर्मा, कुम्हार, मछुआरा, किरार पटेल, राय, लोधी, कुशवाहा, नामदेव, जोगी, साहू, सेन, यादव, कोटवार परिवारों का जीवनयापन होता था।

लड़ईपुरा और गड़रियापुरा को मिलाकर पूरे गाँव का एक जातीय ढाँचा बना हुआ था। इस जातीय ढाँचे में शोषण और भेदभाव के बीज थे तो आपसी लगाव तथा सामाजिक सुरक्षा का भाव भी था। जात-बिरादरी ऊँच-नीच में बंटी हुई थी, लेकिन उम्र एक ऐसा कारक था जिसमें किसी भी जाति से जुड़े लड़के या लड़की पूरे गाँव के बड़े-बूढ़ों का आदर करते थे। अजीब स्थिति थी कि बिना कहे भी आदमी की पहचान उसकी जाति से होती, मगर उसे पुकारा एक रिश्ते से

जाता था। जैसे, शनिचर चौधरी सदा शनिचर कक्का रहे। इसी तरह, सारे बच्चे कोमल नामदेव का नाम जानते थे, पर वे सदा कुम्मा भैया ही रहे, कि ''कुम्मा भैया हमाओ पैंट सिल दे।''

हम खरे, चौबे, अग्रवाल, जैन, सिंह और एक पूर्व ज़मींदार गोंड परिवारों के दसेक घर थे जिनमें खासकर बड़े कहे जाने वाले घरों की स्त्रियाँ शौच या नहाने के लिए नदी नहीं जाती थीं। शायद मैं भी कविता में सिंदूरी का नाम तक लेना इसलिए भूल गया था कि जब से मैंने होश सँभाला, अपने घर पर ही पक्का शौचालय, नल और पानी का मोटर-पंप पाया। मेरे लिए नदी बचपन में महज़ एक कौतूहल की तरह शामिल थी, जिसके किनारे तरह-तरह के खेल होते, जिसमें कूद कर बच्चे तैरना सीखते, तैरना हमें किताबों ने नहीं नदी ने सिखाया था। बस हमने तैरना सीख लिया था और इसके लिए हमें किसी ने यह नहीं बताया था कि तैरने के लिए और तैरने से पहले तैरने के बारे में अच्छी तरह से पढ़ लेना चाहिए।

मगर, जिस तरह कविता से सिंदूरी छूट रही थी और फिर मैंने उसे बाद में संपादित भी कर दिया था, ठीक उसी तरह नदी, घाट, गाँव से एक और टीला उन्हीं दिनों में छूटा हुआ था, या फिर छोड़ दिया गया था, जो गाँव से दूर और पूरी तरह अलग-थलग था, जिस पर चार-छह झोपड़ियाँ बनी हुई थीं, ये थीं दलितों की झोपड़ियाँ। इस टीले के लोग न लड़ईपुरा और न ही गड़रियापुरा घाट पर नहा सकते थे, बल्कि सिंदूरी के गड़रियापुरा घाट से सौ सवा सौ कदम दूर एक ऐसी खतरनाक जगह पर नहाते थे, जिसके किनारे कच्चा घाट भी नहीं था और जहाँ नदी ज्यादा ही गहरी थी।

घंटा, पौन घंटा तैरने के बाद जब उदयराम ढलती दुपहरी में नदी के बाहर निकल कर सिल पर कपड़ा धोने बैठा तब मेरा ध्यान उसकी पहनी नीली पट्टी की धारीदार चड्डी की तरफ़ गया, इकहरे बदन के अनुपात में ज्यादा ही चौड़ी और घुटनों के नीचे सरकी चड्डी बताती थी कि वह किसी बड़े-बुजुर्ग की उठा लाया है।

''आज लड़ईपुरा का मोड़ा गड़रियापुरा में काय नहा रओ?'' मुझे हँसी चौड़ी और घुटनों के नीचे सरकी चड्डी देख कर आ रही थी, लेकिन ऐसा जता रहा था कि मुझे हँसी दूसरी बात पर आ रही है।

''काय, का कहूँ जो लिखो है कि कौन कहाँ नहाबे! तुमाओ टाइमपास करबे इते नहा रये थे बड़े!'' उदयराम थोड़ा पिनक गया और थोड़ा ठहर कर उसने फिर एक सवाल दाग़ दिया, ''अच्छ जा बताओ, अपने गाँव में नरबदा भी है, गंगा भी है, और जमना, सरस्बती भी है, मनो कोई मोड़ा-मोड़ी का नाम

छिंदोर, या फिर तुमाई सिंदूरी काय नइया ?''

''हओ, हमई से सब पूछ लो! जा बताओ, अपने गाँव का आदमी नरबदा परकम्मा पर तो जात है, मनो छिंदोर की परकम्मा काय नई करत, करत होतो तो पता होतो कि छिंदोर कितेक लंबी है, कहाँ से निकरी है, कहाँ जात है ?''

हम दोनों फिर हँसे। बोलते भी क्या, जब कविता ही क्या पूरे गाँव से नदी का नाम छूटा हुआ लग रहा था! नर्मदा की परिक्रमा करने से पुण्य-लाभ मिलता है, जबकि सिंदूरी की परिक्रमा करने से पुण्य-लाभ का कहीं उल्लेख नहीं है, इसलिए सिंदूरी की परिक्रमा का कोई मतलब नहीं है।

सारी नदियाँ माता नहीं होतीं। सिंदूरी को भी माता नहीं समझा गया। यही कारण था कि सिंदूरी धार्मिक महत्त्व से बची हुई थी, जैसे कि सिंदूरी एक आदिवासी नदी बनी हुई थी, एक आदिवासी स्त्री की तरह सीधी-सादी स्वाभाविक, जिसे न देवी का दर्जा प्राप्त था, न 'तारण-हारणी' ही कहलाती थी।

इस बीच मैंने सिंदूरी नदी के बीचोंबीच पत्थर फेंक दिया शांत पानी में तरंगें पड़ गईं।

''काय तुम डरात हो का नदिया से, ऐसे छनो पानी देख अब तक तो कूद जाने थो!'' घाट पर कपड़ों के ऊपर रखा भारी पत्थर बाजू में फेंक उदयराम ने कमीज़ पहनते हुए टोका।

''बात डराबे की नइया यार, घरई से जब नहाके आए तो दुबारा नहाने ही काय!'' मगर, यह तो मुझे ही पता था कि जब तक आठ-दस सियाने आदमी घाट पर न रहें, तब तक अपन नदी में पाँव नहीं रखते थे। मैं मन-ही-मन बोला, ''सुनो सिंदूरी, मैं तुमसे थोड़ा डरता तो हूँ ही।''

फिर यकायक दूर घाट से तेज़ दौड़ता कोई हमारे बाजू से नदी में छलाँग मार गया! ''कौन हेगो ?''

''मुग्घा है, मुग्घा! आज का जाहे कहूँ से भांग-वाँग मिल गई रई? नई तो जा की का हिम्मत कि जो गड़रियापुरा घाट पे कूद सकत तो।''

''मुग्घा!'' चौड़ा मुँह, बड़ी बत्तीसी बाहर की तरफ़ होने की जैसे 'सजा' भोग रहा था जो बच्चों ने चिढ़ा-चिढ़ा कर उसका नाम ही मुग्घा रख दिया था। मगर, असल बात तो यह थी कि मुग्घा चौधरी असल में गाँव का चौधरी नहीं था, बल्कि दलित था, क्योंकि दलित अपने नाम के आगे चौधरी लगाते थे। इसलिए जब उसका असल नाम बिगाड़ कर मुग्घा चलने लगा तब भी वह या उसकी माँ ज्यादा प्रतिरोध करने की हालत में नहीं थी। अब उम्र के हिसाब से वह भले ही

मुग्घा भैया या मुग्घा कक्का बन जाए, मगर हुकुम चौधरी तो नहीं रह सकता था।

हाँ, हुकुम चौधरी, मुग्घा तो छाप थी, मुग्घा का असली नाम हुकुम चौधरी बहुतों को याद नहीं रहने वाला था! वह हमसे कुछेक साल बड़ा होने के बावजूद स्कूल में एक कक्षा पीछे छूट गया था। आखिर वह पाँचवीं पास नहीं कर पाया था और बीच में ही पढ़ाई छोड़ कर माँ, जिसे गाँव में बाई कहते थे, बाई के साथ बाँस की टोकरियाँ वगैरह बनाना सीख गया था, हमने उसके पिता को कभी नहीं देखा था। वह बहुत पहले ही मर गए थे। हमें ठीक-ठीक यह तो याद नहीं कि हुकुम चौधरी उर्फ़ मुग्घा पढ़ाई में क्यों पिछड़ गया था, पर हमने यह देखा था कि वह घर से जब स्कूल आता तो कक्षा में बिछाने के लिए अपने घर से एक बोरा साथ लाता। बच्चों के बैठने की लंबी फट्टी जहाँ खत्म होती, उससे थोड़ी दूर वह बोरा बिछा कर बैठ जाता।

दुखद कि गति, गतिरोध, विरोध, प्रतिरोध से बेखबर हुकुम चौधरी ने अपने जीवन की शुरूआत में ही जैसे कि खुद को मुग्घा मान लिया था।

महज़ चौदह-पंद्रह की उम्र में उसने जान लिया था कि उसे कैसे रहना चाहिए, मतलब कि स्कूल के दूसरे बच्चों के साथ बैठ कर खाना नहीं खाना चाहिए, मैदान में खेलते समय किसी को छूना नहीं चाहिए, मटके का पानी नहीं बल्कि हैंडपंप का पानी पीना चाहिए और हैंडपंप चलाने के लिए किसी को बुलाना चाहिए। उसे सुबह की प्रार्थना के दौरान सभी बच्चों के साथ एक पंक्ति में खड़ा तो होना होता था, लेकिन सभी बच्चों से थोड़ा हट कर। इतना सह कर भी यदि वह पाँचवीं तक पहुँचा था तो यह भी क्या कम उपलब्धि थी!

उस समय घाट पर हम तीन लोग थे। मैं, उदयराम और मुग्घा। मुग्घा सिंदूरी में कभी उलटा, तो कभी सीधा बदन करके तैर रहा था। मैं और उदयराम की आँखों के सामने कभी डूबता, तो कभी गोते खाता वह नदी की सतह से अंदर-बाहर हो रहा था। फिर अचानक ही हथेलियों से पानी उलीचते हुए वह पूरी ताकत से हँसने लगा। लगा कि वह सच में भाँग खाकर आया हो कहीं से। गाँववालों की अनुपस्थिति में गड़रियापुरा के घाट से उसकी यह बेखौफ़ तैराकी, उसका यह रूप क्या एक तरह का विद्रोह था? जहाँ उसकी बिरादरी वालों का तैरना मना था।

"मुग्घा बाहर आ रे, हमें का जात निकारा करायेगा! कोई है पता लग गओ कि तू गड़रिया घाट पर तैर रओ तो तू तो तू है, हमाई चमड़ी फ्री में उधड़ जेहे।" उदयराम का गुस्सा व्यंग्य-सा फूटा। लेकिन, उधर से मुग्घा न हँसा और न मुस्कुराया, बल्कि कुछ बोलने की बजाय उसने हमें देख कर थूक दिया। और,

फिर दम साधे नदी में नीचे डुबकी मार दी।

एक मैं था जो कविता में सिंदूरी को ढूँढ़ रहा था, उसे किसी तरह एडिट और एडजस्ट कर रहा था, जबकि ये दोनों थे जिनका जीवन ही छिंदोरमय था, छिंदोर में ही तैरते, इतराते और पानी के बहुत भीतर नीचे तक बिना डरे पहुँच बनाए हुए थे। एक मैं था जो सिंदूरीमय था, जो दूर से ही तो एक बार खुली नदी फिर एक बार खुले आसमान को देखने का सुख ले लेता था, जबकि वे थे जो कच्ची उम्र में ही अपना भारी पहाड़ सरीखा दुख नदी के गहरे पानी में उतर हल्का कर देते थे।

''ज्यादई देर हो गई, मुग्घा अबकी बाहर काय नई निकर रओ ?'' उदयराम कमीज़ उतार कर वापस नदी में कूदने की मुद्रा ले चुका था। मुझे भी अचानक ध्यान आया कि अब तक तो मुग्घा को पानी से बाहर आ ही जाना चाहिए था, जबकि उसने कुछ लंबी ही डुबकी लगा ली थी। डर के मारे मैं वहीं खड़ा हो गया था। इस बीच उदयराम तीन-चार बार 'मुग्घा-मुग्घा' चिल्लाया, पर जब कोई प्रतिक्रिया नहीं आई तो मेरे हाथ-पैर फूल गए। उदयराम घाट से कूदने को हुआ ही था कि—

''कूद मत जइयो उद्दू भैया, तुमाओ धरम भ्रष्ट हो जेहे हमाओ तन को पानी छूके!'' और, उधर मुग्घा जोर से हँसा, और इधर हमारी भी साँस में साँस आई। फिर वह धीरे-धीरे तैरते हुए घाट के नज़दीक आया हमारे पास तक। पानी में इस बार उसकी ही पैदा की गई तरंगें थीं। उसने मुझे देखा, बोला, ''काय तुमाय इते रखी टीबी सबने देखी है, मनो हमने टीबी नहीं देखी, सबई जैसे हम सुई तुमाय घर की दालान तक घुस पाते, तो एकाध बार टीबी देखई लेते।''

''तो, तुमने टीबी नई देखी ?'' मैंने यूँ ही पूछा।

''हमने टीबी के बारे में सुनो सब है, सब स्टोरी पता रेत है, मोड़ा-मोड़ी सब स्टोरी बतात हैं, मनो सई में हमने टीबी नहीं देखी।''

कितनी भिन्न होती है वह दुनिया, जिसके बारे में किसी ने केवल सुन रखा होता है, फिर सुने के आधार पर ही कल्पनाशीलता से उसकी आँखों में एक नई दुनिया आकार लेने लगती है।

मुग्घा बता रहा था कि उसने मिथुन चक्रवर्ती और श्रीदेवी की किसी फ़िल्म की कहानी सुनी, डायलॉग भी उसे याद हैं, लेकिन उसने कभी इस जोड़ी को टेलिविज़न पर देखा नहीं। नदी के पानी में उसके चेहरे पर टेलिविज़न पर फ़िल्म न देख पाने के कारण तैर रही कसक और उदासी को मैं तब साथ-साथ साफ़ पढ़ पा रहा था।

इस बीच थोड़ी देर रुक कर फिर उसने दोहराया, ''रामदई, हमने टीबी नहीं देखी!''

जब कछु नहीं तो चोरी ही सई

सितार के जैसा, पर उससे बड़ा एक प्रकार के बाजे तमूरे की तान पर यह कौन कलाकार आँगन तक आ गया? उस शाम मैंने दरवाज़ा खोल कर जब देखा तो दंग रह गया। यह तो केवल और केवल ढोलक बजाता था, इसके हाथ में तमूरा कैसे! और आँगन में हाथ जोड़ कर खड़ा यह युवक इस समय यहाँ कैसे! यह गाँव से कुछ रोज़ पहले ही तो छुट्टियाँ मना कर गया था और इतनी जल्दी गाँव कैसे लौट आया? इसे रामलीला कंपनी से इतनी जल्दी छुट्टी मिल गई! कंपनी जब रामलीला न करती तो गाँव-गाँव गीत-संगीत के कार्यक्रम या लाला हरदौल जैसे बुंदेली नाटक करती घूमती थी। फिर ढोलकबाज़ अवधेश सीज़न के सभी आयोजन छोड़ गाँव क्यों लौट आया? वह भी ऐसा लटकाया हुआ मुँह लेकर, उसके चेहरे पर न पहली-सी चमक थी, न खुशी ही, बल्कि हल्की चिंता झलक रही थी।

और दाढ़ी भी हल्की लंबी, ''का रामलीला में साधु का रोल करन लगे अवधेश भैया, कैसे और आ कबे गए गाँव में?''

''हमें आए तो कई दिन हो गए, आपई नहीं दिखात हो गाँव में, बस घरई में रेके पढ़ाई, पढ़ाई, पढ़ाई।''

हम दोनों के बीच बातचीत शुरू हो गई।

''हाँ, का है कि आठवीं बोर्ड परीक्षा है जा बार, तेंदूखेड़ा सेंटर तो उतई एग्ज़ाम हुईंये, जा वजह से बाहर नहीं निकरे कछु दिना से, मनो तुम अच्छे आए इते!''

''कक्का जी घरे हैं का?''

अवधेश की आवाज़ सुन पापा भी घर के दरवाज़े के पास की सीढ़ियों से आँगन में उतर आए और आँगन में रखे झूले पर बैठ गए।

''कक्का जी, एक चिट्ठी लिखवानी है!'' हल्के नीले रंग के लिफ़ाफ़े के

साथ जेब से पते वाली चिट निकालकर अवधेश ने कागज़ विनम्रता से पापा के आगे कर दिया।

पापा और मेरे ताऊ जिन्हें हम दादाजी कहते थे, दोनों शिक्षक थे, पापा पास के खमरिया में तो दादाजी जमुनिया के प्राथमिक स्कूल में पदस्थ थे और दोनों गाँववालों के लिए निःशुल्क चिट्ठियाँ लिखा करते थे। ढिलवार पोस्ट ऑफ़िस से एक साइकिल-सवार डाकिया भी ज़्यादातर चिट्ठियाँ दोनों के यहाँ से ही जमा कर लेता था, बाकी किसी को यदि इमरजेंसी में कहीं चिट्ठी पहुँचानी होती तो वह अक्सर साइकिल से ढाई-तीन किलोमीटर दूर ढिलवार पोस्ट ऑफ़िस चला जाता। लाल रंग की स्याही से लिखी चिट्ठी शोक-संदेश की सूचक होती थी। पर, पापा ने नीली स्याही वाले पैन से हल्के नीले रंग के पत्र को रजिस्टर पर धर चिट्ठी लिखनी शुरू की और सबसे पहले पता लिखते हुए भूरा का नाम लिखा तो लगा सब खैरियत है, अन्यथा शोक-संदेश होता तो वे लाल स्याही वाला पैन इस्तेमाल किया जाता।

अवधेश भी क्या गजब आदमी था कि उसे पढ़ना तो आता था, लेकिन लिखना नहीं आता था। वह पढ़ने को *रामचरितमानस* के सारे काण्ड पढ़ जाता था, लेकिन लिखने को कहो तो कुछ नहीं लिख पाता था। जब उससे कोई पूछता कि क्या पढ़े-लिखे हो तो उसका जवाब भी गजब होता था कि साहब पढ़ा तो हूँ, लेकिन लिखा नहीं हूँ।

गाँव में अवधेश जैसे एक नहीं बल्कि दो-तीन उदाहरण और थे, जो पढ़ने को पूरी 'हनुमान-चालीसा' भी पढ़ डालते थे, लेकिन लिखने को बोलो तो उनसे एक शब्द लिखते न बनता। खैर, पापा ने बड़े सुंदर अक्षरों में कार्ड के सबसे ऊपर और बीचोंबीच 'श्री गणेशाय नमः' लिखते हुए लिखा, 'मैं सकुशल हूँ और तुम्हारी कुशलता की कामना करता हूँ। आगे समाचार यह है कि...' फिर उन्होंने अवधेश को देखते हुए पूछा, ''अब बताओ लिखना का है!'' लेकिन, इस बीच अचानक पापा की नज़र मुझ पर पड़ी और उन्होंने मुझे आँगन के बाहर बगीचा सींचने के लिए कहा। मैं उनका इशारा समझ वहाँ से हट गया और कुछ देर बाद देखा कि अवधेश अपना लिफ़ाफ़ा लेकर ढिलवार डाकखाने की दिशा में मुड़ गया।

कुछ दिनों बाद एक दोपहर फिर अवधेश को घर के सामने हाथ जोड़े उसी परिचित मुद्रा में खड़ा पाया तो लगा कि वह चिट्ठी लिखवाने के लिए ही आया होगा। लेकिन, दूसरी बार उसकी उपस्थिति के कारण ने फिर हैरान कर दिया। इस बार वह पापा के सामने हाथ फैला कर काम माँग रहा था, अवधेश जैसा

रामलीला का सितारा भला मज़ूरी माँगने के लिए कैसे गिड़गिड़ा सकता था! जो भी हो, मगर मदनपुर वह आया ही क्यों, जब जानता था कि यहाँ उसे मज़ूरी के लिए भी काम मिलना मुश्किल होगा कि भूरा के साथ उसके खुलेआम बेमेल संबंध के चलते वह बहुतों की नज़रों में खटकने लगा था। इस हालत में शायद ही कोई उसे अपने घर या खेतों में काम देता! रामलीला के चक्कर में तो उससे अपने पिता की तरह पंचायत की तरफ़ से ढोल पीटने और पुलिस को खबर देने जैसे पुश्तैनी काम भी छूट गए थे।

इधर पापा अवधेश को यह आश्वासन दे रहे थे कि तुरंत तो कोई काम नहीं है, लेकिन जल्द कुछ समझ आया तो बुलवाएँगे, बावजूद इसके अवधेश को तुरंत काम चाहिए था और यह जानते हुए कि गाँववाले अवधेश से चिढ़े हुए हैं, पापा ने कुछ सोचते हुए उसे घर के बगीचे की बाड़ सीधी करने जैसा काम दे दिया। उस दिन आधा इतवार बीत गया था, सो आधे दिन की ही मज़दूरी मिल सकती थी, लेकिन अवधेश ने पूरी बाड़ ही उखाड़ दी और लकड़ी के सारे खंभों को एक बाजू पटकते हुए अपने लिए दो दिनों की मज़दूरी की गुंजाइश निकाल ली।

दोपहर का भोजन करने के बाद अवधेश यदि कंपनी में होता तो एक झपकी मार लेता, लेकिन यहाँ किसी क्लर्क की तरह सफ़ारी सूट पहने ही खाने के बाद फ़ौरन काम पर जुट गया, जिन हाथों से वह ढोलक पीटता था उन्हीं से गैंती पटक-पटक कर गड्ढे गहरे कर रहा था। अवधेश जैसे कुछ लोग होते हैं जो तरक्की और तबाही दोनों ही स्थितियों में खुद को स्थिर रखते हैं। लेकिन, आखिर वह तबाही के तट तक पहुँचा कैसे? क्या भूरा से उसका संबंध टूट गया था, या फिर कहानी कुछ और ही थी?

मन में इसी उत्सुकता के साथ चाय का कप लिए जब मैं अवधेश के पास पहुँचा तो उसे कप थमाते हुए पूछ लिया, ''काय भैया, तुमने तमूरा कहाँ रख दओ?''

''घरे टाँग दओ तमूरा भी और ढोलक भी। उन्हें बजाबे से पेट भर जातो तो इते गड्ढा काय खोद रये होते?''

फिर मैंने सीधे पूछ लिया, ''भूरा भैया के क्या हाल! तुमाई उनसे कछु लड़ाई-बड़ाई चल रई का?'' मगर, वह सकपकाते हुए चुपचाप चाय पीता रहा। लगा कि वह कुछ छिपा रहा है। भूरा से संबंध के कारण पहले से ख़फ़ा चल रहे गाँववालों को यदि कहानी में ट्विस्ट मिल गया तो वे अवधेश का और ज़्यादा मज़ाक उड़ाते! लेकिन, थोड़ी देर बाद बातों-ही-बातों में अवधेश ऐसा खुला कि

चाय का कप बाजू में सरका खुद-ब-खुद अपनी बेचैनी बयाँ करता चला गया।

जब आदमी भावनाओं के प्रवाह में बहता है तो अपने आप से बातें करता है। अवधेश अपने आप से बातें करते हुए बताने लगा कि कहीं एक गाँव में वहाँ का एक पटेल भूरा के सौंदर्य पर मर मिटा। एक रात उसने नज़राने के तौर पर रामलीला में भूरा की मटकती हुई कमर पर खूब पैसा लुटा दिया। इस पर भी पटेल का मन भरा नहीं और उसने रामलीला का खेल समाप्त होने के बाद रामलीला वाली ड्रैस में ही भूरा से मिलने की इच्छा ज़ाहिर की। पटेल ने कहलवा दिया कि उसे भूरा के साथ एक कमरे में अकेला छोड़ दिया जाए। उसने सौ-सौ की गड्डियाँ भेज पूरी वज़नदारी से अपना संदेश पहुँचाया था, लेकिन कंपनी की ओर से अवधेश ने रामलीला की गरिमा का वास्ता देकर ठरकी पटेल के हाथों भूरा का सौदा करने से इनकार कर दिया।

दूसरी तरफ़, शराब के नशे में धुत पटेल वहाँ पहुँच गया जहाँ कंपनी ठहरी हुई थी और भूरा को जब जबरन खींच कर वह किसी जगह अपने साथ ले जाने लगा तो भूरा का हाथ पटेल के गाल पर पड़ गया। यही नहीं, वह बजरंग-बली का गदा पटेल के सिर पर तब तक मारता रहा जब तक खून से लथपथ होकर बेहोश हो पटेल गिर नहीं गया। नतीजा, आनन-फ़ानन में पूरी कंपनी को रातोंरात वहाँ से बोरिया-बिस्तर उठाकर भागना पड़ा।

इसकी खबर जब कंपनी के मालिक को दी गई तो वह उल्टा अवधेश और भूरा पर उखड़ पड़ा और किसी भी कीमत पर पटेल से समझौता करने का आदेश दे डाला। अवधेश के मुताबिक मालिक भी अपनी जगह सही ही था कि उस झगड़े के बाद कंपनी आस-पास कहीं भी अपना शो नहीं कर सकती थी। ऐसी स्थिति में रामलीला के सारे कलाकार सड़क पर आ जाते। यही वजह थी कि अवधेश ने सबके सामने पटेल के पैर पकड़ कर माफ़ी माँगने का संदेश भी भिजवाया, मगर पटेल के लिए जैसे नाक का सवाल बन गया था, जो वह भूरा को नहीं सौंपने की हालत में मारपीट की धमकी दे रहा था।

बात ज़्यादा बढ़ती देख कंपनी का मालिक भूरा को पटेल के यहाँ जाने के लिए कहने लगा। जब भूरा ने मालिक की बात को मानने से साफ़ मना कर दिया तो अवधेश का भूरा के प्रति लगाव पहले से ज़्यादा बढ़ गया। अवधेश को भूरा के निर्णय पर गर्व हुआ। हालाँकि, इसका नतीजा यह हुआ कि कंपनी ने दोनों को ही निकाल दिया और इस तरह भूरा और अवधेश दोनों अलग-अलग हो गए और कुछ समय के लिए अपने-अपने घर लौट आए, जहाँ नए सिरे से

जीवन शुरू करना दोनों के लिए चुनौतीपूर्ण था और दोनों के बीच के संबंध का भविष्य क्या होगा तो यह भी अनिश्चित ही था।

''मनो, मौका तो अभे भी है तुमाय पास, तुमाई बात भूरा नहीं टालेगा, पटेल से समझौता करो और पहले की तरह खूब कमाओ-खाओ, का दिक्कत है!''

''भूखे मर जे हैं, मनो बात स्वाभिमान की भी है, रामलीला की मरयादा होत है, जबरई है का? जबरई हम करत हैं का?'' अवधेश ने मुझे साफ़ बता दिया।

''तो आगे का फिर?''

''आगे?'' अवधेश सोच में पड़ गया। बोला, ''आगे फिर यह कि पटेल का फिर से सिर फूटेगा!'' अवधेश गेंती को गड्ढे में ऐसे पटकने लगा मानो पटेल के सिर पर लाठी बजा रहा हो।

हमारे यहाँ का काम पूरा करके अवधेश मज़दूरी लेकर चला गया। यूँ ही कुछ दिन गुज़रे और फिर सुनने में यह आया कि अवधेश गाँव में ही रामलीला मंडली तैयार कर रहा है। इसके लिए उसने कुछ दिनों तक सिंदूरी नदी के किनारे बरगद की छाया तले नए कलाकारों को अभ्यास भी कराया, लेकिन वहाँ पूरा गाँव जमा होकर कलाकारों के मज़े लेने लगा तो अभ्यास में बाधा पहुँचने लगी। इसलिए अवधेश ने अभ्यास की जगह बदल दी और फिर सिंदूरी पार चीखली गाँव जाती कच्ची गली से लगे एकांत छायादार मैदान में सुबह-सुबह रामलीला का अभ्यास किया जाने लगा। मगर, अवधेश की मंडली में रामलीला के पात्रों की तुलना में न के बराबर लड़के थे और उनमें भी दो को छोड़ कर सभी बमुश्किल पन्द्रह-सोलह साल के ही थे। इनमें दो बड़े कलाकार थे हन्मत और बीरा। हन्मत और बीरा का नाम सुन मुझे बेड़नी नाच और गाँव से जुड़ा एक दिलचस्प किस्सा याद आ गया।

दरअसल बेड़नी, बेरनी, बेड़िया, बिरनिया अलग-अलग नामों से बुलाया जाने वाला यह बुंदेलखंड का ऐसा लोक-नाच है, जिसमें हमारे गाँव से बाहर अक्सर सागर ज़िले से बेड़िया बिरादरी की महिलाएँ दिवाली के त्यौहार के बाद घर-घर आतीं और आँगन-आँगन आकर नाचा करतीं। जो घर उन्हें ज्यादा मालदार समझ आता, यानी जहाँ मवेशी ज्यादा दिखाई देते, उस आँगन में वे ज्यादा देर नाचा करतीं और वहाँ ज्यादा नेग यानी नकद पैसा भी माँगा करतीं, इसलिए ऐसी जगह मजमा लग जाया करता था। इस दौरान दो या अधिक महिलाएँ घूँघट से पूरा चेहरा ढँक गोल-गोल घूम कर मनोरंजन करतीं। वे साड़ी के दोनों ओर के पल्लुओं को ऊपर हर दिशा में लहरातीं, लेकिन साड़ी के नीचे कमर पर पेटीकोट

बाँधे होतीं ताकि उनकी जाँघों से लेकर टाँगों तक का हिस्सा ढँका रहे, गाने-बजाने वाले उन्हीं के साथ होते और आँगन को चौतरफ़ा घेर कर वे ऐसी धूम मचातीं कि लोगों को पूरे साल उनके आने का इंतज़ार रहता।

एक साल दिवाली के बाद की एक घटना के चलते गाँव में रहस्य गहरा गया। दरअसल, गाँव के कुछ लोगों ने बताया कि सिंदूरी नदी के किनारे देर रात उन्होंने दो बेड़नियों को नाचते हुए देखा है। उनकी मानें तो घाघरेदार साड़ी में नाचते समय दोनों स्वयं ही गाया करतीं और उस समय कोई तीसरा आदमी वहाँ नहीं होता। फिर क्या था कि कहीं से यह हल्ला मच गया कि नदी किनारे चुड़ैलों का डेरा है और दिन में भी कोई वहाँ अकेला दिखाई नहीं देता। उसके बाद कुछ लोग पूरा माजरा समझने के लिए देर रात टॉर्च लेकर दूर से ही नदी किनारे देखने की कोशिश करते। कई बार उन्हें कथित चुड़ैलें नाचते हुए दिखतीं तो वे वहीं मंद स्वर में 'हनुमान-चालीसा' पढ़ते जमे रहते और तड़के किसी जगह बैठ कर सबको किस्सा सुनाया करते। लेकिन, एक रात धन्ना नाम के चोर ने दोनों नाचने वालियों को पकड़ ही लिया तो क्या देखा कि वे चुड़ैलें कोई और नहीं बल्कि हन्मत-बीरा थे, जो अंधेरे में औरत का रूप धर औरत की तरह नाचने का शौक पूरा करते थे।

यह बात जब गाँववालों को पता चली तो सबने खूब ठहाके मारे और हन्मत-बीरा को कभी चुड़ैलें तो कभी बेड़नियाँ कह कर चिढ़ाने लगे। उसके बाद तंग आकर दोनों गाँव से दूर अपने-अपने खेतों में ही रहने लगे थे और फिर सालों तक गाँव में वे खास मौकों पर ही दिखा करते थे। लोगों ने दोनों को बहुत दिनों बाद अवधेश की मंडली में एक बार फिर सक्रिय होते हुए देखा था।

खैर! इस बीच एक दिन मैं अवधेश एंड कंपनी के साथ सिंदूरी पार करके अभ्यास देखने के लिए चल दिया। वहाँ एक-एक बच्चा दो से तीन भूमिकाएँ निभा रहा था, जबकि हन्मत-बीरा तो बेड़नियों की तरह ऐसा नाच रहे थे कि उन्हें खास रियाज़ की ज़रूरत ही न थी। पचास पार दोनों को सफ़ेद धोती-कुर्ता और घनी मूँछों में लेडीज़ टाइप ठुमकते और उसी के अनुरूप खुद को अभिव्यक्त करते देख ज़रा अजीब ज़रूर लग रहा था, लेकिन यह तय था कि यदि रामलीला का शो हुआ तो पिटेगा नहीं। सुपरहिट रहेगा।

इस बीच अवधेश एक खास किस्म के नृत्य पर राम और रावण के बीच युद्ध अभ्यास करा ही रहा था कि उसी समय अपने चार-छह छर्रों के साथ बंदूक लटकाए प्रिंस भैया आ पहुँचे। प्रिंस मतलब गाँव के पूर्व गोंड ज़मींदार की बेटी

मीराबाई का बड़ा जवान बेटा जिसने अपने करीब आधा किलोमीटर लंबे नाम के आगे उपनाम और जोड़ दिया था कुछ इस प्रकार से—ठाकुर कोशैलन्द्र ग्रीशेन्द्र पाल सिंह 'प्रिंस मदनपुर'। 'प्रिंस मदनपुर' के छोटे भाई का नाम भी कोई आधा किलोमीटर लंबा ही था—ठाकुर कृपाल ग्रीशेन्द्र पाल। गनीमत थी कि छोटा नाम की लंबाई के मामले में नरम दिल का था और अपने नाम के आगे उपनाम नहीं लगाता था। लेकिन, सनकी मिज़ाज के बड़े भैया 'प्रिंस मदनपुर' ने बंदूक की नाल तान कलाकारों को चेताया, ''का छक्कागिरी चालू कर दओ गाँव में, भाग रये कि नहीं, नहीं तो सही के युद्ध में दो-चार यहीं टपके मिल्हें।''

बिना बंदूक चले ही सारे बच्चे तितर-बितर हो यूँ भागे मानो बरगद के पेड़ से अचानक ही पक्षियों का झुंड उड़ा हो, सिर्फ़ हन्मत-बीरा थे जो नदी के रास्ते गाँव की दिशा में मटकते हुए सरपट भागे थे। पूरा दृश्य हास्यास्पद, लेकिन दुखद और डरावना भी था जो मुँह लटकाए अवधेश के साथ मैं खुद वहीं खड़ा का खड़ा रह गया था।

''जा पापी के संगे दिखाए तो घरे तुमाई शिकायत कर देंगे!'' प्रिंस भैया ने मुझे डाँट लगाते हुए अब बंदूक की नाल अवधेश की कनपटी पर सटा दी और अवधेश को औकात में रहने की हिदायत देते हुए नीची नज़रों से चुपचाप सरक लेने का आदेश सुनाया। हम दोनों नीची नज़रें किए वहाँ से चुपचाप चलते-चलते नदी किनारे की उस पहाड़ी पर चढ़ गए, जहाँ क्रिकेट का मैदान था, उस जगह साल में दो-एक बार ऐसे मौके आते थे, जब दूसरे गाँवों की टीमें खेलने आया करती थीं और उन दिनों कमेंट्री करने वाले माइक-लाउडस्पीकर पर जब कमेंट्री होती तो बरगद की ऊँचाई से लाउडस्पीकर घर्रा उठता और आधे गाँव तक सुनाई देता, ''हेलो, हेलो, वन, टू, थ्री, माइक टेस्टिंग।''

हम दोनों मैदान के बरगद, पीपल के पेड़ के नीचे बने सफ़ेद चबूतरे पर बैठ कर सिंदूरी की निर्मल धारा को तकने लगे। जैसे आदमी अपने परिचित आदमी को देख पहचान लेता है, वैसे ही अवधेश पक्का नदी किनारे का आदमी था जो नदियों को देखते ही पहचान लेता था कि कौन-सी नदी हिरन नदी है और कौन-सी शक्कर नदी है। अवधेश कहीं भी रहे, वह हिरन, शक्कर और सिंदूरी नदियों के बीच के अंतर को जानता था।

''तुमाई रामलीला की तो लंका लग गई!''

''बा तो लगनी ही थी।'' मेरे पूछने पर अवधेश बताने लगा कि रामलीला वगैरह का दौर खत्म हो रहा है, जबकि हवन की तरह रामलीला को भी एक

तरह के धार्मिक आयोजन में बदला जा सकता था, लेकिन रामलीला में ज़्यादातर पिछड़ी बिरादरी के कलाकार हैं, कई सारे पुरोहित यदि रामलीला में कलाकार होते तो इसे पुण्य-कार्य से जोड़ देते और दुकान निकल पड़ती। वहीं, टीवी की लोकप्रियता बढ़ी तो उसके साथ ही धार्मिक गतिविधियों में बाबा-बैरागियों का जलवा भी बढ़ता गया। लेकिन, लोक-कलाकारों को कौन पूछे!

अवधेश को मेहनत और इज़्ज़त से कोई काम मिलते न देख मैंने मज़ाक में कहा कि कुछ नहीं तो बाबा-बैरागी ही बन जाना, वह मेरी बाबा-बैरागी वाली बात पर गंभीर हो गया और बोला कि वह बाबा-बैरागी की तरह लोगों का हाथ और चेहरा देख भविष्य बताएगा, लोगों के दुखों का निवारण करेगा, सबको स्वर्ग का टिकट काट-काट कर दिया करेगा।

''माने अबकी बार ठाकुर, पटेल नहीं पुजारी लोग तुम्हें पीटेंगे!'' मैंने उसे चेताते हुए बताया कि कैसे मुख्य मन्दिर के दाढ़ी वाले पुजारी जी गैर-ब्राह्मण बिरादरी के आदमी द्वारा पंचांग बाचने तक को अपशकुन बताते हैं।

''भैया, अब हम बाबा तो बनके रहैं! और जा जनम बाबा तक नहीं बन सकत तो फिर हम का कर हैं?'' अवधेश खुद के सवाल में उलझ कर कुछ देर सिंदूरी नदी पर नज़र गढ़ाए सोच में पड़ गया। फिर यकायक उसके मुँह से निकल गया—चोरी।

''जब कछु नहीं तो चोरी ही सई!''

धन्ना तो बा की राधा संगे गोल हो गओ

"**हा**र घर पर ही है, या बेच खाया?'' झारिया जी अपनी इंस्पेक्टर वाली टोन में बोले।

''साब, हार हमाय पास होतो, तो हम इते होते? फ़रार हो गए होते!'' धन्ना ने सफ़ाई में कहा।

इंस्पेक्टर की नज़र शिया पर गई। उन्होंने पूछा, ''तू बता हार कहाँ है?''

''हार बा राधा के हुइये, राधा जा की प्रेमिका बिछुआ गाँव में रहत है, जो है बा राधा को कन्हैया!'' शिया ऐसी फट पड़ी कि एक त्रिकोणीय प्रेम कहानी का क्लू मिल गया। शिया ने आगे बताया कि दूर गाँव में राधा नाम की औरत से धन्ना का प्रेम-प्रसंग चल रहा है और ननिया जिज्जी का हार चुराने के बाद वह हार धन्ना ने उसके गले में डालने की बजाय राधा के गले में डाल दिया होगा। लेकिन, शिया महज़ संदेह के आधार पर यह दावा जता रही थी कि हार धन्ना ने ही चुराया होगा।

उस समय लोगों ने देखा कि अपने प्रेम को शिया किसी दूसरी औरत के साथ बाँटने को राज़ी नहीं थी और क्रोध में कोई परवाह किए बगैर वह अपने पति के खिलाफ़ फूट पड़ी थी। दरअसल, एक रात पहले ननिया जिज्जी के घर चोरी हो गई थी। उस रात ''भड़या आ गओ, भड़या आ गओ!'' बाहर से ऐसे चीत्कार से पापा के खर्राटे टूट गए। नींद टूटी तो वे पलंग से उठ कर खड़े हो गए थे। हम सब भी जाग गए थे। सर्द दिनों में रात आठ-साढ़े आठ का समय काफ़ी हो जाया करता है, जब थका-हारा पूरा गाँव चैन की नींद सो जाता था। फिर या तो सड़क किनारे के घरों में सड़क से वाहनों के आने-जाने की आवाज़ें सुनाई देतीं, या फिर यदि कुत्ते भौंकें तो समझो देर रात गाँव में कोई आदमी दाखिल हुआ है।

हमें सोये हुए चार से छह घंटे ही हुए होंगे कि ''भड़या आ गओ, भड़या आ गओ!'' की चीख-पुकार सुनाई देने लगी। भड़या, मतलब चोर, लेकिन गाँव में, कैसे! यही हैरानी लिए हम हड़बड़ी में घर का ताला लगाकर निकले। टॉर्च लिए

आगे-आगे पापा और पीछे-पीछे मैं और मम्मी। शोर वाली जगह पर जब तक पहुँचते तब तक तो जैसे पूरा गाँव हाथों में लाठियाँ, लोहे की छड़ें और तलवारें लिए जमा हो गया था। सब टॉर्च जला-जला कर देख रहे थे कि बिलथारी वाले साहू के कच्ची माटी के घर के पिछवाड़े चोर ने कैसे सब्बल से एक गोलाकार बड़ा छेद बना दिया था। उसी छेद से रात में वह घर में दाखिल हुआ था। लेकिन, बकौल बिलथारी वाला जैसे ही उसे यह आभास हुआ कि कोई बाहरी आदमी अंधेरे में नज़दीक ही चहलकदमी कर रहा है तो उसने बाजू में रखी रॉड उठा कर हवा में घुमानी शुरू कर दी, पर चोर अंधेरे का लाभ उठा कर लगता था कि उसी छेद से बाहर खेत के रास्ते निकल भागा।

बिलथारी वाला अफ़ीम, गांजा, चरस से लेकर दारू और तरह-तरह के नशे का आदी था। उस पर इतना निर्धन कि किसी को समझ नहीं आ रहा था कि चोर उसके घर में क्यों घुसा होगा। फिर भी सेठानी काकी जैसी कुछ औरतों की जिज्ञासा यह जानने में थी कि चोर के हत्थे क्या कुछ सामान भी चढ़ा जो वह लेकर भाग गया। इस पर बिलथारी वाले की बीवी ने शक जताया कि चोर उसके मायके से मिला लाल रंग का एक संदूक उठाने आया होगा, पर इसके पहले कि वह संदूक उठा पाता पति-पत्नी की नींद टूट गई और चोर बैरंग ही भागा। हल्के साँवले रंग और तीखे नाक-नक़्श के कारण इकहरी काया की बिलथारी वाले की बीवी बड़ी सुंदर थी। औरतें आँगन से बाहर निकल आईं और एक-दूसरे की तरफ़ मुस्कुराते हुए यूँ इशारे करने लगीं मानो बिलथारी वाले के यहाँ उसकी 'बीवी का चोर' घुसा हो।

चाँदनी रात में चाँद डूबने और घंटे डेढ़ घंटे में सूरज निकलने ही वाला था, इसलिए गाँववाले वहीं दो अलग भागों में बँट कर बैठ गए। एक ओर औरतें तो दूसरी ओर मर्दों का गुट आस-पास ही कंडे और लकड़ियाँ सुलगा कर आग तापने लगा। मर्द बतिया रहे थे कि गाँव में आखिरी बार चोरी कितने बरस पहले हुई थी और कई गाँवों में हो रही चोरी की वारदातों को लेकर पुलिस कोई सुराख क्यों नहीं ढूँढ़ पा रही है। इधर, बिलथारी वाले के पास काली चाय बनाने के लिए चाय की पत्ती तक न थी। सो वह ठंड में भी गंगाजली में पानी भर-भर कर सबके सामने हाज़िर हो रहा था। किसी ने बीड़ी का बंडल निकाल कर उसमें से कई सारी बीड़ियों को आग में झोंक दिया और एक बीड़ी बिलथारी वाले के हाथ में भी थमा दी। बिलथारी वाला ऐसा दुबला था जैसे शरीर पर नहीं बल्कि हेंगर पर कपड़े टाँगे कोई कंकाल गांजे की चिलम की तर्ज पर बीड़ी खींचे जा रहा हो।

गप्पों के बीच अचानक बिलथारी वाली लंबा घूँघट डाले सबके सामने शिकायत करने लगी कि उसका पति कुछ कमाता-धमाता नहीं है, नशे की हालत में कभी घर पहुँचे तो नसीब समझो, इसलिए उसे आस-पास के बागवानों से ताज़ी सब्ज़ियाँ खरीद कर कस्बाई बाज़ारों में बेचने के लिए जाना पड़ता है। इस हालत में किसी रात पति घर न लौटे और चोर लाल संदूक सहित बचत की कमाई उड़ा कर भाग जाए तो क्या होगा! शिकायत सुन पुन्ना बागवान और कुछ बड़े-बूढ़े बिलथारी वाले को प्यार से अश्लील गालियाँ देते हुए समझाने लगे कि या तो नशा ही छोड़ दे, या फिर गाँव छोड़ कर वापस बिलथारी चला जाए।

इस बीच गजब ही हो गया। असल में चोरी हो गई। ननिया जिज्जी और उनका पति सिमरिया वाला रोते, कलपते, हाँफ़ते हुए कोई सौ कदम दूर उनके अपने घर से दौड़ते-दौड़ते आ पहुँचे। बुढ़ापे के मारे सिमरिया वाले की बुझी आँखों में तो कुछ दिखता भी नहीं था। हड़बड़ाहट में वह मोटे काँच का चश्मा पहनना ही भूल गया था। वहीं, दमे की मरीज़ ननिया जिज्जी घबराई हुई चिल्लाए जा रही थीं, ''सब ले गओ, मरई परो सब ले गओ, बुढ़ापे में भड़या हमें नंगों करके चलो गओ! हम इते आए, तब तक बा ने सूना घर पाकर सब लूट लओ!''

वहाँ सभी को यह समझने में देर न लगी कि चोर ने एक माइंड-गेम खेला था। वह बिलथारी वाले के घर झूठ-मूठ ही घुसा था, ताकि चोरी की चीख-पुकार सुन सारा गाँव उसी कच्चे घर के पास जमा हो जाए और इधर खाली घर पाकर चोर सोना-चाँदी ले उड़ें। ननिया जिज्जी भी पति के साथ बिलथारी वाले के घर से जब अपने घर लौटीं तो देखा कि घर का सारा सामान अस्त-व्यस्त पड़ा था और ज़ेवरात की अलमारी का हैंडल टूटा हुआ था। लेकिन, जब सबने उनके घर जाकर देखा तो यह जान कर दंग रह गए कि चोर ने कुछ नहीं चुराया है सिवाय एक सोने के हार के। ऐसा कैसे, इतना ईमानदार चोर कि बाकी ज़ेवरात छोड़ कर सिर्फ़ सोने का महँगा हार लेकर ही फ़रार हुआ!

सफ़ेद कुर्ता-पाजामा में कोई सौ किलो वज़नदार अधेड़ आदमी आकाश सेठ अपनी चिर परिचित तोतली आवाज़ में बोले, ''भइया, तोल को भी उथूल होथ है, तलो तब अपने-अपने घल तलो।'' उन्होंने सभी को हुक्म सुनाते हुए कहा, ''तलो, तलो, सकाले पुलिथ बुलाथ हैं।''

गाँव से थाना कोई छह किलोमीटर दूर तेंदूखेड़ा में था और सामान्यत: गाँव में पुलिस आती नहीं थी, पर जब आई तो गाँव के कुछ प्रभावशाली आदमी ननिया जिज्जी के घर जमा हो गए। दालान के सोफ़े पर पसर कर राज्य की राजनीति के

बारे में बतियाते हुए अपना बौद्धिक रुतबा जमाने लगे। पुलिस वालों की आवभगत के लिए ननिया जिज्जी के यहाँ कई और आदमी जमा हो गए जैसे कि घर में कोई अनुष्ठान चल रहा हो। इस बीच अपने काले माथे पर सुर्ख लाल चमकदार बिन्दी में काँसे की हरी साड़ी पहने शिया सीधे दालान में घुस आई और खड़ी हो गई। इसके पहले कि सोफ़े पर पसरे आदमी शिया के इस अजीब बर्ताव के बारे में कुछ कहते, वह खुद ही हाथ जोड़ शुरू हो गई, ''साब! ननिया जिज्जी को हार हमाये मरद ने चुराओ है।''

शिया का मरद यानी धन्ना कुशल चोर तो था, फिर भी शिया की बातों पर कोई भरोसा नहीं कर पा रहा था। वजह यह थी कि वह दूरदराज के गाँवों में जाकर चोरी करता था और गाँव के लोगों से उसने वादा किया था कि वह गाँव के किसी घर में चोरी नहीं करेगा। लोग जानते थे कि वह अपने वादे का पक्का था। तभी तो सालों से यहाँ रहने के बावजूद उसने गाँव में कभी कुछ नहीं चुराया था। गाँववालों के साथ उसके संबंध ऐसे थे कि वे खुद ही जब तब खुश होकर धन्ना को बीड़ी का बंडल या अपने खलिहान से अनाज दे देते थे।

शिया की बात पर इसलिए भी यकीन नहीं हो रहा था कि वह उसी का पति था। किरार समाज की शिया अपने पहले पति को छोड़ कर गोंड बिरादरी के धन्ना के साथ सालों पहले कहीं दूर गाँव से भाग आई थी। दोनों सालों से हँसी-खुशी रह रहे थे तो फिर अचानक यह सब क्या है!

''साब, हार तो धन्ना ने ही चुराओ है, मानो चाहे मती मानो! मेरी मानो तो धन्ना हे बुलवाओ, सब देंहे, चार डंडा देहो तो सब सच्ची-सच्ची बता देहे...!'' शिया पति के खिलाफ़ लगातार बड़बड़ाए जा रही थी, किसी ने उसे टोकते हुए पूछा कि चोरी के बारे में उसे क्या पता है। शिया ने बताया कि ननिया जिज्जी एक बार कथा में सोने का हार पहन कर आई थीं। घर लौट कर उसने हार की तारीफ़ करते हुए यह बात अपने पति धन्ना को बताई। धन्ना ने शिया से कहा कि कुछ दिनों में वैसा हार शिया के गले में होगा।

यह कहानी सुन झारिया जी इंस्पेक्टर की भवें तन गईं। उन्होंने धन्ना को बुलवाया। धन्ना सिलेटी रंग के लंबे कुर्ते और सफ़ेद धोती में खड़ी शिया के किनारे ही बैठ गया। शिया मुँह बनाते हुए खिसक कर दूर बैठ गई। दोनों आपस में नज़रें नहीं मिला पा रहे थे। धन्ना का रंग और उसका पहनावा इस सीमा तक काला था कि धन्ना उसका लाभ उठाते हुए देखते-ही-देखते अंधेरे में विलीन हो सकता था। उसकी काया का रंग भी उसकी चोरी की कला के अनुरूप ही था।

चेहरे पर बारीक आँखें धँसी-सी, लेकिन फूली हुई नाक और बत्तीसी बाहर की ओर, मूँछें हल्की सफ़ेद रौबदार, गले में टाइट अटका ताबीज, एक बीड़ी कान में घुसाए धन्ना ठंड में भी बार-बार गमछे से चेहरे का पसीना पोंछे जा रहा था। वह हड़बड़ाया और डरा हुआ लग रहा था। इस बीच पीतल की केतली के साथ जब चीनी मिट्टी के कप-प्लेट में चाय आई तो स्टील के एक गिलास में चाय भर कर गिलास धन्ना की तरफ़ सरका दिया गया। धन्ना सुड़क-सुड़क कर चाय पीने लगा। शिया मेहमानों के लिए सुपारी को सरोतें से कतरते हुए ट्रे में रखती गई।

''तो टी-सीरीज़ के मालिक गुलशन कुमार के भाई 'बेवफ़ा सनम' किशन कुमार सीधे यहीं बता देगा कि हार कहाँ है, या वृंदावन में खातिरदारी के बाद ही अपनी औकात में आएगा!'' इंस्पेक्टर झरिया की बात सुन धन्ना समझ गया कि उसे तेंदूखेड़ा थाने ले जाया जा सकता है। वह बोला, ''साब, हम हमाई बात, हमाय असूल के पक्के हैं, गाँव में कोई से भी पूछ लो कि का हम गाँव में चोरी कर सकत हैं, एक भी बोले तो फिर ले चलो थाने!''

''मुँह लड़ा रहा है साला, चल उठ मोटरसाइकिल पर बैठ और थाने में लक्ष्मण झूला झूलने के लिए हो जा तैयार, तभी तो पूरे इलाके भर की चोरियों के राज़ उगलेगा!'' उसके बाद गाँववालों की इच्छा पूछे बगैर ही धन्ना को मोटरसाइकिल पर बीच में बैठाया गया और इंस्पेक्टर तथा कांस्टेबल उसे तेंदूखेड़ा ले गए। तब गाँव का कोई आदमी पुलिस कार्रवाई के बीच नहीं आया।

लेकिन धन्ना को थाने गए चौबीस घंटे ही बीते होंगे कि ननिया जिज्जी थाने पहुँच गईं और बताया कि धन्ना ने हार नहीं चुराया। उन्होंने पुलिस को एक अजीब कहानी सुनाई कि उनका हार उन्हें सुबह मुख्य दरवाज़े की देहरी के पास पड़ा मिला, चोर ने रात में दरवाज़े के नीचे की दरार से अंदर की ओर हार खिसका दिया होगा। मगर ननिया जिज्जी ने पुलिस को जो कहानी सुनाई थी, वह झूठी थी। ननिया जिज्जी का हार सच में चोरी हो गया था। फिर भी उन्हें नहीं लगता था कि उनका हार धन्ना ने चुराया होगा।

इस तरह, धन्ना ननिया जिज्जी के साथ बस से गाँव उतरा और घर शिया से मिलने चला गया। पति-पत्नी को फिर से हँसी-खुशी रहते देख सब हैरान रह गए। इधर, गाँववालों ने भी चोरी के पीछे की कहानी का अंदाज़ा लगा लिया कि क्या हुआ होगा!

दरअसल, ननिया जिज्जी का इकलौता लड़का गोविंद ननिया जिज्जी की पूरी ज़मीन-जायदाद बेच कर बाबा हो गया था। वह नर्मदा के घाट-घाट पर

आल्हा गाता हुआ घूमता-फिरता था। गांजा, अफ़ीम जैसे तरह-तरह के नशे करने के मामले में गोविंद बिलथारी वाले का भाई लगता था, नशेड़ी भाई। गोविंद जब कभी कुछ दिनों के लिए गाँव आता तो ननिया जिज्जी के पास आकर पुरखों की गाढ़ी कमाई का हिसाब माँगा करता। पैसों के लिए उनसे झगड़ा करता। उसकी नज़र ननिया जिज्जी के पुश्तैनी हवेलीनुमा घर और उनके ज़ेवरों पर रहती थी। वह सब जगह कहता फिरता कि ज़िन्दगी है चार दिनों का नाम, पर कुमाता को बेटे से ज़्यादा अपने ज़ेवरों से मोह हो गया है। वहीं, अपनी औलाद से परेशान ननिया जिज्जी ज़ेवरों को लोहे की मज़बूत अलमारी में रखतीं और किसी तरह अपने बाप-दादाओं की आख़िरी निशानियों को हाथ से जाने नहीं देने की ज़िद पर अड़ गई थीं।

इसलिए, लोगों को लगा कि हो सकता है कि वह हार गोविंद ने ही चुराया हो और बाद में इस बात का पता ननिया जिज्जी को चल गया हो। तभी तो ननिया जिज्जी धन्ना को थाने से छुड़ा लाईं। खैर, जो भी हो इस प्रकरण के बाद गाँव में धन्ना की विश्वसनीयता पहले से ज़्यादा बढ़ गई थी। इधर, ननिया जिज्जी को धन्ना ने वादा किया था कि वह उनके चोरी हुए हार के बराबर का पैसा उनकी हथेली पर रख देगा।

ननिया जिज्जी अपने माँ-बाप की इकलौती बिटिया थीं और विवाह बाद ससुराल सिमरिया जाने की बजाय उन्होंने सिमरिया वाले पति के साथ मदनपुर में ही संसार बसा लिया था। वे अक्सर अपने पुराने सम्पन्न दिनों में खोई रहा करती थीं। जब गाँव की चार नई बहुएँ मिल बैठतीं तो वे कुछ किस्से बढ़ा-चढ़ा कर उन्हें सुनाया करतीं। वे बतातीं कि उनके घर में दूध, घी, छाछ इस सीमा तक माटी के भारी-भरकम घड़ों में भरा रहता था कि उन्हें पुण्य में ऐसी सारी चीज़ें दान करनी पड़ती थीं। वे बतातीं कि एक बार दूध का एक बड़ा घड़ा फूट गया था तो यूँ ही कोई सौ कदम दूर तक दूध का पूर यानी दूध की छोटी बाढ़ आ गई थी। ननिया जिज्जी कभी बहुत अमीर थीं, लेकिन जब वे यादों में खो जाती थीं तो कुछ बातें बढ़ा-चढ़ा भी बोल दिया करती थीं। मगर, बुढ़ापे में ननिया जिज्जी को स्कूल के बच्चों के लिए गोली, बिस्कुट, चॉकलेट की दुकान लगानी पड़ रही थी और चार पैसे कमाने के लिए मेहनत करनी पड़ रही थी। गोविंद उनका इकलौता चिराग था, जो आख़िरी समय में उनकी ज़िम्मेदारी उठाने की बजाय ख़ुद ही सब कुछ बेच कर बाबा बन चुका था। सिंदूरी नदी किनारे के कई खेत कभी ननिया जिज्जी के हुआ करते थे, जिन्हें गोविंद ने नशा-पत्ती के चक्कर में

माटी के मोल बेच खाया था। गोविंद की हालत देख लोग अक्सर यह कहावत कहते सुने जाते, ''एक पूत अग्नि में मूत।''

इधर, चोरी की घटना के पंद्रह दिन भी न बीते थे कि गाँव-मोहल्ले में एक सूचना बहुत तेज़ी से फैल रही थी। इस सूचना की मूल स्रोत शिया थी, जो घर-घर काम करती थी, जिसकी मानें तो धन्ना को देर रात बार-बार एक दैवीय सपना आ रहा था। सपने में स्वयं राधा जी प्रकट हो रही थीं। वे धन्ना से कह रही थीं कि सिंदूरी नदी के उस पार जो बरगद का पेड़ है, वहाँ रखे बड़े पत्थर के नीचे ज़मीन खोदने पर वे खुद दबी हुई हैं। शिया की मानें तो राधा जी धन्ना से कह रही हैं कि ज़मीन खोदो, उनकी साँसें वहीं रुकी जा रही हैं। शिया गाँव वालों को समझाती कि यदि राधा मैया को जल्दी न निकाला गया तो देवी का क्रोध कहर बन कर गाँव पर टूटेगा और यह कहर गाँव वालों को भुगतना पड़ेगा। शिया की मानें तो देवी कह रही थीं कि बरगद के पेड़ की जड़ों में जिस पत्थर के नीचे वे दबी हुई हैं, उनकी स्थापना भी ठीक उसी जगह कर दी जाए और भूल कर भी उन्हें नदी के इस ओर यानी गाँव में न लाया जाए।

पूरे गाँव के लिए यह एक नई बात थी। ग्रामीणों को विश्वास नहीं हो रहा था कि देवी की कृपा उनके गाँव पर भी हुई है। जब यह बात गाँव के पुजारियों को पता चली तो उन्होंने इसे धन्ना का नाटक बताया और कहा कि ऐसी शक्ति चोर को प्राप्त हो ही नहीं सकती। देवी-देवताओं को यदि कुछ कहना होता तो वे सबसे पहले पुजारी को सपने में बताते।

दूसरी तरफ़, अनहोनी का भय गाँववालों को सताये जा रहा था। वे जानना भी चाहते थे कि राधा जी का प्रताप किसी चोर पर हो भी सकता है या नहीं। लिहाज़ा, एक दिन भरी दोपहरी कुछ लोग गेती-फावड़ा लेकर सिंदूरी के दूसरी तरफ़ चले गए, बरगद की छाया में बताई गई जगह पर खुदाई शुरू कर दी गई, चार-पाँच हाथ खोदने पर ही चमत्कार दिख गया! यह क्या, सबकी आँखें फटी-की-फटी रह गईं! रत्न-जड़ित चाँदी की सुंदर मूर्ति उस जगह उन्हें पड़ी हुई मिली। देवी की मूर्ति, राधा जी की मूर्ति! फिर क्या था, कुछ लोग वापस सिंदूरी नदी से होते हुए धन्ना के घर की तरफ़ दौड़े। इस पूर्ण विश्वास के साथ कि राधा जी की कृपा चोर पर बरसी है। चोर साक्षात् कृष्ण है। उसके बाद धन्ना चोर नहीं रहा था, एक पहुँचा हुआ संत बन चुका था, धन्ना महाराज!

देखते-ही-देखते सिंदूरी नदी के पार बरगद का पेड़, जहाँ एकांत हुआ करता था, भीड़-भाड़ वाले धार्मिक-स्थल में बदल गया। बरगद के नीचे ही एक पक्का

चबूतरा बनाकर राधा जी की मूर्ति की प्राण-प्रतिष्ठा कर दी गई। सुबह-शाम आरतियाँ की जाने लगीं। आरती और भजन-मंडली में बिलथारी वाली बढ़-चढ़ कर हिस्सा लेने लगी। गाँव की सारी औरतों को पहली बार पता चला कि बिलथारी वाली का गला बहुत साफ़ है और वह बहुत अच्छा गाती है। बिलथारी वाली के साथ ही ढोलकबाज़ अवधेश को भी काम मिल गया, जो बिलथारी वाली के भजनों पर संगीत देने लगा। दोनों की जोड़ी हिट होने लगी। उधर, बिलथारी वाला जब-तब धार्मिक स्थल का रुख करता तो उसे नशे की हालत में देख भक्तों की मंडली सिंदूरी नदी के इस पार गाँव तक खदेड़ आया करती।

सिंदूरी नदी के इस पार गाँववालों की धर्म-कर्म को लेकर श्रद्धा में और अधिक बढ़ोतरी हो गई, लेकिन सिंदूरी नदी के प्रति उनकी मान्यता और उदासीनता पहले की तरह बनी रही। वे पहले की तरह ही घाट पर कई पीढ़ी पुराने बरगद की जड़ों पर विराजे शंकर जी की मूर्ति पर नहाने के बाद घर लौटते हुए अपने लोटे में भरा नदी का ही जल चढ़ाते, लेकिन सिंदूरी पर श्रद्धा का ऐसा कोई दबाव न था जो लोग उसकी तरफ़ देख नमस्कार तक करते। यहाँ तक कि आबादी, उद्योग, खेती, बिजली और विकास जैसे हर एक आधुनिक शब्द के दबाव से भी मुक्त सिंदूरी सभी के लिए शुद्ध आदिवासियों की नदी बनी हुई थी, जो नब्बे के दशक तक भी सरकारी विस्थापन और पुनर्वास योजना से जाने कैसे बची हुई थी! ऐसा इसलिए कि सिंदूरी सरकारी उपेक्षा की शिकार बनी हुई थी और कई बार इस किस्म की सरकारी उपेक्षा अच्छी ही जान पड़ती है।

दूसरी तरफ़, नदी के उस पार दूर-दूर से भारी संख्या में श्रद्धालु उमड़ पड़े थे। भक्तों के दल गाजे-बाजे के साथ नंगे पैर केसरिया झंडे लिए राधा जी के दर्शन के लिए आने लगे। मदनपुर गाँव मदनपुर धाम बनने की राह पर था। गाँव वालों के लिए भी यह गौरव का समय था कि गाँव की ख्याति कस्बों तक पहुँच रही थी। लिहाज़ा, बीच-बीच में जयकारों के साथ यह जयकारा भी गूँज पड़ता, ''मदनपुर बस्ती धन्य है, राधा जी प्रसन्न हैं।''

राधा जी की कृपा सिंदूरी के इस तरफ़ ही नहीं उस तरफ़ भी ऐसी बरसी कि हर दिन बरगद के चारों ओर मेले का-सा नज़ारा होता। राधा जी के चबूतरे के बाजू में सागौन का एक मज़बूत तख़्त धन्ना महाराज के आसन के लिए रख दिया गया। तख़्त पर धन्ना बढ़ी हुई सफ़ेद दाढ़ी लिए संत महाराज की वेशभूषा में बैठा दिखता। माथे पर लंबा सिंदूरी तिलक और गले में रुद्राक्ष की मोटी माला के अलावा वह फटे-पुराने कपड़ों के ऊपर एक काला कंबल लपेटे रखता। भरोसा

नहीं होता था कि यह वही धन्ना था, जो गाँव के प्रभावशाली व्यक्तियों के सामने गमछा अपने सिर पर नहीं बाँध पाता था और गमछे को कभी गले में लटकाए, कभी कमर में बाँधे घूमता हुआ दिखाई देता था। पगड़ी तो वह संत घोषित होने के बाद भी नहीं बाँधता था, लेकिन उसके तख्त के नीचे सिर पर पगड़ी बाँधे गाँव के वही प्रभावशाली व्यक्ति बैठे दिखते। खास बात यह थी कि धन्ना अपने तख्त पर रखी गंगाजली में पूजा-अर्चना के लिए गंगा, जमुना या नर्मदा जी का जल नहीं रखता था, बल्कि गंगाजली में अपने गाँव की नदी सिंदूरी का जल भर कर रखा करता था।

जिस आदमी ने मुंबई नहीं देखी उसके लिए गाडरवारा ही सबसे बड़ा शहर है। यही हाल धन्ना का था। उसने गंगा नदी नहीं देखी थी इसलिए उसके लिए गाँव की नदी ही बड़ी थी। जब सब गंगाजली में गंगा का जल रखते थे, तब धन्ना गंगाजली में गंगा और यहाँ तक कि नर्मदा का जल भी नहीं रखता था। गंगाजली में सिंदूरी नदी का जल भर कर रखना तो यही सिद्ध करता था कि उसका सरोकार बस अपनी दुनिया से है। वह अपनी ही दुनिया में मस्त है, आनंदित है।

इसी तरह बड़े आनंद से दिन गुज़र रहे थे। क्षेत्र के विधायक से लेकर पूर्व और भावी विधायक, कई महाजन धन्ना महाराज के भक्त बन रहे थे। धन्ना अपनों के बीच आदिवासी ही था। शंकर की तरह भोला। धन्ना महज़ पाँचवीं तक पढ़ा होगा, वेद-पुराणों के नाम तक उसे पता नहीं थे। वह प्रवचन भी नहीं देता था। वह संत महाराज का रूप धर चुका था, पर उसे ऐसी बातें बनानी नहीं आती थीं कि वह बता सके जो किसी के जीवन का वर्तमान कष्ट उसके पूर्व जन्मों का फलाँ पाप है। न ही वह किसी के सिर आई बला टालने के लिए मंत्रोच्चारण ही करता था। धन्ना महाराज किसी तरह का चमत्कार नहीं दिखाता था। यहाँ तक कि अपने हाथ उठा कर मनोकामना पूरी होने का दावा तक नहीं करता था।

कोई मनोकामना पूरी होने के लिए उससे आशीर्वाद माँगता तो वह उल्टा इधर से उधर ताकने लगता। जब कभी किसी सेठ को आशीर्वाद देने के लिए हाथ उठाता तो सेठ खुद को धन्य ही समझ बैठता और यह मान कर चलता कि उसकी ज़िन्दगी में आगे सब भला होगा। बदले में वह राधा जी की मूर्ति के पास रखी दान-पेटी में भारी रकम दान कर चल देता।

दान का यह पैसा धन्ना महाराज अपने पास नहीं रखता। यह पैसा वह कभी ननिया जिज्जी, कभी बिलथारी वाली, कभी अपनी पत्नी शिया तो कभी किसी गरीब की कन्या के हाथों में थमा देता था। जैसे-जैसे दान-पेटी में पैसा

बढ़ता गया, वैसे-वैसे धन्ना का परोपकारी रूप भी सामने आने लगा। एक बार उसने हक्कू कुम्हार को गधा खरीदने के लिए पैसे दे दिए, एक बार पढ़ने में होशियार किसी दूसरे गाँव की लड़की को खूब सारा दान न्यौछावर कर दिया। बरेदन बऊ की आँखों का इलाज कराने के लिए भी रकम का इंतज़ाम कराया गया। धन्ना किसी के घर पूजा, कथा या विवाह में बुलाने पर नहीं जाता था, मगर दुल्हन बन आने या जाने वाली गाँव की बहू-बेटी के लिए महँगा नेग भिजवाता ही भिजवाता था।

एक दिन जाड़े की कुनकुनी धूप में इकतारा बज रहा था। किसी ने धन्ना महाराज के चरण पकड़े तो गहरी नींद में सो रहे महाराज की आँखें खुल गईं। उठ कर देखा तो एक आदमी सपरिवार नीचे ज़मीन पर बिछी दरी पर बैठा हुआ था। बोला कि महाराज के आशीर्वाद से उसकी बहू की गोद भर गई, उस समय वहाँ बच्चा बहू की गोद में ही था। इस बीच वह आदमी धन्ना महाराज के और नजदीक आया और सौ-सौ रुपए के नोटों की गड्डियाँ तख्त पर धर उनसे पूछने लगा, ''महाराज मेरे माथे, मेरे हाथों की रेखाएँ देखो, मेरा शनि कब उतरेगा, भाग्य कब चढ़ेगा, ज्योतिषों के पास गया, सब संकेत करते हैं, साफ़ कोई कुछ नहीं बोल रहा है।'' वह आगे अपना दुखड़ा सुनाने ही जा रहा था कि धन्ना महाराज ने एक उँगली अपने मुँह पर रख उस आदमी को शांत रहने के लिए इशारा किया। धन्ना बोला, ''हम साधु-संत नइया, पक्के चोर हैं, भड़या! मनो ठग नईया, हम तुमाई किस्मत नई बदल सकत हैं, इते आके उम्मीद बेकार है।''

आस-पास जमा भक्तों ने इसे महाराज का बड़प्पन समझ कर श्रद्धापूर्वक हाथ जोड़ लिए और देर तक मंद-मंद मुस्कुराते रहे। मगर, इसी बीच ऐसा हुआ कि सभी के चेहरों के हाव-भाव बदलने लगे और वे अपनी-अपनी जगह से उठ खड़े हुए। असल में भक्तों के घेरे से बाहर एक आदमी जो बात बता रहा था, उस पर सभी को बहुत गुस्सा आ रहा था। वह कह रहा था, ''जा राधा जी की मूर्ति हमाय गाँव बिछुआ के मन्दिर की है। जा की तो चोरी की रिपोर्ट थाने में भी दर्ज है। जा इते कैसे आ गई?''

मदनपुर से कई कोस दूर बिछुआ से जो आदमी धन्ना महाराज के दर्शन के लिए आया था, धीरे-धीरे उसका मिज़ाज ही बदलने लगा था, वह उग्र होकर कहने लगा था कि उसके गाँव के मन्दिर से चोरी हुई मूर्ति का यहाँ मिलना रहस्यमयी है, या तो धन्ना महाराज या फिर किसी और ने यह मूर्ति वहाँ से चुराई है।

''महाराज आपई बताओ जा मूर्ति इते आई तो आई कैसे?'' आदमी थोड़ा

आक्रामक होकर पूछ बैठा। उस आदमी का साहस देख भक्तों ने उसका कॉलर पकड़ लिया। धन्ना महाराज ने भक्तों से आदमी का कॉलर छोड़ने के लिए कहा।

''जा तो राधा जी ही जानें कि वे इते कैसे आईं! चोर राधा जी को कैसे चुरा सकते है? राधा जी अपनी मरजी से इते हैं।'' धन्ना महाराज हर एक शब्द पर वज़न रखते हुए बोले तो आस-पास खड़े भक्तों का सिर श्रद्धा से अपने आप ही फिर झुक गया।

''अच्छा चोर ने नई चुराया इन्हें, तो जे हमाय गाँव के मन्दिर से कैसे गायब हो गईं? किशन अकेले मन्दिर में बिराजमान हैं उते, राधा कैसे गोल हो गईं?''

उस आदमी का यह सवाल सुन धन्ना महाराज ने अपनी आँखें मूँद लीं। फिर ध्यानपूर्वक बताने लगे कि राधा जी किशन संग कभी रहीं ही नहीं, फिर मन्दिर में लोगों ने दोनों को साथ क्यों बैठाया हुआ था? राधा जी का मन मन्दिर में नहीं रमता, राधा जी ठहरीं गाँव की लड़की, इस नदी किनारे खुली जगह पर उनका मन लगता है, राधा अकेली हैं, स्वतंत्र हैं, अपने मन और अपनी मर्ज़ी की मालकिन स्वयं हैं, उन पर किसी का कोई वश नहीं, कोई ज़ोर नहीं, स्वयं किशन का भी नहीं। चाहो तो मन्दिर से कुछ दिनों के लिए किशन को भी यहीं बरगद की छाया में ले आओ!

''मदनपुर बस्ती धन्य है, राधा जी प्रसन्न हैं।'' ज़ोरदार जयकारा भक्तों की ओर से लगाया गया। पर, धन्ना महाराज की इन बातों का उस आदमी पर कोई प्रभाव नहीं हुआ। वह वहाँ से चला तो गया, लेकिन जाते-जाते यह कह कर गया कि जल्द ही लौटेगा, अपने गाँव के लोगों और पुलिस वालों के साथ।

यही हुआ। कुछ दिनों बाद वह अपने गाँव के लोगों और पुलिस वालों के साथ लौटा। हालाँकि, भक्त ऐसी स्थिति से निपटने के लिए भी तैयार बैठे थे। मगर, बरगद के नीचे तख्त से उनके धन्ना महाराज गायब थे। तख्त से ही पुलिस को एक चिट्ठी हाथ लगी। धन्ना ने क्या लिखा होगा, हिन्दी में किसी से लिखवाया होगा, लिखा था, 'राधा जी मन्दिर में रहेंगी, या वे मन्दिर से बाहर रहेंगी, वे किशन के साथ भागेंगी, या अकेली भागेंगी, ये राधा जी तय करेंगी, तुम तय मत करना। लोग तो कहेंगे ही, तुम उनकी मत सुनना।'

यह अजीब संदेश पढ़ पुलिस वाला हैरत में पड़ गया। पत्र में 'तुम' किसे कहा जा रहा है, कुछ समझ नहीं आ रहा था। तुरंत ही पुलिस भक्तों को लेकर धन्ना महाराज के घर पहुँच गई। लेकिन, धन्ना महाराज के घर के दरवाज़े खुले के खुले थे। घर के भीतर सारा सामान अपनी जगह व्यवस्थित रखा था, लेकिन था

कोई नहीं, न धन्ना महाराज, न ही उनकी बीवी शिया। लेकिन, दोनों के गायब होने की कहानी तो कहीं हैरान कर देने वाली थी। दोनों अलग-अलग गायब हुए थे, अलग-अलग समय पर, मगर साथ नहीं, बल्कि अलग-अलग पार्टनरों के साथ।

शिया एक रात पहले ही ननिया जिज्जी के बेटे गोविंद के साथ भाग गई थी। इस बीच जब पुलिस वाला ननिया जिज्जी के घर पहुँचा तो एक और रहस्य खुल गया। वहाँ पता लगा कि बिलथारी वाली ढोलकबाज अवधेश के साथ गायब हो चुकी है। इधर, ननिया जिज्जी पुलिस को बता रही थीं कि जब धन्ना को मालूम हुआ कि शिया और गोविंद एक-दूसरे को चाहने लगे हैं तो उसने ही अपनी बीवी शिया को स्वतंत्र छोड़ दिया। उसने शिया से कहा कि वह राधा जी की मूर्ति नहीं जो लोगों की मर्ज़ी से किसी मन्दिर या किसी के घर पर विराजेगी, औरत है तो अपने गोविंद अपने किशन के साथ भाग जा!

शिया को घर-घर के राज़ पता थे, मगर शिया का राज़ कोई न जान पाया था कि वह गोविन्द से प्रेम करती है। इधर, पुलिस वाला यह चमत्कार देख चकित था। हँसते हुए बोला कि प्रभु की लीला अपरंपार है, लेकिन प्रभु कहाँ गोल हो गए? उसने जवाब के लिए ननिया जिज्जी की तरफ़ ताका। ननिया जिज्जी ने बताया कि प्रभु तो बिछुआ वाली राधा को पसंद करता था। बोलीं, ''धन्ना तो बा की राधा संगे गोल हो गओ!''

सात खून माफ़ हैं

इकिल सवार ने कच्चे घाट की ढलान से उतरते हुए साइकिल पर अपना नियंत्रण खो दिया और वह गिरता, फिसलता हुआ नीचे तक आ पहुँचा। फिर साइकिल कहीं, साइकिल सवार कहीं। यह देख सिंदूरी किनारे खेल रहे बच्चे शोर मचाते हुए साइकिल सवार को उठाने के लिए भागे। जिस स्पीड से सवार गिरा उससे तो पक्का था कि उसे तेज़ चोट लगी होगी, वरना वह तुरंत न उठ जाता!

''पंडितजी तेज़ तो न लगी!'' यह सुन साइकिल सवार लगे हाथ कपड़ों की धूल साफ़ करते उठ गए। शोर मचा रहे बच्चों की ओर आँख तरेरते हुए बोले, ''जा बता रे, जा में से पागल पंडितजी कौन बोलो!''

''अरे न पंडितजी मैं पागल पंडितजी न, मैं तो पाँव लागूँ पंडितजी बोलो थो!'' डालचंद ने पाँव पड़ने का अभिनय करते हुए सफ़ाई दी।

''भूलो तो भूलियो, मनो जा मती भूलियो, हमें सात खून माफ़ हैं, कित्ते?'' जब कभी पंडितजी का दिमाग घूम जाता, वे यही डायलॉग बोला करते। अपने इसी डायलॉग के चलते वे पॉपुलर हो गए थे। कोई दूसरे गाँव का अनजान आदमी होता तो उनके डायलॉग पर हँस भी देता कि कोई अधबूढ़ा आदमी बारह-चौदह साल के लड़के जैसी हरकतें क्यों कर रहा है! पर, गाँव के बच्चे ही नहीं बड़े-बूढ़े भी पंडितजी का लिहाज़ और ख़याल दोनों रखते थे। कारण था कि पंडितजी पुजारी परिवार से थे, मगर मुख्य कारण था कि बच्चों की तरह तुनकमिज़ाज पंडितजी बच्चों जैसे थे, दिल के भले।

गोल, गोरा चेहरा, खुला मुँह और सामने एक आधा टूटा दाँत, जिस पर जब-तब किसी शरारती बच्चे की तरह बात-बात पर खीं-खी-खीं करके हँस पड़ना, यही निष्कपट खिलखिलाहट, कूदती हुई चाल, मतलब अकड़ में भी ऐसा भोलापन, ऐसा आकर्षण कि कोई उनकी नाराज़गी दिल पर नहीं लेता था। कनपटी घेरती बालों की सफ़ेदी और पिचके गालों से उनकी उम्र कोई चालीस साल के ऊपर का पता देती थी। पुलिस वालों की यूनिफ़ॉर्म से मेल खाती खाकी घुटनों तक लंबी, दो खींसे वाली शर्ट, पांव से एक बित्ता ऊपर सफ़ेद पाजामा और हाथ

पर बँधी ओल्ड मॉडल की बंद पड़ गई घड़ी उनकी छवि में घुल-मिल गई थी, ऐसी कि इनमें से किसी एक के बगैर वे अधूरे लगते।

पंडितजी ने लंगड़ाते हुए साइकिल उठाई और साइकिल को पैदल ही ढकेलते हुए नदी किनारे बरगद की ओर चल दिए, उनके पीछे-पीछे बच्चे भी चल दिए।

''पंडितजी सात खून जिनके हुईये, उनके नाम तो बता दें!'' बच्चों के बीच से एक बच्चे सीताराम कुम्हार ने ऐसे पूछा जैसे सच में वह अपने सवाल पर गंभीर हो, जबकि सारे ही बच्चे इतना तो समझते ही थे कि ऐसा कोई कायदा नहीं होता है, फिर भी गप्पें हाँकने के लिए वे अक्सर पंडितजी से ऐसे सवाल पूछा करते थे। वहीं, पंडितजी साइकिल टिका बरगद के नीचे पत्थर पर बैठे सुस्ता रहे थे। कुर्ते की जेब में उँगलियाँ डालते हुए बड़े रौब में आ गए, ''इते हैं, जा जेब के अंदर है सात जन के नाम, सब मरहें। जानत हो, कलेक्टर साब ने परमीशन दई है हमें, कछु दिन पहलेई नरसिंहपुर गए थे। हमें देख कलेक्टर साब कुर्सी से खड़े हो गए। बोले, 'पाँव लागूँ पंडितजी!' खटाक से पर्ची पे पेन से गूद कर बोले, 'पंडितजी जा लेओ पर्ची, खून की तारीख बढ़ा दई, आपहे सात खून माफ़ हैं, हमाय लायक कछु और सेवा हो तो बताओ,' हम बोले बस-बस!''

कोई दूसरे गाँव का आदमी होता तो पंडितजी की बातों पर ठहाका लगाए बिना नहीं रह पाता। मगर, गाँव के लोग उनके इस अंदाज़ के वाकिफ़ थे, पीठ-पीछे दुलार के भाव से 'बाल-बुद्धि' कह कर वे पंडितजी का बचाव करते थे, क्योंकि लोगों ने यह देखा था कि जब तक उनकी माँ जिंदा रहीं, कैसे उन्हें बड़ा होने पर भी बच्चा समझ लाड़-प्यार करती रहीं। जब तक रहीं यही चिंता करती रहीं कि क्या होगा उनके मंझले बेटे सत्या का। न पढ़ाई, न कथा बांचना, न दुनियादारी वाली चतुराई, न मेहनत-मजूरी ही आती थी उनके बेटे को। पुराना पैसा था, जो वे अपने मंझले बेटे सत्या पर खूब लुटाती थीं, जो बेटा माँगता वह लातीं।

दरअसल, वे ही सत्या को कभी गुस्से से तो कभी प्यार से 'बाल-बुद्धि' और 'उल्टी खोपड़ी' कह दिया करती थीं। जवाब में सत्या पंडितजी अजीब हरकतें करने लगते। सिर को पकड़ आगे-पीछे, दाएँ, बाएँ करते, दिखाते कि उनकी खोपड़ी उल्टी नहीं है, सीधी है। माँ के बुरे लहजे और डपट में ममत्व को नादान से नादान बच्चा भी खूब समझता है। लेकिन, ये सारी बातें उन दिनों की थीं जब सत्या पंडितजी की माँ जिंदा थीं।

''तो अब भतीजे डाँट आपहे!'' इधर, बरगद की छाया तले बैठे पंडितजी को परसू ने विषयांतर कर दिया। परसू की बात पर सत्या पंडितजी को उनकी माँ

याद आ गईं। बोले कुछ नहीं बस उनकी आँखों के किनारे तर हो गए। लेकिन, फिर बोले, ''बाई थी तब तक कोउ डाँट नहीं सकत तो हमें। बाई हे हमाय खाय-पीये की चिंता रहत थी, खेलत से बुला-बुला गोली-बिस्कुट डारत थीं मुँह में। भाई और उनके मोड़ों की तो ऐसी की तैसी!''

''पंडितजी, हमाय पापा को नाम तो नईया न सात खून वाली पर्ची में?'' मैंने पूछ लिया। दरअसल, कुछ बच्चे इसलिए भी सत्या पंडितजी से नामों के बारे में पूछते रहते थे कि कहीं-न-कहीं वे पंडितजी की सनक से घबराते भी थे। उन्हें लगता था कि कहीं किसी दिन पंडितजी उनके पिता या परिवार के किसी आदमी की ही हत्या न कर दें! लेकिन, मेरे सवाल पर पंडितजी बिना कुछ बोले सिंदूरी नदी की तरफ़ मुँह करके ताकने लगे। उनकी इस खास अदा से रहस्य और भी ज्यादा गहरा जाता था।

''पंडितजी गरीब आदमियों को न मारेंगे, काय पंडितजी?'' डालचंद ने भी यही बात घुमा कर पूछी। लेकिन, पंडितजी ठीक विपरीत दिशा में गर्दन करके फिर देर तक चुप्पी साधे रहे। ऐसे ही कई दूसरे प्रसंग होते थे, जब पंडितजी अपनी बातों और हाव-भाव से रहस्यों का माया-जाल बुन दिया करते थे। हालाँकि, उनकी जेब में पर्ची थी भी या नहीं यह भी किसी को मालूम नहीं था।

अचानक ही पंडितजी को सूझा कि वे जिस काम के लिए नदी आए थे, वह तो कर ही नहीं रहे, नहा तो रहे ही नहीं हैं, तुरंत कपड़े उतार चड्डी में नदी किनारे पहुँचे और वहाँ रखी पत्थर की सिल से डग भरते हुए नीचे नदी में तैरने के लिए उतर गए। नदी के स्वच्छ जल में धारा के उलट तैरते हुए उनका हाथ-पैर फड़फड़ाने का अंदाज़ भी कम दिलचस्प न था।

समाज प्रदूषित होगा तो नदी भी प्रदूषित होगी। इस मामले में सिंदूरी नदी की धार स्वच्छ थी। इसके पीछे धार्मिक कर्मकांड से दूरी तो एक बात थी ही। दूसरी बात थी शहर और शहर की सभ्यता से दूरी, जो नदी को कई तरह से और कई-कई बार प्रदूषित करती है। सिंदूरी विशुद्ध नदी थी, देवी नहीं जिसकी कहीं कोई मूर्ति स्थापित हो, सिंदूरी तो अपनी ही लय और आकार बनाती हुई बहती रहती थी।

सिंदूरी प्रकृति का संसाधन थी, न कि तकनीक के ज़ोर पर संसाधन से एक साधन के रूप में बदल दी गई थी, ऐसी मशीन के रूप में नहीं कि जिस पर सरकारी शिकंजा हो। इसी समय नर्मदा जैसी बड़ी नदी को जब एक मशीन की भाँति चलाने की तैयारी की जा रही थी, ताकि नदी खुद अपना दम घुटने

की हद तक चलती रहे, यूँ कि कंकाल बनने की हद तक शोषण सहती रहे, तब तक जब तक कि बारहमासी का सौंदर्य विकास के पंप की भेंट न चढ़ जाए, जब तक कि नर्मदा की छाती फूल कर उसके किनारे रहने वाले लोगों का जीवन नरक न हो जाए और कारोबारियों की भारी-भरकम तिजोरियाँ न भर जाएँ। इस स्थिति में नर्मदा की यह छोटी बहन कही जाने वाली सिंदूरी किसी तरह विकास की आधुनिक अवधारणा से बची हुई थी, जिसकी धारा के साथ तो कभी उलट लोग सहज ही जीवन जी रहे थे।

इतनी सहज कि नदी सिंदूरी उनके जीवन में सामान्य जगह घेरती थी, जिसमें डूब कर नहाना अति-सामान्य बात थी, किसी कवि, कहानीकार या कलाकार के लिए जो विषयवस्तु हो सकती थी, यहाँ के रहवासियों के लिए वह सिंदूरी इतनी सहज और सामान्य थी कि वे इसके किनारे रह कर भी इसकी बजाय किन्हीं दूसरी चीज़ों की कल्पनाएँ करते थे। मौसम, साल बदलते, बच्चे बड़े होते, फिर भी गाँव में ही रहते और गाँव न छोड़ते, आदमी यहीं मर-खप जाते, बेटियाँ विवाह बाद ससुराल को जातीं तो कभी-कभी लौटतीं, जहाँ रहतीं उनके भीतर नदी बहती। बहुएँ आतीं तो यहीं रह जातीं, मायके जातीं और लौट आतीं। न कोई पलायन था, न ही किसी तरह का विस्थापन। नदी भी अपनी जगह न छोड़ती, नदी भी बहती रहती।

इसी बहाव के ठीक उलट सत्या पंडितजी नदी की धारा से ठीक उलट बहते हुए गाँव की सोच से विपरीत रहने के लिए हाथ-पैर चला रहे थे। उम्र की इस ढलान पर जिस प्रकार वह थोड़ी देर पहले ही अपना संतुलन खो कर साइकिल से पलटी खा गए थे, ठीक उसी प्रकार उनकी 'उल्टी खोपड़ी' के चलते समाज की मुख्यधारा के साथ चल पाना उनके लिए दिनोंदिन मुश्किल होता जा रहा था। हालाँकि, उनकी 'बाल-बुद्धि' के कारण गाँववालों से उनका सहज लगाव बना हुआ था, मगर किसी व्यक्ति का जो स्वभाव सकारात्मक हो सकता है, वही नकारात्मक तौर पर भी लिया जा सकता है। अन्यथा कोई कारण नहीं था कि बच्चों की तरह किसी के प्रति भी मन में भेद न रख पाने के बावजूद उनका यह स्वभाव उनके लिए दिनोंदिन मुश्किलें खड़ी कर रहा था।

इसलिए, धीरे-धीरे लोगों के लिए सत्या पंडितजी को अपने बीच समायोजित करना कठिन होता जा रहा था। जैसे गाँव में किसी के यहाँ यदि विवाह होता तो मंत्रोच्चारण से जुड़े संस्कार पुजारी से ही कराए जाते, पर सत्या पंडितजी से भी तो कुछ-न-कुछ कराना ही था, ताकि उन्हें भी मान और पैसा मिलता रहे,

इसलिए रसोई और पंगत संबंधी ज़िम्मेदारियों में उन्हें शामिल किया जाता था। इधर, सत्या पंडितजी भी शादियों में दुल्हन को अपने घर की ही बेटी या बहन जान कर पूरे मनोयोग से अपना काम करते थे।

वाकया आनंदी कुशवाहा की बिटिया की शादी के समय का था, पंच सरीखे व्यक्तियों को दालान में आदर-सत्कारपूर्वक स्टील के बर्तनों में भोजन परोसा जा रहा था, ठीक इसी समय दलितों को आँगन के बाहर पीपल के पेड़ की छाया में पंगत कराई जानी थी। जैसा कि होता था, दलित अपने घर से ही बर्तन लाया करते थे, या फिर उन्हें दोना-पत्तल में भोजन परोसा जाता था। लेकिन, यहाँ सत्या पंडितजी की 'उल्टी खोपड़ी' चल गई, उन्होंने दलितों के सामने स्टील के बर्तन लगवा दिए। घर, परिवार और वहाँ हाज़िर मेहमान यह देख बमक गए। अभी बर्तनों में भोजन परोसा नहीं गया था, इसलिए दलितों के सामने रखे स्टील के बर्तनों को वापस लाने की बातें हो रही थीं। मगर, संकोच के मारे कोई यह काम करने को राज़ी न था। सत्या पंडितजी ने ही ऐसी अजीब स्थिति में डाला था, इसलिए उनसे ही आग्रह किया गया था कि वे ही स्टील के बर्तन वापस ले आएँ।

सत्या पंडितजी इस आग्रह पर बच्चों की तरह खिलखिला कर हँस दिए, बोले, ''जैसे तुमाई टोटी, वैसई उनकी टोटी, जब एकई जैसी टोटी से सबको हगना है, तो खान दे न उन्हें, बे थाली में खाएँ, बे पत्तल में खाएँ, का फरक पड़त है, ज़्यादा है तो थाली मंजवा देहें अपन!''

इधर, गाँववालों को पंडितजी की यही बातें बचकानी लगीं। उनकी मानें तो बच्चों जैसी हरकतें बच्चों को ही शोभा देती हैं, बड़ों पर अच्छी नहीं लगतीं। इस हालत में गाँववाले कहने लगे कि पंडितजी सियाने होते जा रहे थे, पर अपनी बाल-बुद्धि के सामने लाचार थे। अपनी माँ के बाद किसी और के मुँह से ऐसी बातें सुन पंडितजी बिफर पड़े। तैश में आकर सबके सामने बोल पड़े, ''तुमाई सांड-बुद्धि से हमाई बाल-बुद्धि ठीक, और सुनो! सात खून माफ़ हैं हमें, इत्तो याद रखियो!''

पंडितजी द्वारा लोगों का अपमान देख लड़की के पिता आनंदी कुशवाहा से रहा नहीं गया। बोले, ''पंडितजी अब बेजा हो रई है, बिरादरी से निकलवा देहो का हमें?'' यह सुन पंडितजी, ''तुम भले, तुमाई बिरादरी भली'' कहते हुए वहाँ से निकल आए। दरअसल, गाँववाले पंडितजी को 'उल्टी खोपड़ी' वाला समझ रहे थे, दूसरी तरफ़ पंडितजी उन्हें यह नहीं समझा पा रहे थे कि उनकी बुद्धि ऐसी ही है और यह उल्टी बुद्धि नहीं है, बल्कि सीधी बुद्धि है। पंडितजी का गुण यह था

कि वे बचपने से बाहर ही नहीं निकल पा रहे थे, उनका यही गुण दोष में बदल गया था, जिसका नतीजा था कि वे धीरे-धीरे गाँव की सामूहिक गतिविधियों से अलग-थलग पड़ते जा रहे थे।

इसी तरह, किसी साल जब मानसून देरी से आता तो गाँववालों को दुर्गा जी के चबूतरे पर भजन शुरू कर देने का मौका मिल जाता। इस मौके पर गाँव की औरतें जहाँ-तहाँ से गोबर जमा करके दुर्गा जी की संगमरमर की सफ़ेद मूर्ति को लीप-पोत दिया करती थीं। इसके पीछे उनकी मान्यता यह थी कि उनके ऐसा करने पर दुर्गा जी को नहाने की इच्छ होगी और ऐसे में दैवीय इच्छ से आसमान में बादल छा जाएँगे और बरसात होने लगेगी। मानसून जिस साल देरी से आता उस साल के उन दिनों में पूरा गाँव दुर्गा जी के चबूतरे पर जुट जाता, जहाँ दुर्गा जी की संगमरमर की सफ़ेद मूर्ति को लीप-पोत कर सुबह-शाम दुर्गा जी की आरती होती और भक्तों को दिन में दो बार आटे का हलवा बाँटा जाता। यह हलवा गाँव की औरतें बनाया करतीं।

एक बार प्रसाद बाँटने का ज़िम्मा सत्या पंडितजी को सौंप दिया गया। लेकिन, पंडितजी ने तो पूरे का पूरा प्रसाद चंद बच्चों में ही बाँट दिया। जब इस बारे में भजन मंडली की मुखिया नर्स मैडम ने पंडितजी से पूछा कि उन्होंने प्रसाद को प्रसाद की तरह क्यों नहीं बाँटा, बल्कि प्रसाद को बच्चों में भोजन की तरह क्यों बाँट दिया तो पंडितजी ने खीं-खीं-खीं करते हुए जवाब दिया, ‘‘मोड़ा-मोड़ियों को मना मत करो, खान दे, जेई तो भगवान हैं, खूब खान दे, उन्ने खाओ, जा समझो अपनो पेट भर गओ! अपनी आत्मा तृप्त!’’

दरअसल, पंडितजी जानते थे कि प्रसाद स्वादिष्ट होता है इसलिए बच्चे उस पर गाय के किसी छुट्टे बछड़े की तरह टूटेंगे ही, क्योंकि घर में जो सहज उपलब्ध नहीं हो सकता उसी पर तो टूटेंगे। इसलिए मुट्ठी भर प्रसाद में बच्चों का पेट और उनकी आत्मा तृप्त होती ही नहीं थी। फिर बच्चे ही तो होते हैं जो बगैर संकोच बार-बार प्रसाद माँग सकते हैं। हलवा देख वे अपनी लज्जा भूल जाते हैं। लेकिन, आयोजकों को इससे क्या लेना-देना। उनके लिए तो प्रसाद माने प्रसाद। उसके बाद उसी समय दोबारा हलवा बनाया गया, पर प्रसाद किसी दूसरे पुजारी से बँटवाया गया। इस तरह, सत्या पंडितजी हर तरह के कामों से खाली हाथ होते जा रहे थे। गाँव और वे दोनों ही जाने-अनजाने एक-दूसरे से कटते जा रहे थे। साथ रह गए थे उनके साथ खेलने वाले उनकी तरह के ‘बाल-बुद्धि’ बालक, जो बड़े होते ही अपना पाला बदल लेते और बड़ों के बीच उठने-बैठने लगते थे।

मगर, एक बात यह थी कि गाँव भर की औरतें यदि गाँव में सबसे ज़्यादा किसी मर्द से खुली थीं तो वे थे सत्या पंडितजी ही। पंडितजी किसी के भैया, किसी के ताऊ, किसी के कक्का तो किसी के देवर जो हुआ करते थे।

पंडितजी इन औरतों के खास राज़दार थे। सबके दुख-दर्द चुपचाप अपने दिल में जमा कर लिया करते थे। पंडितजी होने के चलते हर एक की रसोई तक उनकी सीधी पहुँच थी और खाना बनाने में भरपूर मदद करने के कारण औरतों से उनकी खूब जमती भी थी। गज़ब का भोलापन था उनमें जो घर के मर्द भी पंडितजी के प्रति हर तरह का विश्वास रखते थे। उनके चाल-चरित्र को लेकर कहीं कोई शिकायत सुनने को नहीं मिली थी। कई बार तो ऐसा लगता था कि पंडितजी ने सात खून वाली पर्ची औरतों की आपबीतियाँ सुन-सुन कर तैयार की होगी।

इस बीच गाँव में जो प्रकरण हुए, वैसे कभी नहीं हुए, जिन्हें सुन सबके दिल धक से रह जाते और वे आतंकित रहते। ये प्रकरण हत्याओं से संबंधित थे, जिनकी गुत्थियाँ नहीं सुलझ पा रही थीं। सबसे पहले सिंदूरी नदी के पुल घाट से ज़रा हट कर एक खेत में खुदाई करने पर नर-कंकाल निकला। यह देख-सुन लोगों ने उस ओर जाना ही बंद कर दिया। उदयपुरा कस्बे के कोई प्रभु सेठ सड़क किनारे स्थित उस लोकेशन पर अपना बंगला बनाना चाह रहे थे कि उनकी ज़मीन से नर-कंकाल निकलने के बाद निर्माण का काम टाल दिया गया। इस संबंध में पुलिस वालों ने गाँव में पूछताछ भी की। इस दौरान लोगों ने संदेह जताया कि वह कंकाल किसी दूसरे गाँव के आदमी का होगा, जिसकी हत्या करके लाश को रात के अंधेरे में सड़क किनारे गाड़ दिया गया होगा। गाँव से तो किसी आदमी के गायब होने जैसी कोई खबर थी नहीं।

इस प्रकरण की चर्चा आस-पास तक के गाँव में चल ही रही थी कि इस बीच इससे भी कहीं भयावह एक और घटना गई। इस बार एक नहीं एक ही परिवार में दो हत्याएँ हुईं। यह घटना इतनी नज़दीकी थीं कि डरे, सहमे लोगों के लिए विश्वास करना मुश्किल हो रहा था। दरअसल, एक सुबह बिरजू सेठ और उनकी पत्नी सड़क किनारे स्थित अपने गोदामनुमा पक्के मकान में मृत पाए गए थे। रात में दोनों के गले किसी धारदार चाकू या उस्तरे जैसी चीज़ से काट दिए गए थे। इस दौरान लूटपाट की कोई वारदात समझ नहीं आ रही थी। जिस रात पति-पत्नी की हत्याएँ हुई थीं, उनका बेटा और बूढ़े माँ-बाप गाँव के अपने पुश्तैनी कच्चे घर पर सो रहे थे।

प्रथम दृष्टि में मामला आपसी रंजिश का लग रहा था। बिरजू सेठ अनाज व्यापारी था और खैरूआ, बंधी, सर्रा, टपरिया जैसे गाँवों को एक कच्ची सड़क से जोड़ने वाले रास्ते पर उसने गोदामनुमा पक्का मकान बनवाया ही इसलिए था कि वह वहाँ से तेंदूखेड़ा के व्यापारियों को अनाज बेचने वाले किसानों को बीच में ही रोक कर उनसे अनाज का सौदा कर सके और उन्हें अपने पक्के मकान में बने गोदाम में रख सके। वही अनाज वह ऊँचे दामों पर गाडरवारा, करेली और नरसिंहपुर जैसे कस्बों के बड़े व्यापारियों को बेच दिया करता था। वह चोरी-छिपे दारू का कारोबार भी करने लगा था। यही नहीं, वह आस-पास के गाँवों की कई सारी औरतों के गहने गिरवी रख कर साहूकारी से भी इलाके का नामी रईस बनने की राह पर था।

इधर, हत्या से जुड़े प्रकरणों के बीच भी सत्या पंडितजी के बर्ताव में कोई परिवर्तन नहीं दिख रहा था। अब वे गाँव में पहले से कहीं ज्यादा कटते जा रहे थे। इसी अनुपात में उनका गुस्सा भी सातवें आसमान पर पहुँचता जा रहा था। एक दिन गज़ब ही हो गया। उन्होंने राम-जानकी मन्दिर की छत पर चढ़ कर अकेले ही गाँववालों को सुनाना शुरू कर दिया, ''परसों हम नरसिंहपुर गए थे कलेक्टर से मिलबे, कलेक्टर हमें देख खड़ो हो गओ, का बोलो, 'पंडितजी आप,' हम बोले कि हाँ हम, गाँव गर्रें पे है, सात खून माफ़ी की तारीखें बढ़ाओ, अब देखत रहियो, एक के बाद एक सात खून हुईये, किते?'' फिर उन्हीं ने जवाब दिया, ''सात!''

सत्या पंडितजी की यही सनक देख लोगों को उनके बारे में चिंता हुई कि हत्याओं के प्रकरणों में कहीं पुलिस उन्हें ही न धर दबोचे! लगभग सभी का यह मानना था कि पंडितजी अपराधी प्रवृत्ति के नहीं हैं। फिर हत्याएँ करने वाला कभी ऐसी बातें करता भी नहीं है। लेकिन, सच्चाई यह भी थी कि जब पंडितजी किसी के घर की ओर रुख करते तो उनके लिए कुर्सी आँगन में ही धर दी जाती, ताकि वे घर के भीतर आने की बजाय बाहर से ही दफ़ा हो जाएँ।

गाँव में परिस्थिति ही ऐसी बन गई थी कि लोग सत्या पंडितजी के डायलॉग से डरने, सहमने और ज़रूरत से ज्यादा सतर्क रहने लगे थे। इस दौरान गाँव का कोई आदमी जब सत्या पंडितजी से पूछता कि आखिर सात खून करने ही क्यों हैं और ऐसा करने से उन्हें क्या मिलेगा तो सत्या पंडितजी अजीब जवाब देते। बोलते कि गाँव में नया कुछ हो नहीं रहा है, जो है सब पुराना है और जो पुराना है वह गलत है। इसलिए कुछ नया करने के लिए सात खून ज़रूरी हैं।

गाँव में कई पीढ़ियों से जो था उसमें सब पुराना ही था। गाँव के लोग पुरानेपन के इस हद तक आदी थे कि कुछ नया करना तो दूर, अक्सर कुछ गलत देखने तक से डरते थे। गलत का गलत न लगना और उसकी अनदेखी करना जैसे संस्कारों का ही एक भाग हो गया था।

इधर, दिनोंदिन सत्या पंडितजी के साथ खेलने वाली बाल-मंडली भी छोटी होती जा रही थी। उन दिनों गाँव में कई असाधारण खेल खेले जाते थे। जैसे कि बच्चे सिंदूरी नदी किनारे बरगद के पेड़ की डालियों पर पकड़ा-पकड़ी खेला करते थे। यही या ऐसे ही अन्य खेल वे नदी में भी खेला करते थे। बच्चों के पास कंचे खरीदने के लिए पैसे नहीं हुआ करते थे, इसलिए आकार में बड़े सूखे अमरूदों को कंचे की तरह इस्तेमाल करते हुए खेलते। हालाँकि, अधेड़ हो चुके सत्या पंडितजी का शरीर इस तरह के खेलों को खेलने की इजाज़त नहीं देता था, लिहाज़ा वे रेफ़री बन जाया करते थे और बच्चों को उन पर विश्वास था कि वे खेल में किसी के खिलाफ़ कोई गलत निर्णय नहीं देंगे। उनका निर्णय ही अंतिम और सर्वमान्य माना जाता था।

एक बार बतौर रेफ़री सत्या पंडितजी की उपस्थिति में रामलीला मैदान पर बच्चे क्रिकेट वाली कार्क की गेंद उछालते हुए कैच-कैच की प्रैक्टिस कर रहे थे। अचानक गेंद शंकर जी की मड़िया पर रखे बजते हुए एक रेडियो पर जा लगी। गेंद लगते ही रेडियो मड़िया से नीचे जा गिरा। रेडियो के मालिक ठाकुर कोशैलन्द्र ग्रीशेन्द्र पाल सिंह ने रेडियो को उठा कर देखा। चालू करने की बहुत कोशिश की, पर रेडियो दोबारा नहीं बजा। उस समय तक भी रेडियो की बड़ी अहमियत हुआ करती थी। गुस्से के मारे ठाकुर साहब का जवान खून उबल पड़ा। उन्होंने कैच-कैच खेल रहे दो-तीन बच्चों को थप्पड़ जड़ दिए।

बतौर रेफ़री सत्या पंडितजी को यह नागवार गुज़री। उनसे रहा नहीं गया और उन्होंने ठाकुर साहब के कान के नीचे ज़ोरदार थप्पड़ बजा दिया। चटाक की तेज़ आवाज़ आई और यह सब इतनी तेज़ी से हुआ कि कोई समझ नहीं सका आखिर गाँव में इतनी बड़ी बात कैसे घट गई! सरेआम ठाकुर साहब की ठकुराई उतर गई। उनके चेहरे पर उस समय क्रोध, हैरानी और लज्जा के भाव तैर रहे थे। फिर भी पंडितजी को देख खून के घूँट पी लिए। खुद को संयमित करते हुए वे बोले, ''पंडितजी बेजा हो गई आज! अब या तो आप आजई गाँव से हवा हो लो, न तो ब्रह्म-हत्या को पाप चढ़ जेहे हमाये सर पे।''

पंडितजी भी बहाव के उल्टे बहने वाली ज़िंदा मछली थे। वे तुरंत ही बोले,

‘‘हम जा तो रये हैं, मनो इत्तो ध्यान रखियो, सात खून माफ़ हैं!’’ सत्या पंडितजी के इस डायलॉग पर ठाकुर ने ठहाका मार दिया। इधर, पंडितजी ने कुर्ते के नीचे वाली जेब में हाथ डाल लिया। पंडितजी बोले कि ठाकुर तेरे पाप का घड़ा भर चुका है। वे ठाकुर से बोले, ‘‘ठाकुर तुमाय गाल पर हमने थप्पड़ मारा, काय से कि तेने मोड़ों को थप्पड़ मारो थो। थप्पड़ को जवाब थप्पड़ से दओ।’’ फिर वे ठाकुर को एक-एक बात बताने लगे कि कैसे अपनी दबंगई के ज़ोर पर ठाकुर ने खेतों में काम करने वाली कुछ औरतों की इज़्ज़त लूटी थी। लाज के मारे वे औरतें किसी को कुछ बता नहीं पा रही थीं। लेकिन, बकौल पंडितजी आगे ऐसा न होगा! अब से किसी बहन-बेटी की इज़्ज़त न लुटेगी!

सत्या पंडितजी ने कुर्ते के नीचे वाली जेब से नाइयों वाला उस्तरा निकाल लिया और ठाकुर के गले पर टूट पड़े। उस्तरे से कई वार करके ठाकुर की गर्दन की नसें काट दीं। ठाकुर की गर्दन से खून की धाराएँ फूट पड़ीं। इधर, पंडितजी ने गाँव से बाहर जाने वाले चौड़े रास्ते पर दौड़ लगा दी। उनके पीछे कुछ दूर तक बच्चे भी दौड़े। मगर, उस दिन वे गाँव के चौड़े रास्ते से होकर एक मोड़ पर ऐसे मुड़े, फिर वहाँ से ऐसे दौड़े कि हमेशा के लिए गाँव और गाँववालों से कट गए। उसके बाद वे कभी लौट कर गाँव नहीं आए, न गाँव के किसी आदमी ने उन्हें कहीं किसी जगह देखा ही। आखिर में रह गई उनकी वही बात जो उन्होंने उस दिन दौड़ने से पहले आखिरी बार ठाकुर को बोली थी, ‘‘मनो इत्तो ध्यान रखियो, सात खून माफ़ हैं!’’

दूध फ़ैक्ट्री से लाओ न

माया मैम बहुत देर से डेस्क पर बैठ कर स्कूल में ऑफ़िस की फ़ाइलें लिए काम कर रही थीं। बच्चों के शोर से बचने के लिए उन्होंने वह कमरा चुना जहाँ आमतौर पर कोई जाता नहीं था। फिर वे वहाँ फ़ाइल में ऐसी रम गईं थीं कि अपने आस-पास का उन्हें कोई ध्यान ही नहीं रह गया था। इस बीच अचानक दीक्षित सर कमरे में दाखिल हुए तो उन्होंने तुरंत ही माया मैम को टोक दिया। वे सकपकाते हुए बोले, ''जो का है मैम, आपको ध्यान कहाँ रहत है?''

''क्या हुआ सर?'' तेंदूखेड़ा से मदनपुर स्कूल के लिये अपडॉउन करने वाली हमारी अंग्रेज़ी वाली माया मैम भी दीक्षित सर की प्रतिक्रिया देख चौंक पड़ीं।

''भओ कछु नइया, जा चिरैया कब से मरी पड़ी है, पता है आपहे?'' दीक्षित सर ने बोलते हुए कमरे के एक कोने की तरफ़ इशारा किया। तब कहीं माया मैम का ध्यान उस कोने की तरफ़ गया। देखा वहाँ बगैर हिले-डुले एक चिड़िया पड़ी हुई थी। उसे देखते ही माया मैम फ़ाइल छोड़ चुपचाप तुरंत कमरे से बाहर निकल गईं। बाहर आकर मैदान में खड़े बाकी शिक्षकों को बताने लगीं कि जब वे कमरे में दाखिल हुईं तब शायद वह चिड़िया वहाँ नहीं थी, या हो सकता है कि वह चिड़िया वहाँ पड़ी हो और उन्होंने चिड़िया की तरफ़ देखा ही न हो!

बाहर मैदान में इस बारे में बातचीत हो ही रही थी कि भीतर से दीक्षित सर निकल कर बाहर आ गए। उनकी पेशानी पर बल पड़े हुए थे। बोले कि उन्हें यह समझ नहीं आ रहा है कि चिड़िया नीली कैसे पड़ गई। फिर उन्होंने ही यह आशंका जताई कि हो सकता है चिड़िया ने ऐसा कुछ खा लिया हो जो विषैला हो।

बातों-ही-बातों में दीक्षित सर को ही ख़याल आया कि मरी हुई चिड़िया को उस कमरे से बाहर फिकवा देना चाहिए। उन्हें मृत चिड़िया को फेंकने में खुद झिझक हो रही होगी, तभी तो आठवीं के बच्चे डालचंद को इस काम के लिए बुलवा लिया। डालचंद तो इस मामले में उस्ताद था ही कि वह तो अपनी नन्ही उम्र में ज़िंदा चिड़िया तक पकड़ सकता था। डालचंद मरी चिड़िया को उठा कर फेंकने के लिए कमरे के भीतर अकेला ही घुसा, पर तुरंत ही खाली हाथ बाहर

आ गया। बोला, ''सरजी, चिरैया तो उते है ही नइया!''

डालचंद की बात सुन सब हैरान रह गए कि पाँच-सात मिनट के अंतराल में चिड़िया कमरे से गायब हो कैसे सकती है? ''ठीक से देख चिरैया जे है किते?'' दीक्षित सर ने डालचंद को हल्का डपट दिया। लेकिन, डालचंद ने बताया कि उसने पूरा कमरा ही छान मारा, न ज़िंदा और न ही मरी कोई भी चिड़िया उसे कमरे में मिली।

डालचंद की बात सुन कर सभी कमरे के भीतर घुस गए। देखा कि चिड़िया उस कोने से वाकई गायब थी। सभी ने खड़े ही खड़े एक नज़र पूरे कमरे के भीतर दौड़ाई। लेकिन, उस समय चिड़िया कहीं दिखाई न दी। चिड़िया के गायब होने पर डालचंद बोल पड़ा, ''सरजी, लगत है चिरैया उड़ गई?'' उसके बाद वह हँसने लगा। उसके हँसने का मतलब था कि दीक्षित सर गलत थे। दीक्षित सर ने फिर से डपट कर उसकी हँसी रोक दी। फिर माया मैम की उपस्थिति में सभी से बोलने लगे कि उड़ कैसे सकती है मरी हुई चिड़िया, मरने के बाद जब शरीर तक नीला पड़ गया था उसका। उस जगह सभी ने गौर किया कि चिड़िया गायब ज़रूर हो गई थी, मगर उसके पंख आस-पास ही बिखरे पड़े थे। लेकिन, किसी को समझ नहीं आ रहा था कि चिड़िया कोने पर अगर मृत पड़ी थी तो फिर गई कहाँ? भूत उड़ा ले गया या कि फिर उसे अजगर निकल गया?

खैर, उसके बाद सब बाहर आए और अपने-अपने कामों में व्यस्त हो गए। माया मैम भी फ़ाइलें उठा कर वहाँ से निकल गईं। आश्चर्य तो उन्हें भी हो रहा था।

कुछ घंटे ही बीते थे कि उसी कमरे से प्रकाश नाम का एक बच्चा 'साँप-साँप' चिल्लाता हुआ मैदान की ओर दौड़ा। वह इतनी बुरी तरह चिल्ला रहा था कि सभी फ़ौरन अपने-अपने कमरों से बाहर मैदान की तरफ ही निकल पड़े और प्रकाश को घेर कर खड़े हो गए। हाँफ़ते और घबराते हुए प्रकाश ने बताया कि कमरे में बहुत ही बड़ा साँप है। सभी को हैरानी हुई कि उन्होंने आते-जाते गली-मैदान में जब-तब साँप तो देखे ही थे, पर स्कूल के कमरे के पक्के फ़र्श की ओर साँप को घुसते हुए कभी देखा तो नहीं था। फिर भी डालचंद ने कमरे में बिना झाँके दरवाज़े की कुंडी लगा दी ताकि साँप अगर कमरे में ही है तो कमरे के भीतर से निकल कर भाग न सके।

इधर, दीक्षित सर ने साँप पकड़ने वाले झबरू को बुलवा लिया। सपेरा बिरादरी का झबरू न सिर्फ़ साँप पकड़ने में माहिर था, बल्कि गाँव में जिस किसी की भी साँप पकड़ने में रुचि होती थी, वह उसे साँप पकड़ने में सिद्धहस्त बनाना

चाहता था। इसके लिए वह पहले एक काले रंग की चौकोर गोली खाने के लिए कहता था, जो इस कदर कड़वी होती थी कि कई बार तो उसे खाने वाला आदमी उल्लटियाँ कर-करके लस्त पड़ जाता था। पर, झबरू का मानना था कि यदि वह गोली किसी के शरीर की तासीर में उतर गई तो गोली खाने वाले आदमी के भीतर साँप का ज़हर बेअसर हो जाएगा। फिर साँप अगर उस आदमी को काटे भी तो साँप के ज़हर से वह आदमी मरेगा नहीं।

झबरू ने गमछा हाथ में लेकर साँप पकड़ने के लिए जैसे ही दरवाज़ा खोला उसने देखा कि साँप कमरे में था ही नहीं। 'साँप कहाँ चला गया,' यह सोच कर सभी अचरज में पड़ गए। थोड़ी देर पहले ही उस कमरे से मृत चिड़िया गायब हुई थी। फिर उसके बाद उस कमरे में प्रकाश नाम के बच्चे को साँप दिखा। लेकिन, आखिर में वह साँप भी गायब हो गया। आखिर यह चल क्या रहा है, उस समय किसी को कुछ समझ नहीं आ रहा था। गाँव से आकर तीन-चार जन लाठियाँ लेकर कमरे में देर तक साँप को ढूँढ़ते रहे, पर साँप वहाँ कहीं दिखाई नहीं दिया तो वे सारे वापस चले गए।

सभी ने देखा कि खिड़की पर जाली भी लगी हुई थी, जिसमें कहीं से कोई छेद भी नहीं बना हुआ था। फिर सवाल था कि साँप कहाँ से निकल भागा? उसके पहले मृत चिड़िया भी वहाँ से किसने गायब कर दी? सभी ने मैदान पर विचार किया और यह अंदाज़ा लगाया कि साँप ने ही चिड़िया को पहले काटा होगा, जिसके कारण उसका शरीर ज़हर से नीला पड़ गया होगा। हो सकता है कि माया मैम उसी कमरे में बैठी हुई थीं, इसलिए दुबक कर साँप उसी कमरे में वहीं-कहीं दुबक गया हो और जब माया मैम और दीक्षित सर कमरे से बाहर निकल कर मैदान में आए तब उन पाँच-सात मिनटों में साँप ने चिड़िया को जल्दी-जल्दी खा लिया हो। लेकिन, क्या साँप चिड़िया को खा भी सकता है यह बात न बच्चों को पता थी और न ही दीक्षित सर या अन्य किसी सर को ही पता थी। लेकिन, दूसरी कोई थ्योरी समझ नहीं आ रही थी। कुल मिलाकर कह सकते हैं कि रहस्य पूरी तरह से खत्म नहीं हुआ था।

दीक्षित सर के मन में एक बार फिर से कमरे का मुआयना करने का विचार आया। वे सबसे पहले कमरे में दाखिल हुए और उनके पीछे-पीछे हम जैसे कुछ बड़े बच्चे भी कमरे में घुस गए। इस बार डालचंद की नज़र ऊपर छत पर गई। उसने देखा कि खपड़ों वाली छत पर एक लकड़ी की मियार की ओट में चिड़िया का घोंसला रखा हुआ है। डालचंद खपरैल की ओर हाथ उठाते हुए

बोल पड़ा, ''बा देखो चिरैया को घोंसला!'' सबका ध्यान चिड़िया के घोंसले की तरफ़ गया। दीक्षित सर ने लकड़ी की सीढ़ी मँगवाई और डालचंद को उस पर चढ़ कर चिड़िया के घोंसले में झाँकने के लिए कहा।

डालचंद ने नसेनी पर चढ़ कर घोंसले में झाँका। वहीं से चढ़े-चढ़े बताया, ''सरजी जा में चिरैया के दो छोटे-छोटे बच्चा हैं।'' फिर डालचंद नीचे आया और फिर उसके बाद दीक्षित सर नसेनी पर चढ़े। उन्होंने देखा कि चिड़िया के दोनों बच्चे थोड़े बड़े हो गए हैं और कुछ दिनों में ही घोंसले से उड़ कर फुर्र होने की अवस्था में हैं। तब सभी के मन में यह विचार आया कि क्या कुछ घंटे पहले मरी हुई चिड़िया इन्हीं दोनों बच्चों की माँ थी? सभी ने यह अंदाज़ा भी लगाया कि हो सकता है कि घोंसले में रखे इन दोनों बच्चों का बाप भी आस-पास ही कहीं हो! फिर बातों-ही-बातों में यह डर भी सामने आया कि कहीं साँप इस घोंसले तक पहुँच गया तो इन मासूम बच्चों को भी अपना शिकार बना सकता है। तय हुआ कि अगर साँप ने उस चिड़िया को मारा है तो उससे दोनों बच्चों को बचाना ही होगा।

डालचंद ने दीक्षित सर को ऐसी तरकीब सुझाई कि सारे बच्चे भी उसकी बात पर राज़ी हो गए। तय हुआ कि घोंसले को ज्यों-का-त्यों रखा जाए, बस वह जगह ढूँढ़ ली जाए जहाँ से साँप कमरे में दाखिल हुआ होगा। सिर्फ़ खपरैल ही हो सकती थी जहाँ से साँप कमरे में आवाज़ाही कर सकता था। बच्चे कमरे के बाहर जाकर नसेनी से खपड़ों वाले खपरैल के ऊपर चढ़ गए और वह सुराख ढूँढ़ने लगे जहाँ से साँप कमरे के भीतर जा सकता था। घंटों तक बहुत ढूँढ़ा, मगर कोई भी सुराख पकड़ में नहीं आ रहा था। जब बच्चे खपरैल से नीचे उतर कर फिर कमरे में घुसे तब उन्होंने कमरे के भीतर से ढूँढ़ लिया कि दीवार के कोने से सटी खपरैल पर उतनी जगह खाली है कि वहाँ से साँप आसानी से आ-जा सकता था। बच्चों ने खपड़े से ही उस छेद को अच्छी तरह से ढँक दिया। फिर उस कमरे को भी बंद कर दिया और शाम को सारे ही अपने-अपने घर चले गए।

अगले दिन बच्चे आए तो देखा कि घोंसले में दोनों नन्ही चिड़ियाएँ ज़िंदा थीं। बच्चों ने उनके लिए पानी में भिगोए हुए गेहूँ के दाने रख दिए। कुछ दिनों बाद वे दोनों चूज़े उड़ने की कोशिश करते नज़र आए। एक दिन एक चिड़िया का बच्चा जब सब बच्चों की नज़रों के सामने से दरवाज़े के बाहर जाकर उड़ गया तो सबके चेहरों पर राहत थी। इसी तरह, फिर एक दिन चिड़िया का दूसरा बच्चा भी उसी तरह से उड़ गया तो सबको बहुत खुशी हुई।

गाँव के बच्चों ने हमेशा से ही चिड़ियों के साथ जीना जाना था। गाँव के बच्चों को अपने परिवेश से गहरे तक लगाव था। नहीं तो जिस दिन साँप निकला था उसी दिन वे उस कमरे की तरफ़ नज़र नहीं आते। लेकिन, उन्होंने घोंसले में स्थित नन्ही चिड़ियों को बचाने के लिए आपस में ही जुगत लगाई और उन्हें बचाया भी था। अपनी तरकीबों से उन दोनों की न केवल रक्षा की बल्कि उन्हें घोंसले से कमरे के बाहर उड़ जाने का मौका भी दिया था। उन दिनों में मैंने जाना कि गाँव के बच्चे गाँव की नदी, पठार और चिड़ियों को भी किस प्रकार से अपना मानते थे।

उसी साल हमने मध्य प्रदेश माध्यमिक शिक्षा मंडल की आठवीं की परीक्षा दी। वह हमारा अपने गाँव के स्कूल में आखिरी साल था और हाई-स्कूल के लिए हमारा तेंदूखेड़ा के स्कूल जाना तय था। परीक्षा के बाद परीक्षा-परिणाम आने में समय था और उन दिनों गर्मियों की छुट्टियाँ चल रही थीं।

दूसरी तरफ़, गर्मियों की छुट्टियों में सेठानी काकी के घर उनकी बड़ी बेटी अक्षरा गुप्ता अपने बेटे राहुल गुप्ता को लेकर भोपाल से मदनपुर यानी अपनी ससुराल से अपने मायके आया करती थीं। राहुल कोई ग्यारह साल का हो गया था और गर्मियों की छुट्टियों में जब मदनपुर दस-पन्द्रह दिनों के लिए आता था तो हमारे घर भी खेलने के लिए आता था। उसके आस-पास गाँव के बच्चों का झुंड रहता था। उन दिनों गाँव के बच्चों ने भोपाल सरीखा शहर नहीं देखा था, इसलिए राहुल की बताई बातों को सुन कर बच्चे अपनी ही तरह से बड़े शहर की कल्पना किया करते थे। जैसे वे सोचा करते कि मदनपुर की जनसंख्या एक हज़ार है तो भोपाल में ऐसे कितने एक हज़ार समा सकते हैं।

राहुल अपने कपड़ों, शहरी हिन्दी बोलने और शहर की कहानियाँ सुनाने के कारण गाँव के बच्चों के बीच एक चलता-फिरता आकर्षण था। वह गाँव के बच्चों से कई बार खूब बतियाता भी था और घुल-मिल जाता था, लेकिन कई बार उसका मूड बदल जाता और वह तंग आकर उन बच्चों से कट भी लेता था। वह दस-पन्द्रह दिनों के लिए मदनपुर में जैसे अपने आपको एडजस्ट किया करता था। चाहता था कि किसी तरह ये दिन कट जायें और वह वापस भोपाल शहर की ओर चल दे। जब वह अपनी माँ के साथ भोपाल वाली बस में बैठने के लिए चढ़ता था तो उन्हें विदा करने के लिए गाँव भर के बच्चे तो जमा होते ही थे।

गाँव के बच्चे उसके लिए इतना सब करते थे, फिर भी वह गाँव या गाँव के बच्चों के प्रति जुड़ाव महसूस नहीं कर पाता था और जिस दिन उसे भोपाल

जाना होता उस दिन वह बहुत प्रसन्न दिखाई देता था। राहुल की माँ यदि उसे मदनपुर न लाए तो नानी के घर आने में उसकी कोई रुचि ही नहीं थी। उससे जब कभी हम पूछा करते कि क्या गाँव में काँटे लगे हैं जो वह यहाँ रहना पसंद नहीं करता है तो वह कहता कि हाँ गाँव में काँटे लगे हैं और अपना पैर दिखा देता। एक साल उसके पैर में बेरी का काँटा चुभ गया था। दूसरा वह साँप से हद से ज्यादा घबराता था और उसे गली-मोहल्ले में घूमते हुए यही लगता रहता था कि कहीं साँप उसे काट न ले!

उस साल दस-पन्द्रह दिन गाँव में रुकने के बाद जब राहुल भोपाल जाने वाला था तब हमारे घर हमसे मिलने के लिए आया। उसका चेहरा चहकते देख मैंने पूछा कि क्या गाँव में ऐसा कुछ भी नहीं जो उसे यहाँ अच्छा नहीं लगता? इस पर उसने कहा, ''लगती है न, गाँव की नदी अच्छी लगती है, पर दूर से ही।'' दरअसल, राहुल गाँव की नदी में नहाने से भी डरता था। उसे तैरना नहीं आता था, इसलिए नदी में नहाने मात्र से डूब जाएगा, घबराते हुए वह इस तरह के हाव-भाव दिखाता।

फिर उसे गाँव की कीचड़ से भी दिक्कत होती थी। उसे गाँव की बोली समझने में समय लगता था, जबकि उसको बोलते समय कुछ बच्चे जब कभी हँस देते तो वह जल्दी चिढ़ जाता था। उसके भोपाल जाने से ठीक पहले मेरी उससे जो बातचीत हुई, उससे मैंने अनुभव किया कि गाँव के बच्चे किस तरह जीव-जंतुओं के प्रति संवेदनशील थे, जबकि राहुल उन सब भावनाओं से कट चुका था। गाँव से कट कर वह एक ऐसी दुनिया में था जिसमें जीवन की कई बुनियादी बातों के बारे में मालूम तक नहीं होता है।

जैसे कि मैंने राहुल से पूछ कि नदी अच्छी लगती है तो खराब क्या लगता है? वह बोला, ''खराब गाय, बैल, बकरियों को घर के पास ही बँधे देखकर लगता है।''

''क्यों? और फिर गाय-बैल नदी पार थोड़ी बाँधेंगे!'' मैं बोला।

''कहीं भी बाँधो, पर घर के पास बाँधने से मक्खी-मच्छर भिनभिनाते रहते हैं,'' वह बोला।

मुझे उसकी यह बात कुछ अजीब लगी, इसलिए उससे जानना भी चाहा, ''शहर में मक्खी-मच्छर नहीं होते क्या?''

उसने 'न' में सिर हिला दिया। उसकी प्रतिक्रिया से तो लगा जैसे मच्छर सिर्फ गाँवों में ही पाए जाते हैं। हालाँकि, मैंने उससे कहा, ''पर, मच्छर भगाने के

लिए तो यहाँ कंडे जला कर नीम की पत्तियों से धुआँ भी तो किया जाता है।''

'धुआँ', नाम सुनते ही उसे खाँसी आ गई। बताने लगा कि धुएँ से तो उसकी आँखें जलने लगती हैं। इससे भला तो मच्छर ही खून पी जाएँ।

''मच्छरों के डर से गाय नहीं पालनी चाहिए? दूध फ़रहाँ से मिलेगा फिर?'' मुझे लगा था कि इसके बाद राहुल को कोई जवाब सूझेगा ही नहीं। लेकिन, मैं गलत सिद्ध हुआ। राहुल के पास जवाब था। राहुल ने जवाब दिया, ''गाय पालनी ही क्यों चाहिए! दूध के लिए गाय रखना ही क्यों!''

उसकी बातें हैरान करने लायक थीं। मुझे यह अंदाज़ नहीं था कि शहरी जब गाँव से जुड़ने पर असहज होता है तो यथार्थ से दूर चला जाता है और उसका अपना एक अलग ही 'यथार्थ' बन जाता है। मैंने उससे पूछा, ''दूध के लिए गाय रखना ही क्यों का क्या मतलब? तो फिर हमें दूध कहाँ से मिलेगा?''

''दुकान से पॉलीथिन वाला दूध लाओ न, हम भोपाल में पॉलीथिन वाला दूध ही पीते हैं!'' वह बोल कर रुक गया तो मैंने उसी से जानना चाहा कि पॉलिथीन वाले दूध में क्या गाय का दूध नहीं होता? पॉलिथीन वाला दूध भी कहाँ से आएगा? वह बोला ''फ़ैक्ट्री से।''

''दूध फ़ैक्ट्री से लाओ न!''

ऐसो कोई नहीं बोलो हमसे आज तक

बस-स्टैंड के हनुमान चबूतरे पर सिर पकड़कर अपने घुटनों के बल बैठा आदमी खून से लथपथ था। उसका सिर फट गया था और खून से उसकी पूरी खोपड़ी, दाढ़ी और सफ़ेद शर्ट लाल हो गई थी। फिर भी वह वहाँ से बिना हिले-डुले शांत बैठा था।

''जा आदमी हे पृथबी पर रहबे को हक नईया, जा आदमी ने मेरी बाई की इज़्ज़त लूटी थी, जब मैं छोटो थो तब, मेरी आँखों के सामने, जा आदमी ने पाप करो थो, जा है आज नई छोड़ सकत हूँ मैं!'' दूसरी तरफ़, कोई पच्चीसेक कदम दूर ही एक औरत नशे की हालत में धुत अपने लड़के को खींच कर दूर ले जा रही थी। लड़के के हाथ में लाठी थी। औरत को डर था कि उसका जवान लड़का फिर से उस घायल आदमी को लाठियों से मारना शुरू न कर दे! हमलावर लड़का रोते हुए गुस्से में अटक-अटक कर घायल आदमी को गालियाँ बके जा रहा था।

यह सब देख वहाँ भीड़ जमा हो गई। औरत किसी तरह अपने लड़के को खींच कर चबूतरे के दूसरी तरफ़ ले गई और बरगद की छाया में उसे बैठा कर बोतल का पानी लड़के के सिर पर उँड़ेलते हुए शांत कराने की कोशिश करने लगी। भीड़ को यह समझते देर नहीं लगी कि दोनों माँ-बेटे हैं और खून से लथपथ उस आदमी ने लड़के की माँ के साथ सालों पहले अनाचार किया होगा! फिर भी गाँव के लोग न जाने क्यों इस मामले में बीच-बचाव नहीं कर रहे थे! वे तीनों मदनपुर के नहीं थे, यह वजह हो सकती थी या कोई दूसरा कारण। मदनपुर में बस-स्टैंड था, इसलिए आस-पास के गाँवों के लोग कच्चे रास्तों से सिंदूरी नदी पार कर आया-जाया करते थे और बसों से यात्रा करके यहाँ चढ़ते-उतरते थे।

खून से लथपथ जो आदमी था उसे सब पीपरपानी वाले ठाकुर के नाम से जानते थे, जिसका तेंदूखेड़ा में छोटा-सा टीवी शो-रूम था, इसलिए उसका मदनपुर बस-स्टैंड पर आना-जाना लगा रहता था। वह तेंदूखेड़ा अपने टीवी शो-रूम जाने के लिए उस दिन भी आया हुआ था कि स्टैंड पर झगड़ा हो गया, जिसमें उसकी खोपड़ी फूट गई। वहीं, लोगों को यह अंदाज़ा भी लग गया था

कि माँ-बेटे भी पीपरपानी के होंगे और ठाकुर के यहाँ ही काम करते रहे होंगे! लेकिन, इस घटना के बाद पीपरपानी में विवाद क्या मोड़ लेगा यह कोई नहीं जानता था, क्योंकि लड़के ने किसी और को नहीं, बल्कि अपने ही गाँव के ठाकुर को मदनपुर बस-स्टैंड जैसी सार्वजनिक जगह पर लाठी से पीट दिया था।

इस बीच भीड़ का ध्यान नाटे कद के यादव मास्साब की ओर गया। उन्हें देख भीड़ खुद ही छँट गई। ओपी यादव मास्साब दो साल पहले प्राइमरी स्कूल से रिटायर्ड हुए थे और उन्होंने अपने सेवा-काल में कई बच्चों और उन बच्चों के माँ-बापों को भी पढ़ाया था। गाँव क्या, आस-पास के इलाके में भी उनका बड़ा नाम और मान-सम्मान था। यही वजह थी कि उनकी मौजूदगी मात्र से बड़े-बड़े झगड़े शांत हो जाते थे और सभी जन डर के मारे नहीं, बल्कि लिहाज़ के कारण अपनी जगह से खिसक जाते थे। ऐसी स्थिति में मास्साब की अदा होती कि वे दोनों हाथों की हथेलियों को पीछे की ओर पकड़ते और तन कर बगैर एक शब्द बोले खड़े हो जाते थे। उस दिन भी यादव मास्साब इसी तरह अपना भावहीन चेहरा और बोलती आँखों से सब देख रहे थे। इस बीच माँ लड़के को लेकर अपने रास्ते चली और इधर मास्साब को देख ठाकुर का मुँह भी शर्मिंदगी से झुक गया। फिर भी वह अपनी सफ़ाई में इतना तो बोला ही, ''मास्साब, हमने बा मोड़ा हे पाल-पोस कर बड़ो करो है, भोत दओ बा के लाने! आज बई मोड़ा ने हमरो सर फोड़ दओ।''

यादव मास्साब ने ठाकुर पर से तुरंत नज़रें हटा लीं और मुझे देख कर हाथ के इशारे से अपने साथ चलने का आदेश दिया। बरसात के दिन थे, पर तब भी अच्छी धूप खिल गई थी, इसलिए बगैर छतरी के ही उनके साथ मैं भी घटिया की कीचड़ और चौड़ी सड़क पार करके स्कूल परिसर में दाखिल हुआ। वह मेरी ही माध्यमिक शाला थी, जहाँ से मैंने कुछ महीने पहले ही आठवीं की बोर्ड परीक्षा पास करके तेंदूखेड़ा के एक निजी स्कूल में दाखिला लिया था।

स्कूल के मुख्य दरवाज़े के पास जूतों की कतार में हमने भी अपने जूते उतार दिए और उसके बाद जैसे ही स्कूल के भीतर घुसे तो दालान में तीनों मास्साब और बच्चे यादव मास्साब को देख खड़े हो गए। यादव मास्साब ने हाथ के इशारे से ही विनम्रतापूर्वक सभी को बैठ जाने के लिए कहा। प्रार्थना के तुरंत बाद सत्र शुरू हुआ ही था और दीक्षित सर सभी कक्षाओं के बच्चों को बुला कर यह जानना चाहते थे कि कितने बच्चों के पास यूनिफ़ॉर्म नहीं है।

उन्हें चिंता थी तो 15 अगस्त की, जब पूरे गाँव में बच्चों की प्रभात-फेरी

निकाली जानी थी, तत्पश्चात् स्कूल परिसर में बच्चों का सांस्कृतिक कार्यक्रम आयोजित होना था। हर साल की तरह दीक्षित सर की कवायद थी कि आयोजन में सभी बच्चे यूनिफ़ॉर्म पहने नज़र आएँ। ज़्यादातर बच्चों के पास तो पिछले साल की ही यूनिफ़ॉर्म थी, जबकि कुछ बच्चे बता रहे थे कि वे जल्द-से-जल्द यूनिफ़ॉर्म सिलवा लेंगे। फिर भी गरीब घरों के बच्चों में तीन से चार बच्चे तो ऐसे थे ही जिनका यूनिफ़ॉर्म पहन कर आयोजन में आना मुश्किल लग रहा था। इसी कड़ी में जब छोटेलाल पाली से पूछा गया कि क्या उसके पास यूनिफ़ॉर्म है, उसने बड़े लजाते हुए 'हाँ' में सिर तो हिला दिया, पर कुछ असमंजस में लगा।

दीक्षित सर ने उसकी यह हालत देख कर उससे पूछा, ''जा में लजाबे की का बात है? खाकी पैंट और सफ़ेद शर्ट है तो कहबे में संकोच काय कर रये छोटे?''

छोटेलाल बोला, ''सर जी खाकी पैंट और सफ़ेद शर्ट दोई हैं, मनो आधे-आधे!''

''आधे-आधे कैसे रे? दर्ज़ी ने ऐसे कैसे आधे-आधे काट कर सिल दये कपड़ा?''

''अब का बताएँ सर जी, आधो कपड़ा दर्ज़ी मार कर धर लओ। हमने तो पूरो कपड़ा दओ थो बा हे।'' छोटेलाल की ये बातें किसी की समझ नहीं आ रही थीं कि ये आधा पैंट, आधा शर्ट क्या होता है? क्या ऐसे कपड़े सिल दिए दर्ज़ी ने जिसमें एक तरफ़ छाती और सिर्फ़ एक टाँग ही ढँकी जा सके! जो पहने नहीं जा सकते!

छोटेलाल ने जब दोनों हाथों को अपनी बाँह और घुटने तक रखते हुए बताया कि आधा पैंट और आधा शर्ट ऐसी है तब सबकी समझ में आया कि दरअसल वह हाफ़ पैंट और हाफ़ शर्ट की बात कर रहा है, जिसमें पैंट पहनने पर दोनों घुटने, जबकि शर्ट पहनने पर दोनों बाँहें खुली होती हैं। दीक्षित मास्साब भी सबके साथ अपनी कुर्सी पर बैठे खिलखिला रहे थे। बोले, ''अरे बा हे आधो नई रे हाफ़, हाफ़ कहत हैं। आधो का होत है? हाफ़ पैंट होत हैं, हाफ़ई शर्ट होत है, आ जइयो पहन के।''

बच्चे खिलखिला रहे थे और इधर यादव मास्साब ने यूनिफ़ॉर्म न खरीद सकने वाले कुछ बच्चों के लिए यूनिफ़ॉर्म का पैसा दीक्षित सर की टेबल पर रख कर नमस्कार किया और हाथ के इशारे से मुझे भी साथ ही बाहर निकलने के लिए कहा।

वापस हम उसी चबूतरे पर आ गए, जहाँ दोपहर में कुछ गिने-चुने आदमी

ही रह गए थे। यादव मास्साब मेरे और मेरी तरह गाँव के कई सारे बच्चों के पहले और प्रिय अध्यापक थे। आगे की बड़ी कक्षाओं में हम लगातार उत्तीर्ण होते जा रहे थे, पर सर्वप्रथम अक्षर-ज्ञान तो प्राइमरी के इन्हीं गुरु से ही हमें हासिल हुआ था। आज का तो पता नहीं, पर हमारे समय तक तो गाँव में बच्चे पर प्रथम अधिकार शिक्षक का ही होता था। इस अधिकार से यादव मास्साब यह जानना चाहते थे कि कस्बे का मेरा नया स्कूल कैसा है! उनकी जिज्ञासा यह जानने में थी कि वहाँ के शिक्षक क्या किसी नई शिक्षण-पद्धति से बच्चों को पढ़ाते हैं! वे खुद शिक्षा में नवाचार के समर्थक थे, पर कस्बे के मेरे नए स्कूल के अनुभव सुनकर वे कुछ खास उत्साहित नहीं दिखे।

एक दौर था जब लोग 'सरकारी' को 'अपना' समझते थे, जैसे कि सरकारी स्कूल माने अपना स्कूल, पर जैसे-जैसे 'सरकारी' पर से सरकार ने ही अपनी ज़िम्मेदारी खींच ली वैसे-वैसे लोगों के लिए भी 'सरकारी' 'अपने' नहीं रहे। 'सरकारी' का वैभव धूमिल होता गया और 'प्राइवेट' की महिमा अपरंपार हो गई।

सर्वोदय हायर सेकेंडरी स्कूल, तेंदूखेड़ा उन दिनों में इलाके का एकमात्र प्राइवेट स्कूल था, जहाँ किसी बच्चे को बड़ी मुश्किल से एडमिशन मिला करता था। यह एडमिशन बच्चे की मार्कशीट, टेस्ट और डोनेशन के आधार पर निर्धारित होता था। तेंदूखेड़ा में अंग्रेज़ों के ज़माने का कोई सौ साल पुराना एक सरकारी स्कूल तो था, जो अंग्रेज़ों द्वारा बनवाई गई मज़बूत बिल्डिंग में लगता था, जहाँ से पढ़ कर कुछ बच्चे बाद में कलेक्टर से लेकर मंत्री-विधायक तक बने, पर कुछ वर्षों से सर्वोदय के कारण सरकारी स्कूल की रौनक छिनती जा रही थी। सरकारी स्कूल की प्रतिष्ठा आखिर गरीबों के होनहार बच्चों के प्रदर्शन पर टिक गई थी और इस बीच मामूली आमदनी वाले परिवार भी चाहते थे कि उनके बच्चे सर्वोदय स्कूल में पढ़ें। साल-दर-साल बोर्ड परीक्षाओं में शत-प्रतिशत बच्चों का पास होना एक प्राइवेट स्कूल के प्रचार के पक्ष में इस सीमा तक गया कि किसी बच्चे का सर्वोदय स्कूल में पढ़ना ही स्टेटस की बात समझी जाने लगी।

एक तरह से मेरी इस उपलब्धि पर पापा से ज्यादा यादव मास्साब को खुशी हो रही थी कि उनका पढ़ाया बच्चा मदनपुर से आगे कस्बे के किसी अच्छे स्कूल तक तो पहुँचा। आठवीं बोर्ड परीक्षा पास करने वाला मैं अपनी कक्षा का अकेला विद्यार्थी था। पापा आकाश सेठ की दुकान से गुड़ की गर्म जलेबियाँ घर लाए और बोले थे कि यादव मास्साब के घर जाकर सबसे पहले उन्हें जलेबियाँ खिलाने के बाद बाकी लोगों में बाँटना। यादव मास्साब देर तक हथेली में जलेबी

को पकड़े हुए मंद-मंद मुस्कुरा रहे थे।

बच्चा कितना भी बड़ा क्यों न हो जाए, वह बड़ी-से-बड़ी सफलता ही हासिल क्यों न कर ले, अपने प्रथम अध्यापक को याद करे या न करे, अध्यापक कहीं-न-कहीं उसकी सफलता को अपनी सफलता मान कर प्रसन्नचित होते हैं। कई बार तो वे अपनी जेब से ही पैसे निकाल कर मिठाई बँटवा देते हैं। पर, यादव मास्साब में एक गुण और था। वे बच्चों की असफलता में अपनी असफलता भी ढूँढ़ा करते थे। यह भी सोचा करते कि उनकी पढ़ाई में कहाँ कसर रह गई जो बच्चे फ़ेल हो रहे हैं। उनके लिए तो सारे बच्चे बराबर थे और इसलिए मेरी कक्षा के बाकी बच्चों के फ़ेल होने पर वे उस दिन भी जलेबी खाने के बाद बातों-ही-बातों में दुखी हो गए थे।

मेरी कक्षा में मुझे छोड़ कर बाकी सभी दलित, पिछड़े और आदिवासी घरों के बच्चे थे, जिनमें महज़ दो ही लड़कियाँ थीं। यादव मास्साब का मानना यह था कि बाकी सभी बच्चों को भी यदि घर और स्कूल में पढ़ाई का अच्छा माहौल मिला होता, उन्हें पढ़ने के लिए नियमित स्कूल भेजा गया होता, तो मेरे साथ उस साल सारे बच्चे आठवीं बोर्ड परीक्षा में उत्तीर्ण हो गए होते!

यादव मास्साब का ज़िम्मा तो पाँचवीं पास कराने तक सीमित था और इस मामले में वे सफल भी थे। इसके बावजूद उन्हें उस समय आठवीं के बच्चों के फ़ेल होने का अफ़सोस हुआ था तो इसलिए कि वे जानते थे कि उन्होंने गाँव के किसान-मज़दूरों के बच्चों को छठी कक्षा में बैठने योग्य बनाने के लिए कितना संघर्ष किया था! वे घर, खेत, नदी किनारे से बच्चों को पकड़-पकड़ कर स्कूल में बैठाते थे और गाँव में किसी की क्या हिम्मत जो उनसे यह कह सके कि मास्साब आप कौन होते हैं हमारे बच्चों को जबरन स्कूल ले जाने वाले!

वे इन बच्चों की पढ़ाई के लिए गाँव भर से चंदा जुटाया करते थे और चंदे की रकम सबसे पहले अपनी जेब से जमा करते थे। वे इन बच्चों को पढ़ाने के लिए तरह-तरह के खेल कराते। वहीं, यादव मास्साब हिन्दी और हिन्दी में अनूदित दुनिया भर की प्रगतिशील साहित्यिक किताबें पढ़ते थे, खास तौर पर सोवियत साहित्य की किताबें। उन्होंने स्कूल की चारदीवारी के भीतर ही सही, लेकिन समता व बंधुता पर आधारित बच्चों के संसार की परिकल्पना तैयार की थी। यही वजह थी कि उन्होंने शासकीय सेवा में रहते हुए स्कूल में कुछ गतिविधियाँ कराई थीं।

पहली तो यह कि वे महीने में एक बार किसी इतवार को सिंदूरी नदी के किनारे दाल-बाटी का आयोजन कराते। इसमें सारे बच्चे अपने घरों से थोड़ा-थोड़ा

आटा-दाल और बाकी सामान लाते और मास्साब के मार्गदर्शन में मिल बाँट कर खाना तैयार करते। तब सारे बच्चे एक साथ एक जगह जमा होकर भोजन करते और सामूहिक भागीदारी तथा बराबरी का पाठ सीखा करते।

दूसरा, फिर मास्साब दोपहर की छुट्टी में सभी बच्चों को अपना-अपना खाना एक-दूसरे के साथ साझा करके खाने का कार्य कराने लगे। इस गतिविधि का नियम था, किसी भी जाति या बिरादरी के बच्चे के साथ भेदभाव नहीं किया जाएगा, भोजन में सब भागीदार बनेंगे। तीसरा, उन्होंने कक्षा में बैठने के लिए बिछाई जाने वाली फट्टियों पर सबसे पहले और सबके साथ दलित बच्चों को बैठाना शुरू किया। ये बातें जब गाँववालों को मालूम चलीं तो वे अपने बच्चों को स्कूल भेजने से साफ़ मना करने लगे। यादव मास्साब ने बहुत कोशिश की कि कोई भी परिजन अपने बच्चों को भेदभाव की दुनिया में न धकेले। लेकिन, इस बात पर तो ग्रामीण मास्साब का भी लिहाज़ करना भूल गए।

इधर, बाकी शिक्षकों ने भी मास्साब से ऐसी गतिविधियाँ बंद करने का आग्रह किया। आखिरकार, मास्साब को समझौता करना पड़ा। लेकिन, वे बोल-बोल कर बच्चों को समता के प्रति संवेदनशील बनाने का प्रयास करते रहे। उनके लिए पहली वरीयता थी कि किसी तरह बच्चे स्कूली शिक्षा तो पूरी करें। हो सकता है कि पढ़-लिख कर उनमें कुछ बदलाव आए और वे अपना नसीब खुद गढ़ सकें।

यादव मास्साब के इकलौते बेटे राकेश उर्फ़ पप्पू भैया बिजली-विभाग में सरकारी नौकरी करते हुए जबलपुर रहने लगे थे और वहीं उनकी शादी हो गई। मास्साब भी कुछ वर्ष अपनी पत्नी जिन्हें गाँववाले प्यार से 'अम्मा' कहा करते थे, के साथ जबलपुर अपने बेटे-बहू के फ़्लैट में रहे। लेकिन, एक दिन वे 'अम्मा' के साथ मदनपुर के अपनी कमाई से बनाए घर लौट आए।

पूरी ज़िन्दगी गाँव में काट देने के बाद एक प्रकार से वे जबलपुर शहर की दुनिया में सामंजस्य नहीं बैठा पाए थे। जब कभी वे सुबह-शाम फ़्लैट के चार-छह कदमों वाली बालकनी में बैठते और शहर का ट्रैफ़िक देखते तो उन्हें लगता कि भारी भीड़ में उनका अस्तित्व चींटी बराबर नहीं है और वे वहाँ मरे तो उनकी लाश को कंधा देने चार आदमी भी न जुटेंगे। अपने गाँव में मरे भी तो ठाठ से।

उम्र की जिस मंज़िल पर वे थे, उन्हें उनके अनुकूल संसार चाहिए था। लोग तब ही समझ गए थे कि शहर का मतलब होता है तरह-तरह की सुख-सुविधाएँ, पर यादव मास्साब के लिए शहर की सुख-सुविधाएँ उस जीवन से बढ़ कर नहीं रह गई थीं, जिसे उन्होंने छह दशकों तक गाँव में जिया था। आम जन को अपने

घर, परिवार, ज़मीन, जायदाद से मोह होता है, पर जब मास्साब शहर में रहने लगे तो उन्हें अपने गाँव की कई खासियतें समझ आईं, जो वे गाँव में रहते हुए नहीं समझ सके थे। उन्हें समझ आ गया था कि उनका मोह गाँव के प्रति है, जो उनकी मौत के बाद ही छूटेगा। इसीलिए वे इस अवस्था में भी अपने बेटे-बहू को जबलपुर छोड़ लौट आए थे, मदनपुर जैसे मामूली गाँव में जहाँ उनकी अपनी पहचान थी और जहाँ पर वे अपनी शख्सियत के कारण स्वतंत्र तौर पर एक निर्णायक भूमिका अदा करते थे।

फिर सबसे बड़ी बात जबलपुर में सिंदूरी कहाँ थी! सिंदूरी जिसमें न बड़ी नाव थी, न केवट, न नदी किनारे गाये जाने वाले गीत, न दिवाली पर प्रवाहित होते दीये, न गणेश और दुर्गा जी की मूर्तियाँ विसर्जित होतीं, न आस-पास से गंदे कचरे का कोई नाला मिलता, न शमशान थे, न दूर तक कोई कल-कारखाना ही था। शांत गहराती सिंदूरी में कभी कोई नहीं डूबा था, जबकि वह एक बारहमासी नदी थी, जो न कभी खुद सूखती, न कभी गाँव को सुखाती, न कभी बाढ़ लाती, न नुकसान पहुँचाती, यहाँ तक कि उसमें मगरमच्छ जैसा कोई बड़ा जीव भी नहीं सुना था सिवाय छोटी-छोटी मछलियों के जो उसके पेट में खेलती थीं, इधर छोटी-छोटी मछलियों के जैसी गाँववालों की महत्त्वाकांक्षाएँ भी छोटी-छोटी थीं, वे नदी से कोई बड़ी लालसा नहीं रखते थे, क्योंकि छोटे-छोटे खेतों और मवेशियों के लिए अथाह पानी जो था नदी के अंदर समंदर-सा। कुल मिलाकर, कह सकते हैं कि नदी की तासीर की तरह मदनपुर-वासियों की भी तासीर बन गई थी जिनके सुख-दुख सहज, सामान्य और बहुत मामूली हुआ करते थे।

यादव मास्साब जैसे ही गाँव लौटे तो उनके बगैर गाँव और गाँव के बगैर उनका सूनापन मिट गया था। रिटायरमेंट के बाद वे अपने घर के आँगन में शाम के समय एक से डेढ़ घंटा बच्चों को निःशुल्क पढ़ाने लगे। पर, उनकी ज़िम्मेदारी मानो यहीं खत्म नहीं हो जाया करती थी, पढ़ाने से ठीक पहले वे गाँव का एक चक्कर लगाया करते थे, ताकि आवारा घूमने वाले बच्चों को भी वे पकड़ कर कुछ देर पढ़ा-लिखा सकें। मटरगश्ती करने वाले गाँव के बच्चे तो उन्हें देख कर ही भाग जाया करते थे। यादव मास्साब ने अपने घर के बाहर इमली के पेड़ पर एक ब्लैक-बोर्ड टाँग दिया था और पढ़ने-लिखने वाले बच्चों के लिए उनका गेट हमेशा खुला रहता था।

यह समय था, जब गाँव राजनीतिक तौर पर दो भागों में बँटता जा रहा था। एक ओर थीं पूर्व गोंड ज़मींदार की बेटी मीराबाई, जो दो बार सरपंच के

तौर पर काबिज़ रह चुकी थीं, पर कुछ वर्षों में ही कृपाल सिंह 'अटारी वाले' उनका वर्चस्व लगभग तोड़ने की स्थिति में पहुँच गए थे। इस हालत में कभी गाँव का कोई विवाद सुलझाना होता, या गाँव को किसी मुद्दे पर एकजुट करना होता तो लोग यादव मास्साब के पास पहुँच जाते। दरअसल, लोगों को पता होता था कि यदि किसी तरह यादव मास्साब तैयार हो गए तो दोनों पक्ष वाले उनकी बात नहीं टालेंगे। मीराबाई जहाँ उन्हें राखी बाँधा करती थीं, वहीं कृपाल सिंह उनके बचपन के दोस्त थे।

एक बार जब मीराबाई सरपंच थीं तो उन्होंने रास्ता चौड़ीकरण की आड़ में कई घरों को अतिक्रमण की ज़द में बता दिया। इसके लिए उन्होंने पटवारी की अगुवाई में रास्तों के किनारे से घरों की दूरियाँ नपवाईं और तोड़े जाने वाले घरों की दीवारों पर लाल रंग के निशान लगवा दिए। कुछ प्रभावित परिवारों ने मास्साब से मीराबाई की यह शिकायत की कि मीराबाई चुनाव जीतने के बाद सियासी रंज़िश के चलते ऐसा कर रही हैं। मास्साब वोट ज़रूर देते थे, पर सामान्यत: गाँव के मामलों में राजनीतिक हस्तक्षेप नहीं करते थे। पर, नाहक ही लोगों के घर टूटते देख उन्होंने इस मामले में हस्तक्षेप का मन बनाया। एक बार वे मीराबाई की बाखर के दरवाज़े पर गए और चाँदी का वह स्मृति-चिन्ह चौखट पर ही छोड़ आए, जो कभी मीराबाई ने ही उन्हें एक सार्वजनिक कार्यक्रम में भेंट किया था। सूरज डूबने से पहले वह स्मृति-चिन्ह मास्साब के घर वापस आ गया और इसी के साथ गाँव में घरों की तोड़-फोड़ी की पूरी योजना भी स्थगित हो गई।

कुछ दिनों के लिए अम्मा जब अकेली अपने बेटे-बहू के यहाँ जबलपुर रहने के लिए चली गईं तो यादव मास्साब को कभी हमारे घर तो कभी किसी और के घर खाने के लिए आमंत्रित किया जाने लगा। एक बार मास्साब ने शाम को खाने पर मुझे ही बुलवा लिया। वे सादा खाना बनाया करते थे, इसलिए जाने का मन तो नहीं था, लेकिन उनका एक इशारा भी मेरे लिए आदेश होता था। ज्यों ही मैं उनके घर के गेट पर पहुँचा तो अचानक ही लाइट चली गई। पर, मास्साब सामने ही खड़े थे। उन्होंने तुरंत टॉर्च जला दी। मेरे मुँह से सहज ही निकल गया, ''लाइट को भी अभई जाने थो, बरसात में इत्ती रात को।''

''सबकी लाइट गई है, सबकी लाइट आ हे!'' मास्साब ने बड़े धैर्यपूर्ण और निश्चित भाव से यह बात कही। घर के भीतर पहुँचा और जब उन्होंने माचिस की तीली जला कर चिमनी रोशन की तो कमरे के हर कोने की ओर नज़र दौड़ गई। यह क्या पूरे घर में कोई चारेक बल्ब के अलावा मास्साब के पास ऐसा है

क्या जो उन्हें लाइट की ज़रूरत पड़े! रेडियो है तो वह भी सेल से चले, बाकी न टीवी, न वीसीआर, न टेपरिकॉर्डर, न फ्रिज, न कूलर, न वाशिंग मशीन, न मिक्सी वगैरह और यहाँ तक कि ऊपर छत पर पंखे तक नहीं। यह नज़ारा देख, मैं तो हैरान रह गया!

जल्द ही मास्साब ने रेडियो चालू कर दिया और बीबीसी पर हिन्दी समाचार सुनते हुए एक रफ़ रजिस्टर में मुख्य बिन्दु नोट करने लगे। उन्हें इस मुद्रा में देख मुझे उनमें तब गाँधी बाबा नज़र आए—सादा जीवन, उच्च विचार। मैं सोचने लगा कि शायद उनके पास पहनने के लिए दो जोड़ी से ज़्यादा कुर्ता-पाजामा नहीं हैं! उन्हीं को वे रोज़ाना धोते और पहनते हैं। उनकी एक आदत थी कि रेडियो पर समाचार सुनने के बाद वे किसी सामयिक मुद्दे पर सुबह-सुबह आलेख लिखा करते थे। जब तक वे स्कूल में शिक्षक के पद पर कार्यरत रहे, तब तक अपनी मोटे अक्षरों वाली सुंदर लिखावट में आलेख को सफ़ेद कागज़ों पर लिखा करते और स्कूल के सूचना-पटल पर चस्पा देते। फिर जब रिटायर हुए तो वे अपने आलेख को हनुमान चबूतरे की चूने से पुती सफ़ेद दीवार पर चस्पाने लगे।

इसी तरह, दिन में जब कभी समय मिलता तो वे अपनी एक डायरी भी लिखा करते। मुझे भी लगा कि उस दिन की तारीख में मेरा नाम भी उनकी उस काली डायरी में दर्ज हो चुका होगा! मैं मन-ही-मन सोचने लगा कि शायद उन्होंने उस दिन कुछ इस तरह लिखा होगा : 'आलेख लिखने के बाद मैंने शिरीष को लहसुन-प्याज काटने, छीलने के काम में लगा दिया और खुद बर्तन माँज डाले।'

यादव मास्साब खाना भी उसी मनोयोग से बनाते जिस तरह आलेख लिखा करते थे, या फिर जैसे कि अपने घर के आस-पास सब्ज़ियाँ उगाते थे। यहाँ मैं उनकी टेबल पर रखीं मैक्सिम गोर्की की *माँ* और दूसरी भारी-भरकम किताबें उलटता-पलटता रहा, वहाँ वे किचन से मेरे लिए अपने हाथों से पकाया हुआ खाना लेकर आ गए। इस बीच लाइट आ चुकी थी। ज्यों ही उन्होंने टेबल पर थाली रखी, मुझे एक अपराध-बोध हुआ कि मैंने मास्साब को कष्ट दे दिया। उनके द्वारा बनाए गए सादे खाने की कमी को उस दिन उन्होंने मिर्च के अचार से पूरा कर दिया।

बरसात की झड़ी चालू हुई तो मुझे वहीं रुकना पड़ा। खाने और सोने के बीच मैंने देखा कि यादव मास्साब ने देश-दुनिया की जानकारी हासिल करने के लिए कई लघु-पुस्तिकाएँ जुटाई हुई थीं। ये मुख्यत: उदारीकरण, निजीकरण और भूमंडलीकरण तथा उनके आशंकित खतरों के बारे में थीं। इसके अलावा

कई पुस्तिकाएँ भूमि-सुधार, पंचायती-राज और जनजातीय कानूनों से संबंधित थीं। जब कोई आदमी इन पुस्तिकाओं के पन्ने पलटते हुए अपने पास रख लेता तो मास्साब पहले तो उससे विनम्रतापूर्वक पूछते कि क्या पुस्तिकाओं को पढ़ने के लिए इन्हें लिए जा रहे हो, वह बोलता 'हाँ' तो मास्साब पुस्तिकाओं का मूल्य बता कर उससे पैसा लेना न भूलते। किसी पुस्तिका का मूल्य 2, 5 या 7 रुपए से ज़्यादा न होता, मगर मास्साब का उसूल तो उसूल था, अक्सर आदमी 10 या 20 रुपए पकड़ा देता क्योंकि चिल्लर नहीं होती, पर मास्साब भी हिसाब-किताब बराबर रखने में उस्ताद थे। उनके कुर्ते की जेब में बहुत सारे सिक्के हुआ करते थे, वे बकाया लौटा देते और किसी से एक पैसा अधिक न लिया करते थे। न किसी से एक पैसा कम लिया करते थे।

सुबह उठते ही जब अपना प्रेशर बना तो बाथरूम हो आया। बाहर जब मास्साब ने मुझे कुछ ढूँढ़ते हुए पाया तो मुझसे बोले, ‘‘काय, काय हैरान-परेशान हो रये ?'' फिर थोड़ी देर बाद मुस्कुराते हुए ही, ‘‘साबन नई मिल रई का ?'' मैंने हाँ में सिर हिलाया क्योंकि मुझे साबुन से हाथ धोने थे। लेकिन, उन्होंने बताया कि साबुन खरीदे हुए तो उन्हें वर्षों बीत गए। वे तो इन सब चीज़ों से ऊपर उठ गए हैं। बोले, ‘‘तुमाय साबन, सैम्पू, जैसी केमिकल वाली चीज़ें हम नई बापरें।''

‘‘मनो हम का करें, हाथ धोयें, न धोयें ?''

मैंने पूछा तो वे बोले, ‘‘धोओ, मगर राख से। नहाबे कारी माटी और मुखिसबे दातुन भी है।''

अरे मैंने मन में कहा मर गए रे आज तो! बबूल के पेड़ों की दातुन करने के बाद मास्साब के यहाँ मिलती भी तो नींबू वाली चाय। मास्साब नाश्ता बनाने की तैयारी में थे कि मैं तो किसी तरह हाथ जोड़ कर वहाँ से अपने घर निकल भागा।

मगर, सोचता हूँ कि उस समय तक भी जब गाँव की छोटी बसाहट में लोग कई आधुनिक उत्पादों के आदी हो गए थे, मास्साब कहीं और पीछे जाकर अपनी सुविधा और अपनी आज़ादी से जीवन जी रहे थे। उस समय मैंने एक ऐसा प्राणी देखा जिसकी वाणी और व्यवहार में रत्ती भर फ़र्क नहीं था। कोई तो था ही जो तब तक भी अपनी नैतिकताओं के साथ बगैर समझौता किए जी सकता था और वह सब उसके लिए सहज था।

लेकिन, कुछ दिनों बाद मास्साब के साथ ऐसा हुआ जो नहीं होना चाहिए था। एक सुबह वे टहलते हुए सिंदूरी नदी किनारे तक गए। वहाँ से देसी शराब की जीप दूसरे गाँव के रास्ते आती और गड़रियापुरा घाट से मदनपुर में घुसती

हुई दिखी। जीप स्थानीय विधायक के गुर्गे की थी जो पूरे इलाके में शराब का कारोबार करता था। मास्साब ने दूर से ही पहचान लिया। जीप को हाथ दिखाते हुए उन्होंने उसे वहीं रोक लिया। जीप रुकी तो देखा ड्राइवर अपने गाँव का ही आलोक नाम का लड़का है, उसे भी मास्साब ने कभी पढ़ाया था। आलोक जीप खड़ी कर तुरंत झुककर नमस्कार की मुद्रा में मास्साब के सामने खड़ा हो गया।

''आलोक, बेटा तुम्हें लाज नई आ रही, दारू का धंधा अपनेई गाँव में कर रये तुम तो!'' मास्साब दोनों हाथों की हथेलियों को पीछे की ओर पकड़ते हुए तन कर खड़े हो गए थे। उन्होंने अधिकारपूर्वक आलोक को डाँटा था। यही नहीं, यादव मास्साब जीप को गाँव की हद से लौटाने की हिदायत देते हुए अड़ गए। इस बीच जीप के भीतर से एक बाहरी दबंग लड़का तैश में बाहर निकला और उसने मास्साब से ऐसी बातें बोलीं जो शायद ही उनकी ज़िन्दगी में कभी किसी ने बोली हों। बोला, ''हुइये तू अपने गाँव को मास्साब, मनो तू का तेरो बाप भी हमें गाँव में दारू बेचबे से नई रोक पेहे। भोसड़ी के हट जा, तेरी गाड़ में देबो स्टार्ट करो तो कोउ हाथ नई लगा लेहे जा गाँव में।''

गाँव की हद पर पहली बार मास्साब के साथ बुरे बर्ताव की हद पार हो गई थी। भीतर से मास्साब को यह बात सहन नहीं हुई होगी, मगर वे चुपचाप और चेहरे से भी बगैर कुछ ज़ाहिर किए जीप के आगे तन कर खड़े हो गए। उस समय सिंदूरी नदी के किनारे गाँव का कोई दूसरा आदमी नहीं था, अन्यथा किसी की हिम्मत न थी जो बाहरी आदमी भी मास्साब से इस तरह बदतमीज़ी से बात कर पाता। मास्साब बोले, ''ले चढ़ा आलोक, दम है तो जीपई चढ़ा दे हमाई छाती पे, गलती तेरी नईया बेटा, गलती तो हमाई है, जो हमने तोहे पढ़ाओ थो!''

''मास्साब बड़ी गलती हो गई!'' आलोक इतना बोल कर सिर नीचे कर चुका था। उसने हाथ जोड़ मास्साब को प्रणाम करने के बाद जीप गाँव से बाहर की ओर मोड़ दी। दबंग लड़का अकेला पड़ गया। उसे लगा होगा कि आलोक उसका पक्ष लेगा, लेकिन ऐसा नहीं हुआ तब वह तुरंत लपक कर जीप में बैठ गया। जीप जिस सिंदूरी किनारे से आई थी, उसी रास्ते वापस भी हो गई।

यादव मास्साब घर लौट आए और अम्मा से बगैर कुछ कहे चुपचाप अपने बिस्तर पर लेट गए। पूरे समय बस लेटे रहे। दिन भर घर से बाहर न निकले, न बच्चों को पढ़ाया, न पौधों में पानी दिया, रात खाना भी न खाया, न रेडियो पर समाचार सुने, न कुछ लिखा, न पढ़ा ही।

देर रात मास्साब को इतना जोर का हार्ट-अटैक आया कि घर के अपने

बिस्तर पर ही उन्होंने दम तोड़ दिया। किसी को इतना मौका भी न मिला जो उन्हें उस हालत में तेंदूखेड़ा या जबलपुर के किसी अस्पताल तक पहुँचा पाता। आखिरी समय न उन्होंने अपने बेटे और बहू का मुँह देखा और न हम जैसे उनके कई प्रिय विद्यार्थियों को अलविदा कहने का मौका दिया।

सुबह उनका शव जब सिंदूरी नदी के पार खेतों से दूर एक शमशान की ओर ले जाया जा रहा था तो उनके बेटे पप्पू भैया के साथ आलोक भी शव को कंधा देते रोता जा रहा था। पूरा गाँव अम्मा से पूछ रहा था कि रात ऐसा क्या हुआ!

अम्मा सबको रोते हुए बता रही थीं कि वे कुछ बोल ही नहीं रहे थे। बहुत पूछने पर इतना ही बोलते थे, ''ऐसो कोई नई बोलो हमसे आज तक!''

डरियो तो डरियो, मनो अब मत डरियो

"सुनो भैया बल्लू कल सकारे छह बजे जल्दी आ जइयो, जीप से जबलपुर जाने है दुकान को सौदा लेबे।''

''हम आ तो जेहैं मालिक, मनो हम बल्लू नइया, हमाओ नाम बलवीर है।''

''हओ भैया ठाकुर बलवीर सिंह, अब खुस!''

''खुस नइया, काय से कि हम ठाकुर नइया, हम बलवीर गोंड हैं।''

बलवीर अपना परिचय अपना पूरा नाम लेकर दिया करता था—बलवीर गोंड। लेकिन, जब कोई उसका नाम बिगाड़ता तो वह चिढ़ जाता था और अपने नाम को लेकर मालिक तक से भी भिड़ जाता था। गाँव के सारे गोंड लोग जब अपने नाम के आगे गोंड की जगह ठाकुर लगाना पसंद करते थे, तब भी बलवीर खुद को बेझिझक गोंड ही बताता था। वह तेंदूखेड़ा में सिंघई किराना दुकान वाले के यहाँ ड्राइवरी करने जाता था और दुकान के लिए जीप से थोक माल जबलपुर से भर कर लाया करता। वह कभी-कभी गाँव-गाँव फुटकर माल बेचने के लिए भी जीप दौड़ाता हुआ दिखता।

बलवीर स्कूल में मुझसे दो-तीन साल आगे की कक्षा में पढ़ता था, पर बार-बार फ़ेल होने के चलते बीच में ही पढ़ाई छोड़ मामा के यहाँ चला गया और वहीं से कहीं किसी की जीप चलाना सीख कर कुछ साल बाद गाँव लौट आया। उन दिनों जीप चलाना भी गाँव में एक खास हुनर था और ड्राइवरी के इसी हुनर ने उसे कस्बे में जॉब दिलवा दी। लेकिन, उसका सपना कहीं बड़ा था।

दरअसल, जब वह छोटा था तो कागज़ का हवाई-जहाज़ बना-बना कर उड़ाता था। अक्सर वह मोटे कागज़ के डिब्बे को बोरी की सुतली से बाँध कर सड़क पर डिब्बा घसीटता घूमता। जब उसका कद साइकिल के चक्के बराबर ही था, तब भी वह लकड़ी मार-मार कर सड़क पर साइकिल का चक्का चलाता था। उसके यही निराले खेल देख बड़े-बूढ़े कहते थे कि बलवीर बड़ा होकर एक दिन बस चलाएगा। बलवीर भी इन्हीं बातों को सुन कर बड़ा हुआ था और मदनपुर से भोपाल-जबलपुर आने-जाने वाली किसी बस का ड्राइवर बनना चाहता था।

उसका मन तो होता था कि वह कभी ट्रक चलाए तो मुंबई तक जाए, मानो मुंबई जब वह आया-जाया करेगा तो दूरदर्शन पर दिखाई पड़ने वाली सारी हिरोइनें उसे सड़क किनारे ही टहलते हुई दिख जाएँगी!

बलवीर कंडक्टरों से दोस्ती करना चाहता था, ताकि उसका सपना पूरा करने में वे उसकी मदद कर सकें, मगर बसों के ड्राइवर-कंडक्टर तो उससे सीधे मुँह बात ही नहीं करते थे।

बलवीर में एक अच्छा गुण यह था कि वह हर महिला को अपनी माँ या बहन समझ कर मान देता था। इसलिए, जब कोई महिला या लड़की उसे बस में खड़ी दिखती तो वह पुरुष सवारी से अपनी सीट छोड़ने का आग्रह करने लगता। अक्सर सवारियाँ महिलाओं के लिए सीट छोड़ने को तैयार न होतीं तो वह कंडक्टर से गुहार लगाता कि महिला के लिए सीट दिलवाए। उसका उसूल था कि यदि महिला खड़ी है और उसे सीट मिल गई तो वह महिला के सम्मान में उठ जाया करता था। लेकिन, इसके लिए जब वह किसी दूसरे को उठाता तो कंडक्टर नाराज़ हो जाता और बुरा-भला बोलता, ''बस का ड्राइवर बनना है, और यह हमको सिखा रहा है कंडक्टरी।''

हमारे समय तो हमारे गाँव में हमें जो चीज़ सबसे ज़्यादा आकर्षित करती थी उनमें न नदी होती, न पहाड़ होता, न ही झोपड़ियाँ होतीं, हमारे समय में हमें सबसे ज़्यादा यदि कोई चीज़ आकर्षित करती तो वह थी—बस। सड़क किनारे के गाँव में, सिंदूरी नदी के पुल से होकर धड़धड़ाती हुई बसें मदनपुर बस-स्टैंड आतीं-जातीं। निरक्षर बसों का कलर देख पहचान जाते कि कौन-सी बस है और कितने बज गए हैं। यदि सुबह नीली बस जबलपुर की तरफ़ गई तो ठीक नौ बज गए हैं, बस का नाम है कैपिटल। इसी तरह, लोग पूछा करते कि सुबह कितने बजे जागे, जवाब होता—'ब्रदर्स बस' निकलने के पहले जग गए थे, या निकलने के बाद जगे थे। ब्रदर्स जो सुबह छह बजे भोपाल की ओर जाती थी। वहीं, दोपहर बाड़ी–बरेली से सोनी खटारा मोटर आ गई तो समझो बारह बज गए।

बसों के कलर को लेकर भी गाँव में कहानियाँ चलती थीं, नीली कैपिटल बस तो भोपाल के किसी सरदार की है और फिर मदनपुर बस-स्टैंड पर पान का ठेला लगाए बीरन चच्चा से कैपिटल बस के पूरे परिवार की हिस्ट्री पूछ लो। हरी राणा बस तो देवरी के किसी मियां भाई की है और फिर उनसे उसकी भी हिस्ट्री पूछ लो। लाल एमपी प्राइवेट ट्रांसपोर्ट तो उदयपुरा के राजपूत की है और उनसे उसकी दबंगई के किस्से बतिया लो। कत्थई बीटीएस तो जबलपुर के किसी

विवादित नेता की, जो देखते-ही-देखते रईस कैसे बना और पहले किस हाल में था तो इस तरह की सारी जानकारी बीरन चच्चा को मालूम होती।

जेजे यानी जयपुर-जबलपुर नेशनल हाईवे-12 पर भोपाल से जबलपुर तक तब एक भी राज्य परिवहन की बस नहीं चलती थी। लोग इस इंतज़ार में ही रहे कि जब कभी फ़ोरलेन सड़क बनेगी तो प्राइवेट की जगह सरकारी बसें चलेंगी, लेकिन उन्हीं दिनों अखबार में खबर छपी कि घाटे में चलने के कारण उल्टा सरकार मध्यप्रदेश राज्य परिवहन निगम की बसों के पहिए पर ही ब्रेक लगाने जा रही है। बाद में खबर आई कि सरकार ने अपनी ही बसों पर ब्रेक मार दी है।

इधर सुबह दस साढ़े दस और उधर शाम पाँच साढ़े पाँच बजे ऊबड़-खाबड़ इकहरी सड़क पर दूर से जब कोई बस आती हुई दिखती तो बस-स्टैंड पर भीड़ का दिल धक-धक करने लगता कि तेंदूखेड़ा जाने के लिए मालूम नहीं चढ़ने के लिए जगह मिलेगी या फिर कंडक्टर अगली बस में चढ़ने का कह कर बस में चढ़ने नहीं देगा।

बस मालिक की अनुपस्थिति में तो लोकल कंडक्टर ही बस का सर्वेसर्वा होता, तेंदूखेड़ा के लिए तब वह दो रुपये का टिकट फाड़ कर देता या बिना टिकट दिए ही पैसा अपनी जेब में रख लेता। एक जगह से भीड़ को वह अकेला ही हाँक कर स्टैंड-दर-स्टैंड अगली भीड़ के लिए जगह बनाता। दरअसल, हमारे लिए तो कंडक्टर कस्बाई समाज का पहला प्रतिनिधि था, जो हमें गाँव से कस्बे के बड़े बस-स्टैंड पर छोड़ दिया करता था। तब मदनपुर से तेंदूखेड़ा महज़ कुछ किलोमीटर की दूरी एक दूसरी ही दुनिया की यात्रा में बदल जाती थी। तेंदूखेड़ा में दाखिल होते ही हमें लगता—इसे कहते हैं विकास, यह होता है डेवलपमेंट!

थाना, कोर्ट, कचहरी तो नहीं, पर विकास के लिए हम सब तेंदूखेड़ा के मोहताज थे। कृषि उपज मंडी, पंजाबी ढाबा, डॉक्टर, बैंक वहीं, पोस्ट ऑफ़िस से लेकर बाज़ार और यहाँ तक कि मान्यता वाली देवी का मन्दिर भी वहीं। वीडियो-घर और फ़ोटो-स्टूडियो का तो खास आकर्षण था ही, लाउडस्पीकर पर आमिर-सलमान-शाहरुख के जो गाने उन दिनों बजा करते थे, उन्हें सुनने का सुख तक हमारे गाँव में कहाँ रखा था! तेंदूखेड़ा की यात्रा ही हमारे लिए किसी रोमाँच से कम न होती थी, जहाँ से लौटने का एक मतलब था—मोटा अग्रवाल चाट भंडार से चाट-समोसा और कोल्ड-ड्रिंक का स्वाद लेकर लौटना।

मदनपुर में स्वल्पाहार की एक भी दुकान नहीं थी। तेंदूखेड़ा आते-जाते घबराहट ऐसी होती कि बीस रुपए भी यदि जेब में होते तो हाथ बार-बार जेब

पर ही जाता था, हथेलियों से टटोल-टटोल कर इत्मीनान करते रहते ताकि नई जगह पैसों से मिलने वाला कॉन्फिडेंस बना रहे।

नौवीं से पहले जब तक कस्बे के स्कूल में नाम नहीं लिखा था, तब तक तेंदूखेड़ा विशेष अवसरों पर ही पापा के साथ जाया करते। बुखार आता तब पापा के साथ मोदी डॉक्टर के यहाँ, नव-दुर्गा में सागोनी वाली हरसिद्धि मैया के यहाँ, दिवाली पर बर्तन-कपड़े खरीदने के लिए गाँधी-चौक पर, सहरा-मार्ग पर लाइन से लगीं दुकानों को देख सोचा करते थे कि शायद ही मदनपुर तेंदूखेड़ा की होड़ कभी कर पाएगा!

हम में तेंदूखेड़ा और उसकी कस्बाईयत के प्रति जितना आकर्षण था, वहाँ के लोग तब हमें हमारे प्रति उतने ही रूखे और घमंडी लगते थे। उनके बर्ताव से यही लगता रहता था कि वे हमें पिछड़ा-गंवार ही समझा करते हैं। हमारी नज़रों में भी वे एक दुकानदार, पुजारी, अधिकारी, थानेदार और ड्राइवर-कंडक्टर से अधिक कुछ नहीं थे। जैसे यह एक अघोषित बात हो कि हम न उनके मित्र और न उनसे सहज हो सकते थे।

कुछ सेठ टाइप लोगों की नज़र हमारे गाँव में सिंदूरी नदी के इर्द-गिर्द और नेशनल हाइवे किनारे की ज़मीनों पर गड़ी रहती थी। वे ज़मीन के लोभ में ज़मीन मालिकों से घरोबा (घनिष्ठता) कर लेते थे और ज़मीन का सौदा अपनी सहूलियत से कराने की कवायद किया करते थे।

तेंदूखेड़ावासी जो अपने को तेंदूखेड़ा नगरवासी कहलाना पसंद करते थे, आस-पास के ग्रामीण अंचल से कटे हुए थे, महज़ विधायक और सांसद के चुनावों में वोट बटोरने का समय छोड़ दिया जाए तो कस्बे के छुटभैये नेताओं को भी गाँवों के मुद्दों से कोई सरोकार न होता। गाँव के बागवान परिवार कई पीढ़ियों से शनिचर के शनिचर तेंदूखेड़ा के बाज़ार जाया करते थे, मगर कस्बे से उनका संबंध महज़ बाज़ार तक सिमटा रहा। वहीं, गाँव के कुछ लड़के तो रोज़ाना ही तेंदूखेड़ा की दुकानों पर काम करने जाया करते थे, बावजूद इसके वे वहाँ के दुकानदारों के लिए सिर्फ़ कर्मचारी ही रहे। यहाँ तक कि कस्बे का गरीब से गरीब आदमी भी गाँववाले के मुकाबले खुद को सुपीरियर समझता था, कि वह कस्बे का गरीब है लेकिन देहाती तो नहीं।

जब मैं तेंदूखेड़ा के सर्वोदय हायर सेकेंडरी स्कूल बस से अकेले आने-जाने लगा, तब मेरे साथ गाँव से कुछ और लोग अलग-अलग काम से आते-जाते थे। इनमें एक तो थे—लटकन भैया।

लटकन भैया यानी लटकन नामदेव। हमें तो लगा था कि लटकन लटकते हुए-से चलने के कारण उनकी छाप पड़ गई होगी, मगर उनके स्कूल का नाम भी यही था तो यह बात हमें एक दिन बस में उनसे बातचीत करते हुए उन्हीं से पता चली। उनके पिता मन्नालाल नामदेव जिसे पूरा गाँव मन्ना कक्का कहता था, नाड़ा की पट्टे वाली चड्डियाँ बना कर गाँव-गाँव, बाज़ार-बाज़ार बेचने के लिए साल भर घूमा करते थे। लटकन भैया भी उनके साथ नाड़े वाली चड्डियाँ बेचा करते थे।

लेकिन, बाद में जब लटकन भैया ने आधुनिक परिधान सिलना सीख लिया तो मदनपुर बस-स्टैंड पर बहुत उत्साह से 'नामदेव टेलर्स' नाम से दुकान खोल ली। पर, लटकन भैया जिस तरह के कपड़े सिला करते, उन दिनों तक उस तरह के कपड़े गाँव-देहात में चलन से बाहर थे। इसलिए, जल्द ही लटकन भैया को अपनी दुकान बंद करनी पड़ी।

बाँस के बदन-से गोरे-चिट्टे लटकन भैया बसों में चढ़ने और अपनी जगह बनाने में भी मास्टर थे। वे तेंदूखेड़ा में एक 'आर कुमार टेलर्स' वाले के यहाँ काम करने लगे थे। बस में आते-जाते समय उनकी एक अजब आदत थी कि वे अक्सर भोपाल, जबलपुर की सवारियों से उनके कपड़ों के बारे में बात करने लगते। वे उन्हें बताया करते कि शहर का टेलर शर्ट-पैंट सिलते समय कहाँ गलती कर बैठा। उनकी इस तरह की हरकत से तंग आकर कई बार कोई सवारी उन्हें डपट भी देती तो उन्हें शर्मिंदा होना पड़ता। हालाँकि, वे अपनी आदत सुधार रहे थे लेकिन बस का कंडक्टर उनकी इस आदत से परिचित था, इसलिए जब कभी कोई सवारी लटकन भैया को डपटती तो कंडक्टर कमेंट करके बाकी सवारियों संग लटकन भैया का मज़ा लेने लगता। कंडक्टर गाँव के आदिवासियों को भी शर्मिंदा करने के मकसद से अक्सर लटकन भैया से कह देता, ''बड़े-बड़े गोंड आदमी सुधर गए, मगर तुम न सुधरे!''

लटकन भैया हमसे बहुत बड़े और शादीशुदा आदमी थे। उनका रोहित नाम का एक बेटा गाँव के ही प्राइमरी स्कूल में पढ़ता था। इसलिए, कंडक्टर के शब्द-बाण और उसका घाघ टाइप हँसता चेहरा देख हमारी छाती पर साँप लोटा करता था।

एक और था—कैलाश पाली। गाँव में पिछड़े वर्ग के बहुत सारे बच्चे जो ज्यादा नहीं पढ़ पाते थे, वे अपना पुश्तैनी काम सँभाल लिया करते थे। पर, कैलाश न पढ़ पाया और न ही अपना पुश्तैनी काम ही सँभाल पाया।

कैलाश के घर गाय-बैल तो नहीं, लेकिन बड़ी तादाद में बकरियाँ थीं

कोई सौ-पचास के आस-पास। उसका काम होता सिंदूरी नदी किनारे घास के बड़े मैदानों पर बकरियाँ चराना। लेकिन, यहाँ आकर वह बकरियों के झुंड से कट जाता और शांत-एकांत माहौल में अपनी ही दुनिया में तल्लीन हो जाता।

दरअसल, कैलाश बहुत प्यारी बाँसुरी बजाया करता था। नीचे कमर में हरा गमछा बाँधे और ऊपर सलेटी कलर के शर्ट में जब वह आँख बंद कर घंटों बाँसुरी बजाने का अभ्यास करता, तब उसे खुद ही ध्यान नहीं होता कि कोई बकरी चरते-चरते कितनी दूर, किस दिशा में निकल गई। हमारे यहाँ भी बाँसुरियाँ थीं, पर लोहे की। मगर, कैलाश के पास तो असल बाँस की ही बाँसुरियाँ होती थीं और घास के मैदानों पर बकरियाँ चराते समय वह अपने साथ एक रेडियो भी रखा करता था।

कहा जाता है कि जब टीवी आया तो टीवी ने रेडियो को निगल लिया। शहर, कस्बों का तो नहीं पता, मगर हमारे गाँव में टीवी ने अपनी जगह बनाए रखी, लेकिन टीवी ने कभी रेडियो की जगह नहीं ली थी। देहात में रेडियो की जगह बनी रही, बल्कि समय के साथ वे कम वज़नदार और सस्ते होते गए और पहले से कहीं लोकप्रिय भी, क्योंकि ज्यादातर किसान-मज़दूर परिवार घर की बजाय खेत-खलिहान में रहा करते थे, बढ़ई और कुम्हारों के लिए देखते हुए काम करने की बजाय सिर्फ़ सुनना सहज-सुलभ होता था। बकरियाँ चराने वाला कैलाश भी चारागाहों पर जब घूमा करता था, जहाँ न बिजली होती, न टीवी टाइप एंटीना ही होता इसलिए रेडियो कैलाश के लिए उपयुक्त था।

साक्षरता के नाम पर महज़ अपना नाम लिखने वाले कैलाश के लिए रेडियो मनोरंजन और बाँसुरी बजाने के लिए किए जाने वाले अभ्यास का सबसे अनुकूल उपकरण बन गया था। जब कभी वह बाँसुरी न बजाता तो रेडियो में फ़िल्मी गानों की धुनों में बाँसुरी की धुन ढूँढ़ता, या फिर हर तरह की धुन को सुन कर वह उसे बाँसुरी की धुन में ढाल देता था। बाँसुरी सीखने के प्रति उसकी दीवानगी की हालत यह थी कि वह बोलता, खाता-पीता, सोता कम, लेकिन बाँसुरी ज्यादा बजाया करता था।

उसकी इस दीवानगी से तंग आकर उसके घरवालों ने उसके ही छोटे भाई तारा को उसकी जगह पर बकरियाँ चराने के लिए भेजना कहीं ठीक समझा। बाद में कैलाश लोगों के उतरन और उनके दया-पुण्य के सहारे जीवन जीने लगा। जब यादव मास्साब ज़िंदा थे, उनसे कैलाश की हालत देखी नहीं गई। उन्होंने तेंदूखेड़ा के 'पीपल वाले' कपड़ा व्यापारी के यहाँ कैलाश को काम पर रखने

के लिए सिफ़ारिश की। 'पीपल वाले' कपड़ा व्यापारी ने मास्साब का मान रखा और कैलाश को भला लड़का समझ कर उसे अपने यहाँ काम पर रख लिया।

कैलाश जब हमारे साथ ही तेंदूखेड़ा बस से जाया करता तो उसकी कोशिश होती कि वह किसी तरह ड्राइवर की सीट के आस-पास जगह बना सके। कारण यह था कि ड्राइवर टेप पर गाना बजाते हुए बस चलाया करता था। कैलाश यहाँ भी संगीत में बाँसुरी की आवाज़ ढूँढ़ता, या दूसरी धुनों को बाँसुरी की तर्ज़ पर बजाने के बारे में सोचा करता था।

सुबह की राणा ट्रांसपोर्ट बस का ड्राइवर ज़रा रसिक आदमी था। वह बस के आगे लगे दर्पण में पीछे सीट पर बैठीं उन लड़कियों को ताका करता था और गाने भी जैसे वह उनके लिए ही बजाया करता था, जो उस समय दूर गाँवों से तेंदूखेड़ा पढ़ने के लिए जाया करती थीं। एक बार स्कूल जाने वाली लड़कियाँ बस में नहीं दिखीं तो ड्राइवर का मूड ही खराब हो गया। उसने फ़िल्म 'हीरो' का गाना 'निंदिया से जागी बहार, ऐसा मौसम देख पहली बार, कोयल कूके, कूके, गाए मल्हार...' गाना अचानक बीच में बंद कर दिया और बगैर टेप चलाए हुए ही बस चलाने लगा।

इधर, कैलाश से रहा नहीं गया। वह इस गाने में बाँसुरी की आवाज़ पर हाथ की उँगलियाँ और मुँह मटकाते हुए बाँसुरी बजाने की एक्टिंग जारी रखना चाहता था। उसने ड्राइवर से वही गाना चालू करने की विनती की। महज़ इतनी मामूली बात पर ही ड्राइवर उस पर चिल्लाने लगा और कैलाश को दूर पीछे खड़ा होने के लिए बोलने लगा। भला लड़का कैलाश भी बगैर कुछ कहे पीछे मुँह लटकाए और अपमान के घूंट पीते हुए तेंदूखेड़ा आने तक खड़ा रहा। ड्राइवर बोले जा रहा था, ''गाना सुनवाने के लिए बस चलवा रहे ये, मुंबई जाएँगे, बप्पी लहरी बनेंगे!''

हमारे साथ बस में जाने वाले राजू सेन की कहानी भी गज़ब थी। उसके पिता कम उम्र में चल बसे, इसलिए राजू को कटिंग-दाढ़ी बनाना सीखने के लिए दूर अपने किसी रिश्तेदार के यहाँ जाना पड़ा। जब वह गाँव लौटा तो कोई उससे बाल न कटवाए कि पता नहीं राजू बाल गड़बड़ न काट दे! वह झोले में कैंची और उस्तरा वगैरह लेकर ही चला करता था और जो मिलता उसे फ्री में बाल कटवाने की गुहार लगाता। जब छड़ीदार दादा ज़िंदा थे तब उन्होंने और उनकी तरह चार-छह बुज़ुर्गों ने उससे बाल कटवा कर उसे पुश्तैनी काम सीखने में मदद की, ताकि वह भी अपनी गुज़र-बसर कर सके। शुरू में उससे आड़े-तिरछे बाल कटते और बालों के बीच अक्सर भंवरी की आकृतियाँ पड़ जातीं,

लेकिन बाद में वह ट्रेंड हो गया।

उसने मदनपुर बस-स्टैंड पर दुकान खोल ली और यह गाँव में किसी नाई द्वारा खोला जाने वाला पहला सैलून था। राजू ने जब अपना सैलून खोला तब युवा मिथुन चक्रवर्ती या फिर संजय दत्त जैसे पीछे की तरफ़ लंबे बालों वाले हेयर-स्टाइल रखने के लिए गाँवों से कुछ लड़के तेंदूखेड़ा जाया करते थे। वहीं, गाँव के बड़े-बूढ़े गाँव के ही एक दूसरे नाई को घर बुलवा कर बाल कटवाते और दाढ़ी बनवाते थे। राजू ने अपनी जमा-पूँजी लगा कर बड़े उत्साह से सैलून खोल तो लिया था, लेकिन उसने इसे खोलने के पहले रिसर्च नहीं की थी कि वह चलेगा या नहीं। हुआ यह कि मदनपुर में उसके लिए ग्राहक मिलने मुश्किल हो गए।

इस बीच उसे एक तरकीब सूझी। वह बस आने से ठीक पहले बस-स्टैंड पर ऐसा यात्री पहचानने की कोशिश करने लगा, जिस पर उसे संदेह होता कि वह बाल कटवाने ही तेंदूखेड़ा जा रहा है। राजू उससे घुमा-फिरा कर बातें करता और बातों-ही-बातों में उससे बाल कटवाने की सलाह देता। राजू बताता कि वह नए हिप्पी-कट स्टाइल में बाल काटेगा, जो तेंदूखेड़ा के नाई भी न काट सकेंगे। कोई नहीं समझता था कि यह हिप्पी-कट क्या होता है! सबको यही लगता कि कोई नया और एडवांस स्टाइल होगा, चलो कटवा कर देखते हैं! इस तरह, हमारे यहाँ नाइंटीज़ में सेवेंटीज़ के हिप्पी-कट हेयर स्टाइल में लड़के घूमते दिखते। पर, जब वे तेंदूखेड़ा जाया करते तो लोग उनकी ओर देख मुस्कुराते। पहले तो उन्हें समझ न आए कि आखिर तेंदूखेड़ा के आदमी उन्हें देख क्यों हँसते और मुस्कुराते हैं। पर, उन्हें पता चल ही गया कि लोगों के अजीब बर्ताव के पीछे उनका हिप्पी-कट हेयर स्टाइल है और फिर उन्होंने राजू से बाल कटवाने ही बंद कर दिए।

इधर, दुकान पर राजू आईने के सामने क्रीम, तेल, पाउडर रखता तो गाँव के अभावग्रस्त लोग पहले ही जता देते कि वे दाढ़ी बनाने का पैसा तो दे देंगे लेकिन क्रीम, तेल, पाउडर लगाने का पैसा न देंगे। बाकी राजू की श्रद्धा कि लगाए तो ठीक, न लगाए तो ठीक, क्योंकि दाढ़ी कटवाने के बाद लोग घर जाने की बजाय सिंदूरी नदी में जाकर नहाया करते थे, इसलिए मुँह पर जो भी लगाया वो सब धुलना ही है। उनकी मानें तो राजू की दुकान पर छत्तीस जातियों के लोग बाल कटाने आते हैं तो ऐसे में दुकान से बिना नहाए सीधे घर जाने का मतलब है अपना ही घर दूषित करना।

आखिरकार थक-हार कर राजू ने अपनी दुकान बंद ही कर दी। वह फिर बस पकड़ कर मदनपुर से बरमान नर्मदा नदी किनारे स्थित सतधारा घाट जाने-

आने लगा। वहाँ उसे बच्चों के मुंडन का काम मिलने लगा। लेकिन, उसकी एक दुखती नस भी थी।

दरअसल, राजू की पत्नी शादी के तुरंत बाद मायके गई तो लौटी ही नहीं। बाद में पता चला कि वह अपने प्रेमी संग कहीं दूसरे गाँव भाग गई। यह बात गाँव भर में सबको पता थी, मगर कोई भी इस तरह की बातें करके उसे और दुखी नहीं करना चाहता था। वैसे भी राजू हँसमुख स्वभाव का था और उसकी बूढ़ी अम्मा उसके लिए कहीं दूसरी जगह शादी की बातचीत कर ही रही थीं। पर, मालूम नहीं कैसे उसकी इस दुखती नस की कंडक्टर को खबर लग गई। वह जब-तब फ्री होने पर राजू को छेड़ कर उसका मज़ाक उड़ाने लगा। खिसियाते हुए कहता, ''प्रेशर कूकर की सीटी पहले ठीक करा भाई, पता चला होने वाली घरवाली का चावल भी कच्चा ही रह गया!''

कंडक्टर अकेला ही कंधे उचकाते हुए ठहाका मार हँसता। हम सब जिन लोगों की इज़्ज़त करते थे, जिन्हें मान-सम्मान से बुलाते थे, कंडक्टर उनकी बेइज़्ज़ती हमारे सामने ही कर देता तो इससे हमारे बीच आपस में अजीब स्थिति बन जाती।

इसी तरह, नियमित तेंदूखेड़ा आने-जाने वालों में केशव जोगी भी था। केशव जोगी नीखरा फ़ोटो-स्टूडियो पर फ़ोटो नहीं खींचा करता था, पर उसे लगता कि एक दिन वह फ़ोटोग्राफ़र बनेगा और इसी उम्मीद पर करीब दो साल से नीखरा फ़ोटोग्राफ़र का सहायक बना हुआ था। वह फ़ोटो-स्टूडियो को इस सीमा तक अपना समझने लगा था कि कई बार खुद ही झाड़ू मार दिया करता था, जो कि उसका काम नहीं था। केशव जोगी ने किसी महात्मा के मुँह से सुन रखा था कि आदमी को ऊँचाई से अधिक साफ़ दिखाई देता है, इसलिए वह फ़ोटो-स्टूडियो के बाहर रखी बैंच पर चढ़ कर जब-तब आसमान की तरफ़ देखा करता था।

भला हुआ जो तेंदूखेड़ा में फ़ोटो-स्टूडियो था। उन दिनों फ़ोटो-स्टूडियो में ही फ़ोटो खिंचती थीं। स्टूडियो के अंदर बैकग्राउंड में एक के पीछे एक कई सारे पर्दे लगे होते थे। अपने सपने के-से किसी पर्दे के आगे बैठ कर फ़ोटोग्राफ़र के हिसाब से फ़ोटो खिंचवाते थे। फ़ोटोग्राफ़र कह रहा है तो सही ही कह रहा होगा, इसलिए उसके अंदाज़ में ही जैसे बैठने और जिस तरफ़ गर्दन ऊपर या नीचे करके देखने को कहता उस कोण से वैसा ही एडजस्ट करके बैठ जाते।

बचपन की एक तस्वीर याद आती है, जिसमें मेरे पीछे पर्दे पर व्हाइट एरोप्लेन की तस्वीर बनी हुई थी। हालाँकि, हमने एरोप्लेन और हेलीकॉप्टर में

अंतर करना ही बहुत बाद में सीखा था। हमारी छोटी-सी दुनिया में तो वे सब बराबर ही थे। जैसी जीप, वैसी कार। जीप को कार और कार को जीप कह दिया करते थे। कोई फ़र्क नहीं पड़ता था।

हाँ, मोटर-बस की बात अलग ही थी, जिसमें बैठ कर गाँव से कस्बे यानी अपनी दुनिया से आधुनिकता की झलक देखने के बीच आवाज़ाही करते थे। पर, हमें इतना तो समझ आता ही था कि बस का कंडक्टर हमारे साथ बुरा बर्ताव क्यों करता था, हमारे देहाती होने की वजह से शायद वह हमें और खुद को भी यह एहसास दिलाना चाहता हो कि वह खुद कितना एडवांस हो गया है।

फिर भी बसों में यात्राएँ बचपन में एक तरह से उत्सव-सी होती थीं, तभी तो हम बस में चढ़ने के लिए नये कपड़े पहनते थे और अपने गाँव से कुछ किलोमीटर दूर कस्बों की यात्राएँ खिड़कियों से झाँकते हुए करते थे। तब तो बस में खिड़कियों से बाहर के पेड़ भी हमारे साथ चलते थे। आगे यह बात जानी कि अकेली बस चलती है। पेड़ नहीं चला करते। बीच में जितने गाँव आते थे उनके नाम याद करते हुए चलते थे।

उन दिनों हम सड़क पार करने से डरते थे। हमें लगता था कि बस का ड्राइवर हमें कहीं देहाती समझ कर बस की स्पीड कम करने या बस का ब्रेक दबाए बगैर हमें कुचल ही न दे। वहीं, एरोप्लेन सपने के जैसा उड़ता दिखता था, जबकि चिड़ियाँ इस कदर सहज होती थीं कि उनका होना महत्त्वहीन ही था। सिंदूरी नदी की तरह ही गाँव की चिड़ियाँ न सपना बनतीं, न बाल-कविताएँ उनके बारे में लिखी जातीं। चिड़ियाँ इस कदर अपनी होती थीं कि हर प्रकार की चिड़िया के नाम और उनकी आदतों के बारे में पता होता था हमें।

एक बार मैंने केशव जोगी के साथ चल कर फ़ोटो-स्टूडियो में फ़ोटो खिंचवाई। इतना तो याद है मुझे कि उस साल आमिर खान की फ़िल्म 'राजा हिन्दुस्तानी' के गाने बजा करते थे। तब देहात से कस्बे के फ़ोटो-स्टूडियो में फ़ोटो खिंचवानी होती थी। रंगीन फ़ोटो खिंचवाने पर फ़ोटोग्राफ़र स्पेशल वाली फ़ोटो का मुँह माँगा दाम माँगा करता था। पैसा ज्यादा लगता तो सोच-समझ कर ही रंगीन फ़ोटो खिंचवाने के लिए जाते थे। बाकी तो ज्यादातर पासपोर्ट साइज़ की फ़ोटो एमपी स्कूल बोर्ड परीक्षा-पत्र में चिपकाने के लिए ही होती।

'पूछो ज़रा पूछो मुझे क्या हुआ है..'—जैसी फ़ील कराने वाली फ़ोटो अब गुज़रे 'युग' का दस्तावेज़ बन गई है कि हर फ़ोटो के पीछे उन दिनों का ज़माना और कई सारे किस्से निकल कर बाहर आ जाते हैं। वहीं, फ़ोटो के हाथ में आने

तक सप्ताह भर इंतज़ार करना साधारण बात थी। स्टूडियो दुनिया से कटी एक ऐसी जगह होती थी जिसकी अपनी एक सुगंध थी। चेहरे पर पाउडर मल, आईना देख अपने बाल सँवारने के बाद जब एक स्पेशल कमरे में घुसते थे तो उसका नज़ारा ही जुदा होता था। वहाँ का भीतरी सन्नाटा दिमाग पर भी पसर जाता था।

उन्हीं दिनों यह हल्ला भी हुआ कि तेंदूखेड़ा तहसील कार्यालय में एक नई टेक्निक आई है, जिसमें कोई कागज़ मशीन के अंदर डाला तो सेम-टू-सेम वही कागज़ दुनिया की किसी भी जगह पर मशीन से बाहर निकल आएगा। कई दिनों बाद हमें उस मशीन का नाम पता चला—फ़ैक्स मशीन।

तेंदूखेड़ा में जब फ़ैक्स मशीन आई उन्हीं दिनों में एक दिन मैं नीखरा फ़ोटो-स्टूडियो से फ़ोटो खिंचवा कर केशव जोगी के साथ पहली बार फ़िल्म देखने चला गया। तेंदूखेड़ा में कोई टॉकीज़ तो नहीं था, पर एक वीडियो-घर था, जहाँ तब पाँच रुपए में वीडियो कैसेट चढ़ा कर रंगीन फ़िल्में लगा करती थीं। मैं केशव के साथ यह दुआ करते हुए वीडियो-घर पहुँचा कि 'आशिकी' की कैसेट चढ़ जाए, पर वहाँ तब नई फ़िल्म 'जल्लाद' की कैसेट चढ़ी मिली। घुप अंधेरे में हमें टॉर्च की रोशनी से पीछे की एक खाली बैंच पर बैठने का इशारा कर दिया गया और हमने वहीं बैठ कर पूरी फ़िल्म देखी।

फ़िल्म जैसी कि मिथुन की फ़िल्में होती थीं, वैसी ही थी, बगैर इंटरवल कोई ढाई घंटे की फ़िल्म में डेढ़ घंटा मारधाड़। बाहर निकले तो शाम साढ़े सात बजे कैपिटल बस खड़ी देख फटाफट उसमें चढ़ कर भीड़ में खड़े हो गए। पर, उसके बाद बस में जो घटा वह रह-रह कर कई दिनों तक याद आता रहा।

हुआ यह था कि जिस साढ़े सात की बस में हम आगे से चढ़े थे, उसकी सबसे पिछली सीट पर कोई पैंतीस साल की महिला अपने छोटे बच्चे के साथ बैठी हुई थी। जब उसने अपने आस-पास की सवारियों से पूछताछ की तो उसे मालूम हुआ कि वह तो गलत बस में बैठ गई है और उसे जाना था सागर ज़िले वाली देवरी, जबकि वह गलती से बैठ गई थी रायसेन ज़िले की देवरी जाने वाली बस में।

दरअसल, हड़बड़ी में उसने कंडक्टर से पूछा तो कंडक्टर ने भी देवरी का ही बोल कर उसे ग़लत दिशा में जाने वाली बस में बैठा दिया। इस तरह, वह राजमार्ग से सागर ज़िले को जाने वाली देवरी की बस में बैठने की बजाय रायसेन ज़िले को जाने वाली देवरी की बस में बैठ गई। एक जवान और सुंदर महिला का रात अंधेरे में इस तरह अनजानी जगह अपरिचितों के साथ यात्रा

करना खतरनाक हो सकता था। तेंदूखेड़ा पार करने के बाद यह बात जब पीछे बैठीं सवारियों को पता चली तो वे ऊँची आवाज़ में बातें करके महिला के प्रति चिंता ज़ाहिर करने लगे।

जल्द ही पूरी बस को बात पता चली तो बस में आगे की सवारियाँ भी इस मुद्दे पर सक्रिय हो गईं और पीछे जाकर उस महिला का हालचाल पूछने लगीं। पूरा नज़ारा देख महिला घबरा कर रोने लगी। लेकिन, किसी का दिल पसीज न रहा था और वे उस महिला के कथित शुभचिंतक बन सवाल पर सवाल पूछे ही जा रहे थे। उस बस में कुछ शराबी भी थे जो रोज़ाना ही रात में तेंदूखेड़ा से शराब पीकर घर लौटते थे, वे बात-बात पर बार-बार आँख दबा कर आपस में हँसे जा रहे थे। माँ को रोता देख उस महिला की गोद में बैठा बच्चा भी रोने लगा था।

इस बीच कंडक्टर बाकी सवारियों के साथ उस महिला के चरित्र पर लाँछन लगाते हुए बीच-बीच में कमेंट करता जाता। उसके कहने का मतलब था कि इतनी रात को बगैर किसी मर्द को साथ लिए कोई अच्छे घर की महिला किसी अनजान जगह जाने की हिम्मत कर ही कैसे सकती है! वह थोड़ी-थोड़ी देर पर यही कहता, ''साला कुछ तो लफड़ा है!'' हालाँकि, कंडक्टर सभी को अपनी-अपनी जगह पर वापिस खड़े होने और बैठने के लिए कह रहा था। लेकिन, उसकी बात उस समय कोई सुनने को तैयार ही न था और उस महिला को भीड़ घेर कर बतियाए जा रही थी। इस बीच कंडक्टर की बाकी सवारियों से इसी बात को लेकर बहस हो गई और फिर कुछ लोगों की आपस में ही धक्का-मुक्की हो गई।

देवरी की सवारियाँ कह रही थीं कि वे महिला की हितैषी हैं और उसे अकेला नहीं छोड़ सकते हैं, पर बाकी सवारियों को देवरी वाली सवारियों के दावे पर यकीन नहीं हो रहा था। इधर, कंडक्टर अलग चिल्ला रहा था कि महिला को देवरी थाने में छोड़ दिया जाएगा कि इतनी रात किसी गाँव में अकेला छोड़ना या दूसरी बस में बैठाना भी खतरे से खाली नहीं। वह बस का कंडक्टर था, इसलिए चाह रहा था कि सारी सवारियाँ उसी की बात मानें। पर, सवारियों के मुताबिक असली खलनायक कंडक्टर ही है। वह महिला को बता रहे थे कि सब पर भरोसा करना, लेकिन साले बदमाश कंडक्टर पर भरोसा मत करना।

मेरा मन तो हुआ कि माँ-बेटे को मदनपुर उतरवा लिया जाए, पर मेरी बात सुनता कौन जब लोग कंडक्टर ही की बातें सुनने को राज़ी न थे? इस बीच मदनपुर आ गया और हमें अंधेरे में बस-स्टैंड पर उतार कर बस आगे बढ़ गई। उस रात बस में उस महिला के साथ आगे क्या हुआ हमें नहीं मालूम। देवरी

थाने में उसे छोड़ भी दिया गया होगा तो थाने भी कहाँ सुरक्षित हैं। आए दिन तो पुलिस की बर्बरता की खबरें भी अखबार में आया ही करती थीं। अंधेरे में चलते हुए किसी तरह घर पहुँचे और घरवालों को बिना कुछ बताए खाना खाकर सोना चाहा, पर नींद न आई। वह महिला और उसका रोता हुआ बच्चा बार-बार नज़र आता दिखा। समझ नहीं आ रहा था कि जो बस हमें बचपन से ही पसंद आया करती थी, हमें अपनी तरफ़ खींचा करती थी, उसका कंडक्टर-ड्राइवर और उसमें बैठने वाली कस्बाई सवारियाँ इस सीमा तक अमानवीय हो सकती हैं!

इस बीच मैं नौवीं से दसवीं पास कर गया। इस बीच कहीं ठहर गई थीं कई सारी तारीखें, वे तारीखें एक साल सफ़र में रहीं। पर, इस एक साल के अंतराल में बस कंडक्टर और कस्बे के लोगों के बर्ताव में देहातियों के प्रति अंतर आता भी तो क्यों? बस कंडक्टर सीट खाली होने पर लंबी सवारियों को ही बैठाता था। यहाँ तक भी ठीक था, लेकिन कई बार यदि भीड़ ज़्यादा नज़र आती तो वह लोकल की सवारियों को बस में चढ़ने से मना कर देता। यदि हम किसी तरह आखिर में चढ़ते भी तो दरवाज़े पर लटकते हुए आते। जब कभी कोई मदनपुर वाला दो-चार बोरा सामान खरीद कर घर लाना चाहता तो कंडक्टर उसे सामान सहित चढ़ने ही नहीं देता। कहता कि पीछे की बस में आना, या फिर वह लगेज का मनचाहा पैसा माँगता। हम पूरा साल सब सहन करते हुए थोड़े बड़े हो गए थे। एक दिन तो हमारी भी सहनशीलता का घड़ा फूटना ही था।

दूसरा, भोपाल से आने वाली कई सारी सवारियों के बीच बात-बेबात पर अश्लील गालियाँ देना भी फ़ैशन था। कंडक्टर सहित कस्बे के कई लड़के इस फ़ैशन की गिरफ़्त में आ चुके थे। वे हर वाक्य के आगे-पीछे भोपाली लहज़े में माँ-बहनों को लक्ष्य करके बोली जाने वाली गालियाँ माँकड़ा-बेनकड़ा बकते रहते। माँ और बहनों की आबरू से जुड़ीं ऐसी गालियाँ हमारे गाँव में जीवन-मरण के प्रश्न से कम नहीं थीं। गाँववाले तो मानते थे कि यदि उन्होंने अपनी माँ या बहन की लाज नहीं बचाई तो उनके जन्म लेने का कोई अर्थ ही नहीं है और इससे अच्छा तो यह होता कि उनकी माँ उन्हें पैदा होते ही मार डालती। मगर, बस में कंडक्टर हमारी भावनाओं से अनजान था और भोपाली गालियों का प्रयोग करते हुए खुद को कहीं-न-कहीं भोपाल शहर से कनेक्ट करता था। लेकिन, ये गालियाँ भी वह भोपालियों को न देकर अक्सर गाँव के सज्जन लोगों को दे देता था।

एक दिन जो हुआ वह कई दिनों पहले ही हो जाना चाहिए था। आखिर घड़ा फूट ही गया। हुआ यह कि रोज़ाना की तरह हम शाम को तेंदूखेड़ा से मदनपुर

लौट रहे थे कि बस की एक सीट खाली देख हमारे ही गाँव का कांशीराम लपक कर खाली सीट पर बैठ गया। उस सीट पर खिड़की की तरफ़ एक महिला बैठी हुई थी। कंडक्टर ने कांशीराम को तुरंत उठने के लिए बोला। उसे उठाया गया था यह कहते हुए, ''शर्म नहीं आ रही है तुम्हें, लेडीज के बाजू में जाकर बैठ गए बेनकड़े!'' मगर, कुछ देर बाद कंडक्टर ने उसी सीट पर किसी दूसरे पुरुष को बैठा दिया। इस पर कांशीराम ने हँसते हुए ही कंडक्टर को जवाब दिया, ''हमें काय उठा दओ, जब दूसरी बाई को भी नई बैठाने थो तो ?''

बाई यानी माँ, लेकिन इतना सुनना भी कंडक्टर की आदत में नहीं था। उसने कांशीराम को बस रुकवा कर उतरने की धमकी दी। खैर, बात आई-गई हो गई। मगर, कुछ देर बाद पता नहीं क्या हुआ कि कंडक्टर कांशीराम से फिर बोल पड़ा, ''देख कैसा रहा है बे, माँकड़े!'' यह बात उसने बहुत हल्के अंदाज में ही कही थी। लेकिन, मैं समझ सकता था कि कंडक्टर की नरमी से कही गई बात से भी कांशीराम पर क्या गुज़री होगी! कांशीराम ने दूसरी तरफ़ मुँह फेर कर अनदेखा करना चाहा। फिर भी उसकी आँखें मेरी आँखों से मिल ही गईं। दोनों एक-दूसरे को देख लज्जा से पानी-पानी हो गए। यदि आँखें आपस में न मिलतीं तो भी उस दिन बात टल ही जाती।

उसी क्षण मेरे मुँह से कंडक्टर के लिए निकल गया, ''कैसे उतारेगा, बस तेरे बाप की है क्या ?'' भरी बस में यह सुन कंडक्टर तमतमा गया। ड्राइवर को तेज़ आवाज़ लगाते हुए बोला, ''उस्ताद, बस रोको इसे यहीं उतारना है।'' फिर मुझे देख भड़का, ''आज के बाद मेरी बस में भूले से भी चढ़ मत जाना बे!'' बस वाकई रुक गई तो मैंने अपनी जगह से बगैर हिले ही फिर वही बोला, ''क्यों नहीं चढ़ूँगा, बस क्या तेरे बाप की है ?''

कंडक्टर मेरा हाथ पकड़ खींचते हुए बस से उतारने को हुआ तो मैंने उसका कॉलर पकड़ लिया। इसके पहले कि वह फिर से हमारी माँ-बहनों को एक करता, मेरी हथेलियाँ उसके गाल पर बज गईं। तत्काल ही कंडक्टर के गाल पर आस-पास से थप्पड़ों पर थप्पड़ बजने लगे। तब मदनपुर वालों ने पहली बार बस में कंडक्टर पर थप्पड़ों की बौछार ही कर दी थी। इधर, मैं कंडक्टर का कॉलर छोड़ने को राज़ी न था। कंडक्टर का सुटारा (पिटाई) देख ड्राइवर हरकत में आया। भोपाली खां साहब उस्ताद बीच-बचाव करने अपनी सीट से उठा और पास तक आया। हमने भाईजान को भाईजान ही बोल कर बस को सीधा मदनपुर बस स्टैंड पर ही रोकने के लिए बोला। पर, भाईजान कहाँ रुकने वाले थे। उन्होंने

प्यार, मोहब्बत से मामला सुलझाने की कोशिश की। बोला, ''अमा मियां ये का कर रियो हो, सीट-बीट पर बैठना है तो हम खाली कराय देते हैं, मगर ये क्या बात हो गई कि बेनकड़ा अपने भाई को मारे जा रिये हो!''

इस बार कांशीराम बोला, ''भाईजान, जा बस में हमें तकलीफ़ नइया कोई से, न आपसे, आपने आज से पहले हमाओ पक्ष नई लओ, ऐसे सीट पर जाकर बैठ जाओ चुपचाप और सीधे मदनपुर बस तान देओ!'' भाईजान ने प्यार-मोहब्बत से हमें पुलिस का डर भी दिखाया। लेकिन, हम पर तो गुस्से के मारे भूत सवार था। बोले कि इस लाइन पर आगे से यह कंडक्टर नहीं दिखना चाहिए। हम बोले कि हमारे गाँव से यदि बस निकलेगी तो हमें ही कोई कंडक्टर अकड़ कैसे दिखा सकता है! हम बोले कि गाँव से यदि बस निकलेगी तो गाँव वालों को फ़ालतू बातें बोलनी बंद करनी पड़ेंगी, नहीं तो ऐसे ही होगा—सुटारा!

ड्राइवर को भी लगा कि बात आगे बढ़ाना विवाद बढ़ाना होगा। वह अपनी सीट पर जाकर बस चलाने लगा। इधर, कंडक्टर कुछ बोलने की हिम्मत तो नहीं कर पा रहा था, लेकिन आँखों और हाव-भाव से वह अपनी अकड़ छोड़ने को भी तैयार न था। हमने तय कर लिया था कि कंडक्टर को मदनपुर बस-स्टैंड पर उतार लिया जाएगा और बस को रवाना कर दिया जाएगा, ताकि बाकी सवारियों को परेशानी न हो और वे सही समय पर घर पहुँचें।

मगर, ड्राइवर बड़ा चालाक निकला। भाईजान ड्राइवर ने तो मदनपुर आते ही उलटा बस की स्पीड ही बढ़ा दी और मदनपुर बस स्टैंड पर रोके बगैर ही आगे बढ़ गई। हमने बस रोकने के लिए चिल्लाना शुरू किया तो भाईजान की तरफ़ से आवाज़ आई, ''आगे रोक रिये हैं खां! ये तो है तुम्हारा गाँव, यहाँ हमें मेहमाननवाज़ी नहीं करनी है खां!''

लेकिन, भाईजान देर तक बस को रोकने का नाम ही नहीं ले रहे थे तो दो-तीन जन उनके नज़दीक गए और उन्हें बस रोकने के लिए बोले। मगर, जब सिंदूरी नदी के पुल के करीब तक आने के बावजूद भाईजान बस रोक ही नहीं रहे थे तो जो न होना था, वह हो गया। किसी ने भाईजान के कान के नीचे रख कर एक तमाचा जड़ दिया। भाईजान ने सिंदूरी नदी के पुल पार करते ही ढाबे पर जाकर बस रोक दी और खिड़की खोल कर बाहर की ओर कूद गए। वे तुरंत ही दौड़ कर ढाबे के मालिक गणेश सेठ को बुला लाए। पर, हमने भी ठान लिया था कि झुकना नहीं है। सभी सवारियों के सामने ही एक बार फिर से कंडक्टर पर मूड़थप्पड़ी बोल दी गई। 'मूड़थप्पड़ी' यानी बच्चों का ऐसा खेल

जिसमें किसी एक के सिर पर कई सारे बच्चे अचानक ही थप्पड़ मारने लग जाते हैं। इज़्ज़तदार सवारियाँ बड़ी इज़्ज़त से अपनी-अपनी सीटों पर बैठी रहीं। एक भी सवारी बीच-बचाव तक के लिए न उठी।

इधर, गणेश सेठ ने हम सबको बस से नीचे उतरने के लिए कहा तो हम कंडक्टर का कॉलर पकड़े ही उसे भी नीचे उतार लाए। पहली बार हम इस तरह से सिंदूरी नदी के पुल को पार करके उस ढाबे पर खड़े थे, जहाँ जाने से अब तक बचते रहे थे। गणेश सेठ भी हैरान रह गया होगा कि मदनपुर के दब्बू लड़कों ने किस बुरी तरह से कंडक्टर की मरम्मत की है! उसने हमसे जब कड़क आवाज़ में कॉलर छोड़ने के लिए कहा तो हमने कंडक्टर का कॉलर छोड़ दिया।

गणेश सेठ ने हमसे कंडक्टर की पिटाई का कारण पूछा तो हमने पूरा वाकया बता दिया और यह भी कि ऐसा पहली बार नहीं हुआ, बल्कि बहुत दिनों से यह गालियाँ बक रहा था। गणेश सेठ की शह पाकर कंडक्टर बहुत देर बाद कुछ बोला, ''जितना मारना है, मार लेना, बाद में शिकायत का मौका नहीं दूँगा!'' इतना सुनते ही अबकी गणेश सेठ ने एक के बाद एक बिजली के करंट के माफ़िक दो थप्पड़ कंडक्टर के गाल पर इतनी तेज़ी से मारे कि कंडक्टर का एक बाजू का गाल ज़्यादा ही लाल हो गया।

गणेश सेठ बोला, ''कई सालों से यहाँ ढाबा चला रहा हूँ, पर इन बच्चों को कभी लड़ते तो क्या, ढाबे की ओर आते तक नहीं देखा। आगे यदि यहाँ के बच्चों को कुछ बोला तो हम और ज़्यादा मारेंगे!''

इस तरह, गणेश सेठ ने बड़ी चतुराई से मामला रफ़ा-दफ़ा कर दिया। फिर कंडक्टर को पुचकारते हुए बस में चढ़ाया और बस आगे रवाना करने के लिए हाथ हिला दिया।

हम भी सिंदूरी नदी के पुल पार करके वापिस गाँव की ओर पैदल चल दिए। पुल के इस पार आते ही सबके चेहरों पर आत्मविश्वास से भरपूर मुस्कुराहट तैर रही थी। केशव जोगी बोला, ''भैया, ये काम राइट हो गओ। भोतई बनत थो, भोतई गरत थो, जब देखो तब।''

मैंने कहा कि हाँ सही कह रहे हो, पर, ''डरियो तो डरियो, मनो अब मत डरियो!''

खूंटा की लुगाई भी बह गई

बरौनी बऊ (अम्मा) अक्सर एक कहानी सुनाती थी। कहती कि नदी हर बाढ़ के बाद खेतों को आबाद करती है। हर बाढ़ में किसी को कुछ-न-कुछ देती है। नदी अपने पल्लू में चाँदी के कई हल छिपाए बहती है। चौदह साल में एक बार नदी किसी गरीब पर मेहरबान होती ही होती है, बाढ़ आने पर जिसे देती है चाँदी का हल।

लेकिन, बरौनी बऊ की बातें सिर्फ़ कहानी में थीं। हर साल बरसात के दिनों में सिंदूरी पूरे उफ़ान से बहने के बावजूद चाँदी का हल लाते हुए नहीं दिखती थी। तब वह अपनी सामान्य चौड़ाई से तीन-चार गुना तक चौड़ी होकर गरजती हुई बहा करती थी। हालाँकि, इस विकट रूप में बह कर भी सिंदूरी किसी तरह का नुकसान नहीं पहुँचा पाती थी क्योंकि गाँव नदी और उसके घाट से काफ़ी ऊँचाई पर बसा हुआ था, फिर भी ग्रामीण सिंदूरी के तीव्र प्रवाह को बाढ़ या पूर कह दिया करते थे।

सिंदूरी में जब पहला और दूसरा पूर आता था तो पूरा गाँव नज़ारा देखने के लिए सिंदूरी के घाट पर जमा हो जाता था। वजह यह होती थी कि पहले और दूसरे पूर में घाट के आस-पास के वृक्ष, मकान में काम आने वाली लकड़ी की मियार (वृक्ष से टूट कर अलग हुआ तना), जलाऊ लकड़ियाँ और कभी-कभार तो खेत में रखे हल और बर्तन तक बह कर आ जाते थे। ऐसे समय में गोताखोर खासे सक्रिय हो जाते थे और इन सबको पकड़ने के लिए आपस में उनकी प्रतिस्पर्धा हो जाया करती थी। यही प्रतिस्पर्धा बाकी ग्रामीणों के लिए खेल हो जाता था और गोताखोरों के करतबों को देखने के लिए गड़ईपुरा घाट मनोरंजन-स्थल में बदल जाता था।

एक साल बरसात के दिनों की ही बात है, जब मैं ग्यारहवीं में था तो पूर देखने गड़ईपुरा घाट की ओर चल दिया। मेरे साथ हमारे घर काम करने वाला जेताराम भी था और हम दोनों अपने-अपने काले छातों से सिर ढँक कर मूसलाधार बारिश में ही सुबह-सुबह पूर देखने चल दिए। सेठानी काकी की दुकान से बाएँ

मुड़ कर खब्बर-खब्बर कीचड़ में बरसाती जूतों के सहारे किसी तरह सिंदूरी घाट के करीब तक पहुँचे तो देखा कि पानी बरगद की शाखाओं तक छू कर बह रहा है और उसके नीचे बिराजे शंकर जी जलमग्न हो गए। यानी जिस बरगद के नीचे गर्मियों में बच्चे दिन-दिन भर खेला करते थे, वह जगह नदी बन गई थी। पूर पूरे उफ़ान पर दहाड़ रहा था और बड़े-बड़े वृक्ष उखाड़ कर ला रहा था।

इन्हें अकेले या अलग-अलग समूहों में पकड़ने के लिए गोताखोर पानी में छलाँगें मार रहे थे। वे गोंडपुरा के घाट से कोई चीज़ आते देख घाट पर ही खड़े-खड़े दूर से ही पहचान लेते थे कि क्या बह कर आ रहा है! इधर, गड़रियापुरा घाट पर नज़दीक आते ही गोताखोर पूर के बहाव के बीच छलाँग मार कर उसे पकड़ लेते और कुशलतापूर्वक तैरते हुए दूर किनारे लग जाते।

पूरे गाँव के साथ मैं भी उस साल अपने छाते की ओट से गोताखोरों की उपलब्धियों का आनंद ले रहा था, जो गोताखोर किसी सामान को जान की बाज़ी लगा कर पकड़ रहा था, वह चीज़ उसकी होती जा रही थी। लोग गोताखोरों के नाम पर तालियाँ बजा रहे थे और अधनंगे गोताखोर अपनी बहादुरी पर चौड़े हो रहे थे।

तेज़ बहता पानी और बहुत गहरा पानी मुझमें कहीं गहरे डर पैदा करता है। हालाँकि, न हमने कभी देखा था और न ही बुजुर्गों से सुना था कि सिंदूरी ने कभी किसी की जान ली हो। पर, थोड़ी देर बाद जो हुआ वह मज़े-मज़े में मौत का मंज़र बन आँखों के सामने ही झूल गया। जो कुछ भी हुआ, पलक झपकते ही हुआ था—

मदनपुर में एक नया गोताखोर तैयार हो रहा था, नाम था—खूंटा। पच्चीसेक साल का खूंटा पूर आने पर नदी किनारे बहकर आने वाली जलाऊ लकड़ियों को पकड़ते हुए एक जगह जमा करता जाता था। इन लकड़ियों को खूंटा की लुगाई साल भर चूल्हा जलाने में तो इस्तेमाल करती ही थी, बहुत सारी जलाऊ लकड़ियों को बेच भी दिया करती थी। खूंटा खेतिहर मज़दूर और महज़ दो-ढाई एकड़ खेत का मालिक था।

बरसात में जब उसके पास करने के लिए कोई कुछ काम नहीं होता था तो उसकी कोशिश होती थी कि पूर से ज़्यादा-से-ज़्यादा लकड़ियाँ जमा कर सके। उस साल पूर कहीं ज़्यादा उफ़ान पर था और मानो पूरा गाँव बहा ले जाने की चुनौती देता दहाड़ रहा हो। बड़े-बड़े गोताखोर भी कूदने से पहले आपस में एक-दूसरे को हिम्मत बँधा रहे थे तो उकसा भी रहे थे। उस साल पूर में सामान

भी ज्यादा ही बह कर आ रहा था। बड़े-बड़े गोताखोर एक दूसरे को देख के,' 'ये हो ये हो' कह-कह कर नदी में कूदने के लिए उत्साहित कर रहे थे। इस उपक्रम में बड़ी बहादुरी से नदी में कूद कर वे सामान अपने कब्ज़े में भी करते जा रहे थे, तो बहुत सारा सामान तेज़ी से बिना हाथ लगे बहे जा रहा था। घंटों से यही खेल चल रहा था।

इस बीच किसी ने खूंटा का मज़ा लेने के चक्कर में खूंटा से बोल दिया, ''खूंटा भैया तुमाए तो आज भाग खुल गए, बा देख नदिया तेरे लाने चाँदी को हल बहाए ला रही है, तुमाय हाथ लग गऔ तो घरोंघर दिन-मजूरी के कामों से मुक्ति मिल जेहै!''

खूंटा भोला-भाला आदमी था। ज्यादा नहीं समझता था। इस मज़ाक पर उससे किसी ने कूदने की अपेक्षा भी नहीं की होगी। लेकिन, उसने चाँदी के हल का नाम सुनते ही बगैर ज्यादा सोचे-समझे अचानक पूर के घरघराते वेग में उछाल मार दी किसी पतली लकड़ी की तरह। चाँदी का हल तो लोगों ने बड़े-बूढ़ों की कहानियों में ही सुना था, सच्चाई भी यही थी कि उस पल चाँदी का हल पूर में नहीं था। हाँ, एक लकड़ी का हल था। लेकिन, खूंटा बड़ा तैराक तो था नहीं, जो उस साल ज्यादा ही उफ़ान मार रहे पूर में तैर कर किनारे लग जाता। इसलिए पूर में कूदा खूंटा तेज़ी से कहीं और, जबकि लकड़ी का हल कहीं दूर एक ही दिशा में देखते-ही-देखते बहते हुए आँखों से ओझल हो गए! ये क्या हुआ! खूंटा बह गया!

''खूंटा बह गऔ, खूंटा बह गऔ!'' का शोर मच गया। तेज धार में खूंटा के बह जाने के बाद नदी किनारे तब जितने लोग थे, सबके सब वहाँ से भागे और डर के मारे अपने-अपने घरों में घुस गए। गाँव में जब किसी भी तरह का अपराध या हादसा होता तो छड़ीदार दादा का ज़िम्मा था कि वे तेंदूखेड़ा थाना जाकर पुलिस को सूचित करें। लेकिन, छड़ीदार दादा की मौत के बाद उन्हीं के परिवार का एक नन्ना नाम का उनका ही भतीजा उनकी जगह यह काम करने लगा था। पुलिस को खूंटा के बह जाने की खबर लग चुकी थी और सभी को पुलिस के आने और सख़्ती से पूछताछ का डर लग रहा था। लोगों को लग रहा था कि पुलिस उन्हें मारेगी और झूठे आरोप लगा कर थाने ले जाएगी। इसीलिए भूले से भी कोई किसी को बता नहीं रहा था कि उस दिन क्या हुआ था, खूंटा बह कैसे गया! मैंने बहते समय खूंटा के मुँह से इतना भर सुना था, ''जै नरबदा मैया, बचा ले!''

जाहिर है कि सिंदूरी नदी के पूर में बहते हुए वह नर्मदा मैया से अपनी जान बचाने की गुहार लगा रहा था। हमारे पूरे अंचल में ही नर्मदा जी के प्रति सबका लगाव था। मन में श्रद्धा का भाव था। उस समय खूंटा को भी लगा होगा कि सिर्फ़ नर्मदा माँ ही उसे बचा सकती हैं।

खूंटा जब चौबीस घंटे बाद भी नहीं लौटा तो सब यह मान कर चलने लगे कि अब उसका लौटना मुश्किल होगा। किसी किनारे लगा होता तो एक दिन, एक रात बाद तक तो आ ही सकता था, पर जब बरसात थम गई, धूप खिल गई, सिंदूरी का पूर भी उतर गया तो लगा कि खूंटा सच में लंबा बह कर नर्मदा में ही समा गया होगा!

पुलिस आनी थी, पर वह आई ही नहीं। हादसे के एक दिन बाद गाँव के बड़े-बूढ़ों के साथ कुछ लोग फिर नदी किनारे जमा हुए। नदी बाढ़ जाने के बाद शांत बह रही थी। सबने मिल कर तय किया कि यदि नदी के कुछ कोस तक खूंटा की लाश कहीं फँसी पड़ी मिले तो उसे निकाला जाए और उसका क्रिया-कर्म किया जाए। इसके लिए बड़े-बड़े गोताखोर फिर नदी में कूदे। उन्होंने सिंदूरी में दो से तीन बार खूंटा को ढूँढ़ने की कोशिश की, लेकिन हर बार खाली हाथ लौटे। बहुत जतन के बाद जब खूंटा की लाश न किनारे, न किसी पेड़ में फँस कर झूलती हुई दिखी तो लोगों को अंदेशा होता कि खूंटा कहीं भूत तो नहीं बन जाएगा!

इधर, खूंटा की लुगाई पीपरपानी वाली का बहुत बुरा हाल हो गया था। वह छाती पीट-पीट दहाड़े मारे रोये जा रही थी। गाँव की सियानी-से-सियानी औरतों के लिए भी उसे सँभालना मुश्किल हो रहा था। खूंटा का कोई बच्चा भी नहीं हुआ था। खूंटा की लुगाई खूंटा के बगैर जीये भी तो किसकी आस लेकर। जितनी बार गोताखोर नदी में खूंटा को खोजने तैर कर जाते, उतनी बार खूंटा की लुगाई पीपरपानी वाली को यह आस रहती कि खूंटा लौट आएगा। मगर, हर बार जब पीपरपानी वाली के हाथ निराशा लगती तो उसके भीतर का सदमा गहराता जाता।

मातम में वह स्थिति भी आई जब खूंटा की लुगाई पीपरपानी वाली की आँखों से आँसू भी सूख गए और कई दिनों तक उसने अनिश्चितकालीन मौन धारण किए रखा। कई दिनों तक वह बेसुध, भूखी-प्यासी ही रही। शायद पीपरपानी वाली को भी लगने लगा था कि खूंटा कभी न लौटेगा!

पीपरपानी वाली का नाम ही पीपरपानी वाली हो गया था तो इसलिए कि गाँव में आने वाली बहुओं के संबोधन उनके मायके के गाँवों से जुड़े होते थे।

जैसे, विवाह के बाद टेकापार से आई काकी का असली नाम किसी को नहीं पता था, पर वह हमेशा के लिए 'टेकापारबारी काकी' हो गई थी, या फिर बिछुआ से अपनी ससुराल मदनपुर आई महिला की छाप ही पड़ गई थी 'बिछुआ बारी भौजी'।

बरसात के दिन खत्म हो गए और हल्की ठंड पड़ने लगी, लेकिन समय के एक अंतराल के बाद मुझे खूंटा हर जगह पहले से कहीं अधिक दिखाई पड़ने लगा। गोताखोरों को खूंटा या उसका शव सिंदूरी नदी में दूर-दूर तक लाख ढूँढ़ें से भी न मिला था। इसका मतलब वह अपने गाँव से कितनी दूर तक बह सकता है? इस तरह के प्रश्न तब सोचते हुए एक दिन मैंने किताब खोल कर नर्मदा का रेखाचित्र देखा। मैंने देखा कि कोई सवा आठ सौ मील लंबी नर्मदा में एक जगह पर बारीक नीली और घुमावदार लकीर लिए सिंदूरी मिल रही थी। जहाँ पर नर्मदा-सिंदूरी का संगम-स्थल था, वहाँ से भी नर्मदा खूंटा को दूर बहा ले गई होगी, लेकिन फिर प्रश्न कि मदनपुर गाँव से कितनी दूर? आखिर कितनी दूर तक नर्मदा खूंटा को अपने साथ बहा ले गई होगी?

उत्तर की खोज में नर्मदा के नीले रेखाचित्र पर मेरी उँगलियाँ दूसरे छोर तक चली गईं। मध्य प्रदेश की जीवन-रेखा के उस पार गुजरात के भरूच शहर तक। हरदा, ओंकारेश्वर, मंडलेश्वर से होते हुए भरूच और फिर वहाँ से अरब-सागर स्थित एक तिकोनी आकृति खंभात की खाड़ी में, जहाँ नर्मदा समंदर में विलीन होती है, वहीं तक क्या खूंटा पानी-पानी होते समुद्र के तल तक हमेशा के लिए विलीन हो गया? इसका अर्थ तो यही था कि जीते जी जो गाँव से बाहर नहीं निकल पाया, वह सिंदूरी के पूर में बहकर बहुत दूर चला गया था। इतना दूर कि फिर गाँव उसके लौटने की कल्पना करना भी भूल गया था।

इधर, दिनोंदिन गाँववालों को यह चिंता सताए जा रही थी कि कहीं खूंटा भूत तो नहीं बन जाएगा! गाँव में पहले से ही कई पीढ़ियों पुराना एक भूत बताया जा रहा था, जो जब-तब किसी-किसी को रात-बिरात बस-स्टैंड पर बैठा, तो कभी वहीं पीपल के पेड़ पर चढ़ता-उतरता और उलटा झूलता तो कभी-कभार तो किसी से रात में रोक कर बीड़ी माँगता दिखाई पड़ता था। हालाँकि, ऐसा कोई किस्सा खूंटा के बारे में सुनने को नहीं मिला था, पर यदि सिंदूरी नदी में भी खूंटा का भूत रहने लगा तो गाँववालों के सारे काम ही प्रभावित हो जाएँगे, यही सोच कर कुछ लोग समाधान हेतु सालकराम गुनिया के पास गए।

सालकराम गुनिया ने थोड़ी देर अपनी तंत्र-मंत्र की विद्या का प्रदर्शन किया। फिर सभी को आश्वस्त किया कि खूंटा भूत नहीं बना है। सलकराम गुनिया की

मानें तो जब तक खूंटा की लाश न मिले तब तक उसे ज़िंदा ही माना जाए। हाँ, लाश मिल गई तो वह अवश्य भूत बन जाएगा, क्योंकि खूंटा अकाल मौत मरा था।

सालकराम गुनिया की बात सुन कर सबकी जान में जान आई, क्योंकि फिर सब पहले जैसा हो गया था, महीनों बाद फिर से वे अपने बच्चों को सिंदूरी नदी किनारे खेलने के लिए भेजने लगे थे। उन दिनों बिजली एक बार गई तो बड़ी मुश्किल से लौटती थी, इसलिए टीवी होने के बावजूद जब गाँव में बिजली नहीं होती थी तो गाँव के बच्चे सिंदूरी नदी किनारे ही ज़्यादा-से-ज़्यादा खेला करते थे।

सालकराम गुनिया की बात जब पीपरपानी वाली के कानों तक पहुँची तो उसकी चेतना पर विपरीत असर पड़ा। उसका चेहरा खुशी से खिल गया। पूरी तरह निराशा के बाद जब आशा की एक किरण कोई दिखा दे तो ऐसा ही होता होगा! वह भी सोचने लगी थी कि जब तक खूंटा की लाश न मिले तब तक उसे क्यों मरा हुआ माना जाए! क्यों विधवा की तरह जीवन जिया जाए! क्यों साज-श्रृंगार छोड़ दिया जाए! पीपरपानी वाली के इस बर्ताव पर कुछ औरतें कुढ़ गईं कि कैसी लुगाई है जो खसम के नदी में बह जाने के बाद भी सजना-संवरना नहीं छोड़ती है! वहीं, कुछ औरतें थीं जो कि उसकी मन:स्थिति समझते हुए उसे दिलासा भी दे रही थीं कि खूंटा एक दिन लौट आएगा! पीपरपानी वाली भी पति के वियोग में दिन गुज़ार रही थी, इसी दिलासा में कि खूंटा आएगा वह कहीं किसी से माँग कर तो कहीं किसी के घर मजूरी करके किसी तरह बस ज़िंदा थी।

लेकिन, जब महीनों बीत जाने के बाद भी खूंटा नहीं लौटा तो पीपरपानी वाली अपने आपसे बातें करने लगी। वह पहले मन-ही-मन बातें करती हुई बुदबुदाती थी, मगर फिर धीरे-धीरे बड़बड़ाने लगी। कोई पूछे कि अकेले-अकेले किससे बातें कर रही हो तो बताया करती कि वह उसके अपने पति खूंटा से बतिया रही है। वह घंटों सिंदूरी के तट पर अकेली बैठा करती थी। वह अपने जीवन के अकेलेपन को गहरा करती जा रही थी। नदी के तट पर अकेली बैठी देख कोई उससे पूछ ही लेता कि घंटों तक अकेली क्यों बैठी हो तो पीपरपानी वाली कहती कि खूंटा बहा नदी के रास्ते ही है, यदि लौटा भी तो नदी के रास्ते ही लौटेगा। इसलिए, वह वहीं बैठ कर खूंटा के नदी के रास्ते से लौटने का इंतज़ार कर रही है। कोई उसे घर लौट जाने के लिए कहता तब भी वह बैठी ही रहती। महीनों बीत गए तब भी खूंटा का कोई अता-पता न था। पूरे गाँव को जिस बात पर यकीन नहीं था, उस पर एक अकेली पीपरपानी वाली को यकीन था और उसके बताने के लहजे से लगता था कि उसे अपनी बात पर पूरा यकीन

है कि खूंटा नदी के रास्ते ही लौटेगा।

पीपरपानी वाली का अपने पति की विरह-वेदना में एक-एक दिन काटना भारी पड़ने लगा। उसकी अपने आपसे बड़बड़ाने की आदत बढ़ती ही चली जा रही थी। वह खुद से ही बातें करती। हँसती, रोती, लजाती तो कभी चुप बैठ जाया करती थी। फिर वह एक ऐसी बात कहने लगी जिस पर किसी को भरोसा नहीं हो सकता था। वह कहने लगी कि खूंटा देर रात घर आता है और सुबह होने से पहले फिर सिंदूरी नदी की ओर लौट जाता है। कुछ औरतों ने जब उससे यह पूछा कि अब तक वह कहाँ था तो बताती कि खूंटा एक वृक्ष की शाखा पर ही रहा। वह किसी से मिलना नहीं चाहता इसलिए कोई खोजे भी तो खूंटा उन्हें देख कर छिप जाता है।

उसकी बात पर किसी को विश्वास न होता, पर पीपरपानी वाली कि मन:स्थिति ही ऐसी थी कि लोग उसके बारे में क्या सोच रहे हैं इससे उसे फ़र्क पड़ना लगभग बंद हो गया था। हाँ, जब कोई कहता कि खूंटा न लौटेगा तो वह बिफ़र पड़ती और भावावेश में कई बार तो गालियाँ तक बकने लगती।

औरतें पीपरपानी वाली से जब पूछा करतीं कि कई-कई दिनों तक खूंटा वृक्ष की शाखा पर क्या करता रहा तो वह एक और अजीब बात बताती। पीपरपानी वाली का उत्तर होता कि सिंदूरी नदी और खूंटा के बीच कई दिनों से बहुत सारी बातें चल रही हैं और सिंदूरी नदी न जाने क्यों खूंटा को घर लौटने से रोका करती है। सिंदूरी अपनी बहुत सारी बातें खूंटा को सुनाना चाहती है कि थकती ही नहीं। इन बातों के बदले सिंदूरी नदी कह रही है कि वह खूंटा को चाँदी का हल दे देगी। फिर वह यह भी कहती कि सिंदूरी एक माई होकर भी खूंटा का ख़याल नहीं रखती। यदि रखती होती तो खूंटा सूख कर काँटा न हो गया होता। दूर नदी किनारे रहते हुए उसे सुख की दो रोटियाँ नहीं मिल रही हैं, जो वह बना दिया करती थी। आखिर अपना घर अपना ही होता है।

सामान्यत: किसी बहुत अपने की मौत के बाद व्यक्ति अत्यंत गहरी निराशा और पीड़ा में डूब जाता है, लेकिन एक समय के बाद कोमल-से-कोमल मन भी खुद-ब-खुद तमाम तरह की वेदनाओं से उभर कर किनारे लग जाता है। लेकिन, पीपरपानी वाली के साथ ठीक उलट हो रहा था। वह धीरे-धीरे विरह-वेदना की चरम-सीमा पार कर चुकी थी और अपने आस-पास एक ऐसा घेरा तैयार कर चुकी थी जिसमें वह थी और उसका पति खूंटा था और इसके अलावा कोई नहीं था। तीसरे के तौर पर आदमी तो दूर जैसे उसके जीवन में अपने खेत, खलिहान

और घर तक महत्त्वहीन हो गए थे। खूंटा के बह जाने के बाद उसका प्रेम जैसे सतह पर आकर पूर का रूप ले चुका था। समय बीतने के साथ ही खूंटा को वह इस हद तक चाहने लगी थी कि खूंटा के अस्तित्व और उसकी जीवंत उपस्थिति की अनुभूति करती। लगता कि उसी के साथ जीवन जी रही है। प्रिय के लौट आने की आस प्रिय की अनुपस्थिति को सामान्य नहीं होने देती।

एक स्थिति के बाद तो वह कहने लगी कि खूंटा देर रात जब खाने के लिए घर आता है तो वह खूंटा की पसंद का खाना बनाती है और दोनों एक ही थाली में साथ बैठ कर खाना खाया करते हैं। यह एक ऐसी स्थिति थी कि जब लोगों को उसके विश्वास पर विश्वास नहीं होता था और उसका विश्वास लोगों को अंधविश्वास लगता था। पर, पीपरपानी वाली को अपने विश्वास पर पूर्ण विश्वास था और लंबे समय से वह अपने विश्वास पर अडिग दिख रही थी। पर, कुछ दिनों बाद वह अपने विश्वास को पुख्ता दिखाने के लिए लोगों को भी विश्वास दिलाने का यत्न करने लगी।

इसके लिए वह यहाँ से वहाँ घूमा करती और राह चलते जो मिलता उसे खूंटा से जुड़ी हुई तरह-तरह की कहानियाँ सुनाया करती। लोगों का मानना था कि खूंटा के बिना पीपरपानी वाली पगला गई है और वे उसके प्रति हमदर्दी जताते हुए उसका मन रखने के लिए कई बार तो उसकी हाँ में हाँ भी मिला देते थे। हालाँकि, कुछ ऐसे भी थे जो उलटा पीपरपानी वाली को सदमे और पागलपन से उबारने के लिए उससे तरह-तरह के प्रश्न करते रहते थे, जैसे कि यदि खूंटा है तो बाकी लोगों को क्यों नहीं दिखता, वह घर आता है तो बार-बार लौट क्यों जाता है, वगैरह।

इन प्रश्नों को सुन पीपरपानी वाली कभी तो गुस्सा हो जाया करती, लेकिन कई बार बताती कि खूंटा ने ठान लिया है कि वह सिंदूरी नदी से चाँदी का हल लेकर ही एक दिन गाँव आएगा और तब पूरे गाँव को बताएगा कि चाँदी का हल आखिरकार उसी के हाथ लगा, बड़े-बड़े गोताखोर बस देखते रह गए और कैसे चाँदी का हल उसी का हुआ! वह सिंदूरी से चाँदी का हल लेकर एक दिन लौटेगा! ऐसा हुआ तो उनके गरीबी के दिन भी दूर हो जाएँगे! वह ये सारी बातें बताते हुए यह भी बताती कि उसे चाँदी का हल नहीं चाहिए, पर खूंटा की ज़िद के आगे वह खुद हार चुकी है। बाकी उसका एक सबसे बड़ा दावा यह भी था कि किसी भी दिन वह सबके सामने खूंटा को खड़ा कर सकती है।

इस बीच होने यह लगा कि वह मन-ही-मन खूंटा से लड़ाई करती हुई

दिखती। सिंदूरी नदी की ओर मुँह करके चिल्लाने लगती कि कब तक वह उससे मिलने देर रात अकेला चुपचाप आता रहेगा। कभी तो दिन में पूरे गाँव के सामने भी आए! कब तक चाँदी के हल के लालच में घर और गाँव वालों से भागता रहेगा! कब तक लोगों से नहीं मिलेगा! वह बड़बड़ाती, ''सबके सामने मोहे झूठो ठहराके तोहे का मजा आ रओ है?'' वह आकाश की ओर उँगली दिखाते हुए खूंटा को चेतावनी देने लग जाती कि यदि वह जल्द ही सबके सामने नहीं आया तो उसे खुद ही नदी के रास्ते उससे मिलने आना पड़ेगा। कभी नदी को धमकाते हुए कहती कि वह खुद किसी दिन नदी बन जाएगी।

पीपरपानी वाली की हालत दिन-ब-दिन अब बिगड़ती ही जा रही थी और उसे ठीक से सँभालने वाला भी तो कोई न था। सबको लगता कि उसकी खैर-खबर लेने उसके मायके से कोई तो आएगा ही, लेकिन ऐसा नहीं हुआ। पीपरपानी वाली की आँखें धँसती चली गई थीं। आँखें पनीली, मुँह रुआँसा और चेहरा पिचक गया था। बालों में धूल-मिट्टी लदने से उसके यौवन का आकर्षण खत्म हो गया था। वह अपनी उम्र से बड़ी लगने लगी थी।

एक बार उसने अचानक ही एक बड़ा फ़ैसला लिया। उसने पूरे गाँव में घूम-घूम कर यह बात बताई कि खूंटा घर आ गया है और सबसे मिलना चाहता है। उसकी मानें तो इसके लिए खुद खूंटा को उसने तैयार कर लिया है और आखिरकार खूंटा मान भी गया है। फिर क्या था कि उसके दावे पर पूरा गाँव उसके घर को घेर कर खड़ा हो गया। पीपरपानी वाली घर में एक लकड़ी के खूंटे से बातें किए जा रही थी। उसे पीट-पीट कर शिकायतें करती जा रही थी। कुछ देर बाद झगड़ते हुए खूंटा से गाँववालों की करतूतें बताने लगी। फिर सारी लोक-लाज भूल वह लकड़ी के उस खूंटे से चिपक गई। कहने लगी कि चाँदी के हल के लालच से कब तक बाहर रहेगा। चाँदी का हल छोड़, उसके बगैर भी सुख से रह लेंगे! चुपचाप घर लौट कर पहले की तरह खेती-मजूरी का काम शुरू कर!

फिर अचानक ही तेज़ गुस्से के बाद जब वह फूट-फूट कर कलपते हुए रोने लगी तो कई सारी औरतों ने उसे किसी तरह लकड़ी के उस खूंटे से अलग किया। उन औरतों ने उसे समझाने की बहुत कोशिश की कि दरअसल उसका पति खूंटा लौटा ही नहीं है और जो बातें वह बता रही है, वह कुछ नहीं बस मन का भ्रम है।

इधर, पीपरपानी वाली कहाँ मानने को राज़ी थी कि यह सब उसके मन का भ्रम मात्र है। औरतों की बातों को सुनकर पीपरपानी वाली और अधिक दुखी

और निराश होकर धीरे-धीरे देर तक रोती रही। बहुत सारे लोग चले गए, तब भी रह-रह कर वह अपने पति खूंटा से शिकायत के लहज़े में बड़बड़ाती ही रही कि जैसे मानो खूंटा उसके पास ही बैठा सब कुछ चुपचाप सुन रहा हो। पीपरपानी वाली कहती कि जल्द ही वह भी घर छोड़ देगी। अकेली क्या करेगी? नदी के रास्ते यदि उसका पति ही सबके सामने नहीं आ रहा है तो एक दिन वह अकेली ही नदी के रास्ते उससे मिलने तैर कर जाएगी!

धीरे-धीरे गाँववाले भी उसके व्यवहार से तंग आ गए और उसे अकेला छोड़ उसकी तरफ़ ध्यान देना कम करने लगे। पीपरपानी वाली भी फटेहाल रास्तों पर बड़बड़ाती हुई घूमती। राह चलते जो दिखता उससे यही कहती कि वह अपने पति खूंटा से जल्द मिलने जाएगी। लौटी तो उसी के साथ लौटेगी, अन्यथा वहीं रहेगी और फिर गाँव नहीं लौटेगी! पीपरपानी वाली को लोग अक्सर पहले से ज्यादा समय तक सिंदूरी नदी के घाट पर अकेली बैठा देखा करते। वह वहाँ जम कर बैठ जाया करती और जबरन उठाने से भी उठने का नाम नहीं लेती थी।

इधर, परीक्षा नज़दीक आते देख मैं भी अपनी पढ़ाई में रम गया। लेकिन, एक दिन मैंने घर पर काम करने वाले जेताराम से पीपरपानी वाली के बारे में पूछा तो उसने अंदेशा जताते हुए बताया कि पीपरपानी वाली बस अब कुछ दिनों की मेहमान है और उसकी हालत देख लगता है कि वह जल्द ही मर जाएगी। मैंने पूछा तो क्या उसने खाना खाना लगभग बंद ही कर दिया है। जेताराम कहने लगा कि खाना तो वह कभी-कभार खा भी लेती है, इसलिए भूख से दम नहीं तोड़ेगी, बल्कि मरी तो नदी में डूब कर मरेगी! मुझे उसकी बातों पर विश्वास नहीं हुआ। लेकिन, जेताराम को अपने विश्वास पर पूर्ण विश्वास हो गया था। मैंने जानना चाहा कि उसे ऐसा क्यों लगता कि पीपरपानी वाली नदी में डूब कर मरेगी तो जेताराम ने बताया कि पीपरपानी वाली अपनी सुध खो चुकी है। कई बार ऐसा हुआ कि उसे किसी ने खाने के लिए भोजन दिया और उसने एक निवाला तक नहीं खाया। वह बस नदी में तैर कर खूंटा से मिलने की रट लगाए रहती है।

जेताराम खूंटा का बचपन का दोस्त था और उसका घर खूंटा के घर के सामने ही था। इसीलिए उसे पीपरपानी वाली से ज्यादा हमदर्दी थी और उसकी जानकारी के मुताबिक पीपरपानी वाली कई बार तो रात को भी नदी की ओर चल देती थी खूंटा से मिलने के लिए, उससे लड़ने के लिए। दरअसल, पीपरपानी वाली के मन में यह बात बैठने लगी थी कि खूंटा घर का रास्ता भूलने लगा है।

इस बीच खूंटा को बहे हुए एक साल पूरा हो गया। बरसात के बाद जब

सिंदूरी नदी में पहला पूर आया तो उसे देखने तब कोई न गया। न ही वहाँ गोताखोर ही दिखे। मानो खूंटा के बह जाने के बाद अगली बरसात में आए सिंदूरी नदी के पूर और उसमें बह कर आने वाले सामान से किसी को कोई मतलब ही न रह गया हो! लेकिन, पीपरपानी वाली को तो जैसे मतलब था। पीपरपानी वाली को तो मतलब था सिंदूरी से भी और उसमें आए पूर से भी जो गए साल अपने साथ खूंटा को बहा ले गया था।

एक रात बरसात के दिनों में ही पीपरपानी वाली नदी की ओर गई तो फिर न लौटी। उस रात नदी में साल का पहला पूर आया था। सुबह यह खबर जेताराम ने पूरे गाँव को सुनाई कि पीपरपानी वाली रात से ही गायब है। न घर, न गलियों में और न ही वह नदी किनारे घाट पर ही दिखती है। पीपरपानी वाली के गायब होने की खबर जब सबको पता चली तो सारे अपने आप ही सिंदूरी नदी किनारे गड़रियापुरा के उसी घाट पर जमा हो गए, जहाँ पीपरपानी वाली अक्सर बैठी दिखा करती थी। सब यह मान कर चल रहे थे कि तंग आकर पीपरपानी वाली नदी में कूद कर बह गई होगी और खूंटा की तरह, खूंटा की राह, खूंटा से मिलने के लिए उसने यह जानलेवा कदम उठाया होगा।

लेकिन, फिर किया क्या जाए? सबको पता था कि पीपरपानी वाली यदि नदी की तेज़ धार में कूदी होगी तो उसे या उसकी लाश को ढूँढ़ना लगभग असंभव होगा। फिर भी फ़ैसला हुआ कि गोताखोरों का एक समूह सिंदूरी नदी में पीपरपानी वाली को ज़िंदा या मुर्दा तलाशने की कोशिश तो करेगा ही। लिहाजा, गोताखोरों का समूह नदी में कूद गया। इस बार जेताराम भी पीपरपानी वाली को ढूँढ़ने के लिए गोताखोरों के साथ कूद गया।

इधर, घाट पर सब उनके लौटने का इंतज़ार करने लगे और कुछ घंटों के बाद सभी गोताखोर नदी किनारे खाली हाथ लौट आए। जवाब सबको पता था, फिर भी किसी ने पूछ ही लिया कि आखिर हुआ क्या?

सब गोताखोरों के बीच से जेताराम बोला कि पीपरपानी वाली को ढूँढ़ने की बहुत कोशिश हुई। लेकिन, वह न ज़िंदा और न मुर्दा ही मिली। जेताराम अपने आँसुओं को पोंछते हुए बोला, ''खूंटा की लुगाई भी बह गई!''

हमने उनकी मड़ई में फाड़ दई

"**ह**म बताएं तो तेंदूखेड़ा के लौंडों ने मड़ई कर दई कचरा! लुच्चाई ज्यादा होन लगी अब इते। हमने भी मड़ई करी है, मनो ऐसी लुच्चाई हमारे टेम में न होत थी। जब तक जे तेंदूखेड़ा के लौंडे आ हैं, तब तक तो भैया जा मान के चलो कि मड़ई आनो है बेकार!''

उस साल ग्यारहवीं में मैं हिरोड़ना (मेले का बड़ा झूला) पर झूलने की सोच कर ही घर से बाहर मड़ई के लिए निकला था कि बीच रास्ते में एक आदमी बड़बड़ाता हुआ टकरा गया। उसके पीछे उसकी दो बड़ी बेटियाँ चली आ रही थीं। वे मड़ई से अपने गाँव लौटते हुए दिखे। अमूमन जब कोई आदमी दूर अपने गाँव से मदनपुर की मड़ई देखने के लिए आता तो वह शाम तक तो रुकता ही था। लेकिन, मड़ई सुबह जब ठीक से भरी भी न थी तब उस आदमी को अपने गाँव लौटते देख मुझे ज़रा हैरानी हुई। इसलिए, मैंने उसे टोकते हुए पूछ ही लिया था, ''काय कक्का, मड़ई से मोहभंग हो गओ का? इत्ती जल्दी अपने गाँव चल दओ?''

मुझे समझते हुए देर न लगी कि सुबह से ही तेंदूखेड़ा के लड़कों की हरकतों के चलते मड़ई के रंग में फिर भंग पड़ चुका है। मदनपुर की मड़ई में वे हर साल ही हुड़दंग किया करते थे। कक्का अपनी बेटियों के साथ बड़बड़ाते हुए आगे बढ़ गए सिंदूरी नदी की ओर से अपने गाँव के रास्ते पर जाने के लिए। इधर, उनसे उलट दूसरी ओर मैं अकेले ही चलते हुए मड़ई की भीड़ में प्रवेश कर गया।

जैसे-जैसे साल बीतता जाता सिंदूरी की धार भी एकसमान न रहती। चौड़ी-तीव्र गति से बहते हुए एक समय आता कि वह मध्यम और फिर संकरी मंद-मंद बहने लगती थी। नदी की तरह नदी के तट पर रहने वाले ग्रामीणों के जीवन में भी एकरसता या एकरूपता कहाँ थी! उनका जीवन भी तो नदी की धार की तर्ज पर कभी उफ़ान पर होता तो कभी मध्यम होते हुए सुस्त पड़ जाता था। मौसम और खेती-बाड़ी के हिसाब से कभी ग्रामीण व्यस्त से व्यस्ततम हो जाते तो कभी उनके पास समय ही समय होता। ऐसा नहीं कि साल का हर एक

दिन रूटीन की तरह कटता हो, बल्कि भिन्न-भिन्न दिनों के हिसाब से ग्रामीणों की दिनचर्या में भी विविधता थी।

जबलपुर के 'लाला रामस्वरूप एंड ब्रदर्स' वालों का पंचांग तब कुछ घरों में ही होता था, फिर भी सारे गाँववाले अपनी-अपनी तरह से पूरे साल का हिसाब बगैर कैलेंडर अपनी उँगलियों पर भलीभाँति रखना जानते थे और एक तरह से साल के दिनों के हिसाब से उनका जीवन बँटा हुआ था, जिसका विशेष गुण था स्वचालित जीवंत अनुशासन। हिसाब बहुत स्पष्ट हुआ करता था—खेती के समय खेती, (तब वे श्रम के दिनों में श्रम ही श्रम किया करते थे) और उत्सव के समय उत्सव।

जैसे मदनपुर गाँव के किसानों का साल दो हिस्सों 'दिवाली के पहले' और 'दिवाली के बाद' बँटा हुआ था वैसे ही पढ़ाई के लिहाज़ से हमने भी साल को दो हिस्सों में बाँट लिया था। पहले हिस्से के कुछ महीने हम पढ़ाई के मामले में गंभीर ही नहीं होते थे। हम पढ़ाई के मामले में गंभीर होते थे तो साल के दूसरे हिस्से यानी दिवाली के बाद से और उसमें भी दिवाली के बाद तीसरे दिन यानी मड़ई के बाद से।

मड़ई मतलब क्या? मड़ई, कई जगहों पर मिट्टी या घासफूस से बना मछुआरों का घर भी कहलाता है, लेकिन हमारे यहाँ मड़ई का मतलब होता है, गोंड आदिवासी समुदाय का मेला। यूँ तो कई गाँवों में मड़ई भरती थी, लेकिन मदनपुर की मड़ई कहीं अधिक प्रसिद्ध और खास थी कि उसमें चौदह गाँवों के आदिवासी अपने देवी-देवताओं की पूजा के लिए शामिल होते थे। मदनपुर की मड़ई मदनपुर की सिंदूरी नदी से थोड़ी ही दूर, गाँव से हट कर और हाइवे किनारे एक बड़े मैदान पर भरा करती थी, मैदान का नाम ही हो गया था मड़ई मैदान।

मदनपुर की मड़ई में नदी की मछलियों से लेकर सेम के बीज, खेतों में काम आने वाले कुल्हाड़ी, खुरपी, हँसिया जैसे लोहे के औज़ार, इमली, देसी केला, देसी टमाटर, गुड़ की जलेबियाँ, मावे के गुलाब जामुन, गुड़पट्टी, बेसन की मिठाई, गुब्बारे, खिलौने, जूते, चप्पल, कंघी, पर्स, महिलाओं के सिंगार के आइटम से लेकर खजूर और मीठे पान तक मिला करते थे। मड़ई मैदान पर दो किलोमीटर तक चार समानांतर कतारों में दुकानें लगा करती थीं।

मड़ई जब भरती तो लगता कि एक दिन के लिए मदनपुर कस्बा बन गया। लेकिन, असल आनंद दोपहर बाद तब आता जब मड़ई की ढाले निकलनी शुरू होतीं। आदिवासी पुरुष ढोल, ढोलक, बाँसुरी, घंटा, थाल, पैरों में बँधे घुँघरुओं

की धुन पर नाचते, गाते दूर से ढालों को लिए मड़ई के बीचोबीच पहुँच जाते और बड़ा घेरा बना कर देर शाम तक वहीं मस्ती किया करते। इस दौरान वे बाँस की बनी ऊँची, रंग-बिरंगी ढालों को कंधों पर रख कर गोल घेरे में घूमा करते, लचक-लचक कर बिना रुके थिरकते रहते। ये थिरकने वाले खास तरह की वेशभूषा में होते, गले में फूलमालाएँ होतीं तो उनके सिर पर गमछा बँधा होता और उस गमछे में घुसे होते जंगल के सुर्ख लाल फूल। दरअसल, मड़ई महज़ बाज़ार नहीं संस्कृति थी जिसमें चौदह गाँवों के आदिवासी आपस में मिलते-जुलते थे।

मगर, मेरे बड़े होने तक मदनपुर गाँव की प्रसिद्ध मड़ई गाँवों की एकता को कायम रखने और सहभागिता के नज़रिए से महत्त्व खोती जा रही थी। वजह थी मड़ई जैसे पवित्र उत्सव में तेंदूखेड़ा के लंपट तत्त्वों की जबरिया घुसपैठ।

एक समय था जब मड़ई के लिए दूर-दराज़ से बहुत सारी आदिवासी लड़कियाँ सज-सँवर कर आया करती थीं। उन लड़कियों के झुंड-के-झुंड नाचते और खरीदारी करते हुए दिखते थे। मड़ई का माहौल इस हद तक खुला होता था कि सामान्य परिवारों की जो गैर-आदिवासी महिलाएँ पूरे साल गाँव के रास्तों पर घूमते हुए न दिखती थीं, वे भी मड़ई में टहलते हुए दिख जातीं। तब की बात और थी कि तब मड़ई में मर्दों से कहीं ज़्यादा महिलाएँ नज़र आती थीं और मदनपुर की मड़ई असल में महिलाओं की मड़ई ही कही जाती थी। आपस में सब एक-दूसरे को जानते थे तो मड़ई में मर्द भी महिलाओं की इज़्ज़त किया करते थे। मर्दों की हिम्मत न होती थी कि वह किसी महिला से कोई गलत बात कह दें।

साल-दर-साल यदि मदनपुर की मड़ई की गरिमा गिरती जा रही थी तो इसके पीछे महिलाओं की खुली उपस्थिति को ही ज़िम्मेदार ठहराया जा रहा था। ज्यों-ज्यों आस-पास के इलाके तक इस बात का प्रसार होता गया कि मदनपुर की मड़ई में बहुत सुंदर-सुंदर महिलाएँ और खासकर आदिवासी युवतियाँ घूमती, फिरती, नाचती और खरीदारी करती हैं, त्यों-त्यों तेंदूखेड़ा और आस-पास के कस्बाई लड़कों का मदनपुर की मड़ई के प्रति आकर्षण बढ़ता ही गया। कस्बों से आने वाले दुकानदार तो अपना माल बेच कर देर शाम चल देते थे, पर कस्बों से आने वाले ज़्यादातर लड़के तो महज़ लड़कियों को ताकने और उनके साथ छेड़खानी करने ही आते थे।

तेंदूखेड़ा के लड़के शराब के नशे में कई बार तो बीच मड़ई में किसी लड़की को पकड़ ही लेते और उसके साथ अश्लील हरकत तक कर डालते थे। ऐसी घटनाओं के चलते बात मारपीट तक पहुँच जाती थी। धीरे-धीरे वह दौर

भी आया जब इन छेड़खानियों के कारण ऐसा कोई साल न जाता जब मड़ई में मारपीट के दो-तीन मामले न होते।

नतीजा यह हुआ कि मदनपुर की मड़ई से महिलाएँ नदारद होने लगीं। मदनपुर की मड़ई जो कभी महिलाओं के लिए जानी जाती थी, वहाँ मर्दों की मौज-मस्ती अधिक होती चली गई। आदिवासी युवतियाँ आती तो थीं, लेकिन गिनी-चुनी ही और वे भी सुरक्षा के लिहाज़ से अपने गाँव के साथ आए लड़कों से अक्सर घिरी रहती थीं।

एक दौर तो आया कि मड़ई में जाना ही जैसे लुच्चे, लफ़ंगों और बदमाशों का काम रह गया हो। फिर भी कई लोगों के लिए मड़ई लगाव का कारण बनी हुई थी। वे मदनपुर की मड़ई पर गर्व किया करते और हर साल पूरे उत्साह के साथ मड़ई को अपनी मड़ई समझते हुए भाग लिया करते।

लड़ाई-भिड़ाई के कारण मड़ई में जाना चिंता की वजह बनने लगा। हमारे परिवारवाले भी हमें मड़ई में जाने से मना करने लगे। उन्हें डर सताता रहता कि कहीं हम किसी फ़ालतू के विवाद में न उलझ जाएँ! फिर भी पता नहीं क्यों हज़ार बार मना करने पर भी हम खुद को मड़ई जाने से नहीं रोक पाते थे। यानी बचपन से ही जो आकर्षण और जुड़ाव था वह छूटे से नहीं छूटता था। बस घर वालों से कोई-न-कोई बहाना बनाते और चुपके से मड़ई में पहुँच ही जाते थे।

मड़ई में प्रवेश करते ही मैं लपक कर हिरोड़ना की पालकी में बैठ गया। बगैर बिजली की मशीन से चलने वाले लोहे की बजाय लकड़ी के हिरोड़ना को चलाने वाला जब पालकी ऊपर करके कुछ देर रोके रखता तो उतनी देर सब ठहर जाता, और यह हमारे लिए ऐसा मौका होता जब हम बहुत ऊँचाई से पूरा गाँव देख रहे होते थे। पालकी पर बैठने के बाद ही मड़ई का पूरा नज़ारा दिखता था और यह डर भी लगता था कि हिरोड़ना लकड़ी का है, अगर टूट गया तो झूलती हुई पालकी से नीचे गिर कर मर ही जाएँगे!

मैं अच्छा-खासा हिरोड़ना पर झूल ही रहा था कि मड़ई में अचानक ही भगदड़ मच गई। इस बात का अंदाज़ा तो हो रहा था कि किसी कोने में किसी के साथ भयंकर मारपीट हो रही है, लेकिन वह कौन है और किस बात पर पिट रहा है और किनके बीच झगड़ा चल रहा है, कुछ समझ नहीं आ रहा था। पालकी ऊपर होती तब तो सब दिख ही जाता, लेकिन उस समय हिरोड़ना चलाने वाले ने हिरोड़ना रोक दिया था और मैं जिस पालकी में बैठा था वह नीचे स्थिर हो गई थी, इसलिए मड़ई में होते हुए भी मुझे झगड़ा न देख पाने का मलाल हो रहा था।

मदनपुर की मड़ई में झगड़ा होना कोई नई बात नहीं रह गई थी, बल्कि मदनपुर की मड़ई बदनाम ही झगड़े के चलते होने लगी थी। हिरोड़ना की पालकी से उतर कर पता किया तो पता चला कि तेंदूखेड़ा के रईस चंदन सेठ का लड़का पिटा है। कारण वही पुराना कि तेंदूखेड़ा के लड़कों की टोली में उसने भी किसी दूसरे गाँव की एक आदिवासी महिला के साथ छेड़खानी कर दी। बदले में उस महिला के साथ आए गाँव के मर्दों ने चंदन सेठ के लड़के और उसकी टोली की बढ़िया मरम्मत कर दी।

ऐसे समय उन्हें भी क्या पता था कि वे जिनकी मरम्मत कर रहे हैं उनमें एक कोई तेंदूखेड़ा के रईस चंदन सेठ का लड़का है और उन्होंने उस लड़के की जो मरम्मत की है वह बहुत महँगी पड़ सकती है। लड़के के चिकने चेहरे पर, नाक-मुँह पर खून सना होने का मतलब ही था कि मरम्मत करने वालों ने मरम्मत करने में कोई कसर न छोड़ी थी। कुछ देर में तेंदूखेड़ा के लड़कों की टोली मड़ई से गायब हो गई।

इधर, उन्हें मारने वाले भी हवा हो गए। लगा था कि हर साल की तरह ही यह सामान्य-सी घटना साबित होगी। बात आई-गई हो जाएगी। लेकिन, पिटने वाले को तो लग रहा था कि पिटाई सिर्फ़ उसकी नहीं हुई है, बल्कि पूरे तेंदूखेड़ा नगर की हो गई है और तेंदूखेड़ा वालों को चाहिए कि वे इस पिटाई का बदला लें। तेंदूखेड़ा नगर की बेइज़्ज़ती पर मदनपुर वालों की ऐसी गत बनाएँ कि किसी तेंदूखेड़ा वाले पर हाथ उठाने से पहले गाँववालों को हज़ार बार सोचना पड़े। आखिर पन्द्रह हज़ार की सघन आबादी वाले तेंदूखेड़ा जैसे नगर के रईस के लड़के को कोई हज़ार-आठ सौ आबादी वाले गाँव के ऐसे-वैसे लोग पीट सकते हैं और वह भी बहुत बुरी तरह से तो कैसे!

कुछेक घंटों के लिए तेंदूखेड़ा के लड़कों का मड़ई से पूरी तरह गायब होना तूफान के पहले का सन्नाटा सिद्ध हुआ। दोपहर तीन बजे के बाद जब आदिवासियों द्वारा ढाल लेकर मड़ई-स्थल पर आने, पूजा-अर्चना करने और नाचने-गाने का समय हुआ, ठीक उसी दौरान तेंदूखेड़ा से चंदन सेठ के लड़के के साथ करीब दो दर्जन लड़ाके मदनपुर बस-स्टैंड पर जीपों से उतर कर जमा हो गए। तब तक न तो वह महिला ही मड़ई में रह गई थी जिसे चंदन सेठ के लड़के ने छेड़ा था और न ही वे मर्द ही बचे थे जिन्होंने छेड़खानी के चक्कर में चंदन सेठ के लड़के की मरम्मत की थी।

फिर भी दुश्मनी किसी से तो भाँजनी ही थी, मारपीट का बदला किसी से

तो लेना ही था सो समस्त मदनपुर वालों पर ही निशाना साध कर गुस्सा उतारा जाने लगा। उन्हें लगा होगा कि मारपीट करने वाले मदनपुर के ही होंगे, इसलिए वे बस-स्टैंड से ही मदनपुर वालों को अश्लील गालियाँ बकते हुए घरों से बाहर निकलने तथा लड़ने के लिए उकसाने लगे थे। मड़ई में लड़ाइयाँ पहले भी हुई थीं, पर ऐसा पहली बार हुआ था जब मारपीट की घटना के चलते पूरे गाँव को ही ललकारा जा रहा था। लड़ने वाले हॉकी और रॉड वगैरह लेकर पूरी तैयारी के साथ लड़ने आए थे।

इस बीच गाली-गलौज की आवाज़ें सुन मदनपुर के लोग भी मड़ई-स्थल के पास ही दूसरी तरफ़ जुटने लगे। मड़ई-स्थल से सिंदूरी नदी के रास्ते की ओर कोई सौ कदम दूर एक नीम के पेड़ के नीचे। सभी के लिए माँ-बहनों की गालियाँ बर्दाश्त करना मुश्किल होता जा रहा था। उस पर तेंदूखेड़ा के लड़ाके उन्हें मड़ई में चूड़ियाँ पहनने का सुझाव देकर कायर घोषित कर रहे थे। गाँव में ही अपने बीवी-बच्चों के होते हुए किसी से भी ऐसी बातें सुनी नहीं जा रही थीं। लेकिन, उस समय वे करते भी तो क्या करते? किसी को कुछ सूझ ही नहीं रहा था। आखिर इस बिन बुलाई आफ़त को लेकर करें भी तो क्या करें यही सवाल लिए सब आपस में बतिया रहे थे।

''भओ का है, कौन ने कौन से का कह दई, कौन ने कौन हे मार दओ?'' विजय मास्साब ने पूरा घटनाक्रम जानना चाहा। उन्हें सच्चाई जान कर हैरानी हुई कि जब पूरी लड़ाई में मदनपुर के किसी आदमी की कोई भूमिका ही नहीं है तो फिर क्यों तेंदूखेड़ा के लड़ाके गाँव भर के लिए गालियाँ बके जा रहे हैं! पर, समस्या तो यह थी कि लड़ाके कोई बात सुनने की हालत में लग ही नहीं रहे थे। ऐसे में उन्हें बस-स्टैंड पर समझाने जाता भी तो कौन?

वहीं, चंद्रहास राय जैसे कई लोगों का मानना था कि महिला कहीं की भी रही हो, यह सवाल ही नहीं है। बात तो यह है कि उसे यदि मदनपुर की मड़ई में छेड़ा गया है तो उसे मदनपुर की ही महिला समझा जाए और मदनपुर वालों का फ़र्ज़ है कि उसकी इज़्ज़त के लिए लड़ा जाए।

वहीं, एक बात पर सभी सहमत होते दिख रहे थे कि यदि तेंदूखेड़ा के लड़ाके गालियाँ बकते हुए बस-स्टैंड से मदनपुर गाँव के भीतर घुसे तो उन्हें मारना ही पड़ेगा और फिर चुप रहने का कोई चारा नहीं रह जाता है। लेकिन, उदयराम ठाकुर जैसे कई नौजवान तो इसी बात पर आमादा थे कि बस-स्टैंड चल कर तेंदूखेड़ा के लड़ाकों को मारा कम और घसीटा ज्यादा जाए। तेल से पिलाई

गई बाँस की लाठियों से ऐसा भव्य स्वागत किया जाए कि वे कभी मदनपुर की तरफ़ मुँह करें तो भी उनकी रूह काँप उठे। उदयराम की बात पर बीरन चच्चा भी फुल जोश में हाँ में हाँ मिलाते हुए यही कहे जा रहे थे कि वे मदनपुर की इज़्ज़त बचाने के लिए कहीं भी लड़ने को तैयार हैं, गाँव से लेकर मुंबई तक भी।

''बे लड़ ले फिर इते से लेके मुंबई तक,'' जब बीरन चच्चा ऐसा कहते तो लगता कि मुंबई के बाद दुनिया खत्म हो जाती है जो बबई से आगे लड़ा ही नहीं जा सकता है। धीरे-धीरे नीम के नीचे चालीस से पचास लोग जुट गए, जिनमें से आधे से ज़्यादा लोगों के पास लाठी और भाले थे। गोंडपुरा के लड़के सबसे ज़्यादा उत्तेजित हो रहे थे। उन्हें सँभालना ज़्यादा ही मुश्किल हो रहा था। वहीं, कुछ लोगों को तो यही लग रहा था कि तेंदूखेड़ा वाले कुछ देर में खुद ही शांत हो जाएँगे और लौट जाएँगे, लेकिन शायद तेंदूखेड़ा के लड़ाकों को शराब पिला कर लाया गया था जो वे बस-स्टैंड से जाने का नाम ही नहीं ले रहे थे।

''का घेर आई इनकी! हम पाँच-सात की खुपड़ियाँ नारियल-सी फोड़ देहें अभई, हाँ!'' बड़ेलाल जाट तैश में आकर बस-स्टैंड की तरफ़ जाने को हुआ कि कुछ लोगों ने उसे पकड़ कर वापस पीछे की ओर धकेल दिया और उसे चुपचाप बैठ जाने के लिए कहा। नई पीढ़ी की गर्मी को ठंडा करने के लिए सलकराम काछी ने उनके लिए बीड़ी सुलगा दी। यहाँ सब बीड़ियाँ फूँक रहे थे और दूसरी तरफ़ से नॉन-स्टॉप गालियों की आवाज़ें सुनाई पड़ रही थीं। ज्यों-ज्यों समय गुज़र रहा था त्यों-त्यों नीम के नीचे गाँव के लड़कों की संख्या बढ़ती जा रही थी। ऐसा लग रहा था कि तनाव ज़्यादा देर नहीं खींचा जा सकता है और संघर्ष होकर रहेगा—महाभीषण।

उधर, बस-स्टैंड पर गाँव का ही बसंत कुल्हाड़ी लेकर बहुत देर से खड़ा-खड़ा गाँववालों को दी जा रही गालियों को सहन कर रहा था। बसंत दलित युवक था, जो पढ़ने और क्रिकेट खेलने दोनों में लड़कपन से ही होशियार था। पर, पता नहीं क्यों वह अपने लड़कपन के दिनों में अचानक ही गाँव से गायब हो गया था और बड़ा होकर लंबे समय बाद लौटा भी था तो बदला-बदला।

लोग कहते कि उसे शहर की हवा लगी हुई है तभी तो महज़ कुछ दिनों में ही गाँव छोड़ कर बार-बार बाहर चल देता है। वह अक्सर गाँव की बोली में बात करने की बजाय शहर की हिन्दी में ही बात किया करता था। हालाँकि, जब-तब वह गाँव की बोली भी बोलता था, खासकर तब जब उसे किसी बात पर गुस्सा आ जाता था तो वह शुद्ध मदनपुरी में आ जाता था।

लगता था कि शहर में उसने मिथुन की फ़िल्में ज़्यादा देखी होंगी जो उसकी रग-रग में, चाल-ढाल में, कपड़े-लत्ते और हर अदा में मिथुन-ही-मिथुन समाया हुआ था। बाल भी वह मिथुन-स्टाइल में ही रखता था। उसके रहने का अंदाज़ देखकर लगता था कि साक्षात् मिथुन की किसी फ़िल्म का दृश्य देख रहे हैं। नीचे पुलिसिया बूट और खाकी रंग का पैंट तो ऊपर टी-शर्ट पहने बसंत सुबह-शाम कई-कई कोस दौड़ लगाया करता था। दंड-बैठक लगाया करता था। कोई पूछे तो कहता था कि पुलिस में उसे नौकरी मिलने वाली है। वह हवलदार बनेगा।

गाँव के युवा बसंत के फ़ैन थे तो इसके पीछे कारण था। 'मदनपुर न्यू क्रिकेट क्लब' में उसके होने का मतलब ही था कि मदनपुर की टीम मैच जीत जाएगी! वह ओपनिंग करने ही उतरता था और सामने वाली टीम के रनों के बड़े-से-बड़े अंबार को कुछ ओवर पहले ही चौकों और छक्कों की बौछार से पाट दिया करता था। बसंत ने कई बार मदनपुर को अकेले अपने दम पर मैच जिताए थे, इसलिए पूरे मदनपुर को उस पर नाज़ था और अपने गाँव के प्रति अपनत्व की यही भावना उसके भीतर भी रही होगी कि वह भी गाँव के प्रति लगाव रखता था।

यह और बात थी कि उसकी ठसक देख पुरानी पीढ़ी के कई लोगों के तन-बदन में आग लग जाया करती थी और कई बार वे कमेंट करने से भी नहीं चूकते थे। इसके बावजूद बसंत उनके बुढ़ापे और वे भी बसंत के 'जवान खून' का लिहाज़ करने लगे थे। लोग बसंत से पूछते कि वह गाँव में कभी-कभार ही क्यों आता है? इस पर बसंत बताता कि चाहे जो हो, गाँववाले जैसा सलूक करें, उसे गाँव से प्यार है और वह मड़ई के दिन तो गाँव आता ही आता था।

उस दिन भी मड़ई थी जब यह पूरा विवाद चल रहा था। गाँव में उसकी माँ भी रहती थी और मड़ई के दिन वह गाँव आया हुआ था कि दो पक्षों के बीच आपस में झगड़ा हो गया। चाहता तो वह इस झगड़े से किनारा कर सकता था। लेकिन, गाँववालों को गालियाँ सुनते देख वह बच कर इधर-उधर नहीं हुआ, बल्कि बस-स्टैंड पर ही कहीं से कुल्हाड़ी लेकर खड़ा रहा। तेंदूखेड़ा के लड़ाके मदनपुर वालों को गालियाँ देते हुए लड़ने के लिए जब चुनौती दे रहे थे तब बसंत वहीं खड़े-खड़े जब-तब हवा में कुल्हाड़ी लहरा देता था।

''सुनियो रे मदनपुर बालो! घर में चूड़ियाँ पहने बैठे रइयो, बाहर निकरे तो तुमाई फाड़ देहें!'' तेंदूखेड़ा के एक लड़ाके ने माँ पर भद्दी गाली बकते हुए कहा। बड़ी देर से मदनपुर वालों की माँ-बहन और बेटियों को एक होते सुन बसंत से

रहा नहीं गया। वह चबूतरे पर चढ़ कर बोला, ''लड़ाई तुमाई मदनपुर बालों से है, माँ-बहन को बीच में काय ला रये? अब गारी दई तो तुमाई मुंडी काट के पीपर की डगार पे लटका देहें हम!'' करीब पच्चीसेक लोगों के सामने हाथ में कुल्हाड़ी धरे एक युवक का साहस देख तो वहाँ खड़े सभी लोग सकते में आ गए!

उसके बाद तो सिर्फ़ बसंत ही बोले जा रहा था। कह रहा था कि भले ही गाँववालों ने उसे अछूत जान कर नज़रों से गिराए रखा, भले ही उसकी माँ को 'मेहतरानी' कहकर बुलाया जाता रहा, भले ही अच्छे कपड़े पहनने भर से कई बार उसका मज़ाक उड़ाया गया, भले ही गाँववालों ने यह न कहा हो कि बसंत उनके लिए लड़े, फिर भी बसंत लड़ेगा कि आखिर उसने तो खुद को गाँव का ही समझा है। फिर अछूत होकर भी गाँववालों ने उसे कई मौकों पर अपना समझा, बचपन से कभी भूखा न रहने दिया, नंगा नहीं घूमने दिया, क्रिकेट में हमेशा ओपनिंग में उतारा, जीतने पर हीरो बनाया। गाँव में बच्चों से लेकर बूढ़ों तक सभी ने उसकी माँ का लिहाज़ किया। इसलिए बाकी सबकी माँ बसंत की माँ, बाकियों की बहनें बसंत की बहनें। माँ-बहनों पर वह चुप नहीं रह सकता है! गाँव के सम्मानियों की इज़्ज़त किसी ने उतारी, उन्हें गालियाँ बकीं तो जैसे बाँस के पेड़ को जड़ से काटते हैं, वैसे ही वह उस आदमी को नीचे से पूरा काट कर धर देगा!

''बस कर चमट्टे, तोसे का बात कर हें, पहले मदनपुर बालों हे बाहर निकार, सीधी उनई से बात करहें, उनई की फाड़ देहें,'' तेंदूखेड़ा का एक लड़ाका बसंत की बात को बीच में काटते हुए सामने आकर खड़ा हो गया।

''बाकी काय बाहर आहें, जब तुम सब पर मैं अकेलो भारी हूँ, और चमार-ममार कही तो अन्न कसम मार-मार चपटों कर देहूँ! तुम तो फाड़े-फाड़े कहत रइयो, हम मनो सई में फाड़ई देहें!'' बसंत कुल्हाड़ी से पोज़ीशन लेते हुए गरजा।

तेंदूखेड़ा के लड़ाके भी चंदन सेठ के लड़के का खर्चा कराके यूँ ही बेइज़्ज़त होकर लौटने के लिए तो आए नहीं थे, इसलिए वे बसंत को धमकाते हुए तुरंत कुल्हाड़ी फेंक कर आत्मसमर्पण के लिए कहने लगे, पर बसंत को भी पता था कि यदि उसने कुल्हाड़ी फेंक दी तो तेंदूखेड़ा के लड़ाके उसे वैसे भी नहीं छोड़ेंगे। फिर सिर पर मानो कफ़न बाँध कर लड़ने का फ़ैसला उसी का तो था, उसके लिए उससे किसी ने कहा थोड़ी था, इसलिए बसंत उलटा तेंदूखेड़ा वालों को बिना किसी खून-खराबे के गाँव छोड़ने के लिए कह रहा था, ''चुप्पाईचाप इते से खिसक ले, भलाई जई में है, नईतर ऐसी जगह पर कुल्हाड़ी चला देहें कि

कोउ हे बता भी न सकत कि कौन-सो अंग कट गओ। पिछबाड़े धन को निशान बना देहें। सोलह से कम टाँके न लगहें उते पे!''

''तू हमाई गा* फाड़ हे रे? हम तेरी गाड़ फाड़ देहें!'' पीछे से एक ने गुस्से में बसंत को उल्टा जवाब दिया।

इतना सुनते ही बसंत की काया में जैसे बजरंग-बली घुस गए। वह हनुमान चबूतरे से उछलते हुए नीचे आया और दौड़ते हुए उस लड़ाके के पिछवाड़े पर कुल्हाड़ी से तेज़ प्रहार किया जो उससे मुँह लड़ा रहा था। बसंत के एक ही प्रहार से लड़ाका ज़मीन पर गिरा। दर्द के मारे वह इतनी ज़ोर से चीखा कि तेंदूखेड़ा के सारे लड़ाकों में भगदड़ मच गई। लड़कों की जान पर तो ऐसी बन आई थी कि उन्हें जीप पर बैठ कर भागने का समय भी न मिला। मारे दहशत के सब पैदल ही तेंदूखेड़ा की दिशा में भागे।

लेकिन, बसंत भी पूरी तरह से हीरो की भूमिका में आ गया। गाँव की क्रिकेट टीम की तरह वह उस दिन गाँव की ओर से लड़ने वाला ओपनर भी बन गया था। तेंदूखेड़ा के लड़ाकों के पीछे भागते हुए उसने एक के बाद एक और दो लड़ाकों के पिछवाड़े पर कुल्हाड़ी से तेज़ प्रहार किए। दोनों भी ज़मीन पर गिर गए। घायल अवस्था में तीनों लड़ाके बाकी लड़ाकों से रुक जाने की गुहार लगा रहे थे, लेकिन उस क्षण का दृश्य देख सबकी हिम्मत जवाब दे गई थी। बस जो जितना तेज़ दौड़ सकता था दौड़े जा रहा था और बसंत उन सबको खदेड़ रहा था। कोई दो किलोमीटर दूर तक खदेड़ने के बाद बसंत कुल्हाड़ी कंधे पर लिए निडरता से चलता हुआ बस-स्टैंड लौट आया।

जब वह लौटा तो उसने देखा कि तीनों लड़ाके बस-स्टैंड पर ही बुरी तरह कराह रहे थे। उनके पैंट खून से सने हुए थे। वे तीनों बसंत को देख घबराए हुए ज़मीन पर खुद को पीछे की ओर धकेलने लगे। लेकिन, बसंत ने तीनों में से किसी को कुछ नहीं कहा। बस अपने एक परिचित राहगीर को लोटे से घायल लड़ाकों को पानी पिलाने के लिए कहा। मगर, तीनों से पानी नहीं पिया गया। बसंत राहगीर से बोला, ''चिंता मती करियो, हमाओ का है, ऐसी जगह चले जेहें, कि पुलिस को ढूँढ़े से न मिलहें। मनो मदनपुर लौटेंगे ज़रूर, अपनों गाँव अपनो होत है, अपनो घर अपनो होत है, अपनो नरा गढ़ो है इते!'' बसंत ने जाते-जाते कहा, ''जा कुल्हाड़ी हे नदिया में बहा के आगे बढ़ जेहूँ! खून धुल जेहे जा कुल्हाड़ी को!''

जाते-जाते बसंत ने दूर से ही मड़ई के देवी-देवताओं को प्रणाम किया

और फिर कुल्हाड़ी कंधे पर लिए नीम के उसी पेड़ के नज़दीक से गुज़रा जहाँ गाँव के कई जवान आदमी जमा हुए थे। सभी ने बसंत को बुलाया और थोड़ी देर रुकने के लिए आवाज़ लगाई, पर बसंत अपनी ही धुन में था। बहुत जल्दी में भी था। उस समय वह नहीं रुका और गाँववालों की आवाज़ों को अनसुना कर दिया। सिंदूरी नदी की बीच धार में उसने कुल्हाड़ी बहा दी। फिर सिंदूरी के पानी से मुँह धोकर अपनी प्यास बुझाई।

गाँव में समंदर नहीं था। एक छोटी नदी थी, जो प्यास बुझाने के लिए काफ़ी थी। गाँव में न सूखे के चिह्न दिखाई पड़ते थे और न ही खून-खराबे के रंग। बसंत थोड़ी देर गाँव की नदी के कल-कल बहते पानी में ही खड़ा रहा। आखिर सिंदूरी को पार करके वह आगे अपनी राह चल दिया।

कोई नहीं जानता था कि बसंत कहाँ जा रहा था, पर एक बात सबको पता थी कि वह गाँव लौटे बिना नहीं रह सकता था। वहीं उसका घर था, वहीं उसकी माँ थीं जिससे मिलने वह आता ही रहता था। कुछ नहीं तो अगले साल मड़ई के दिन तो लौट ही आएगा। अजीब बात थी कि सयानों ने जिस बसंत और उसके पुरखों को कई पीढ़ियों से गाँव के बाहर रखा हुआ था, गाँव की गतिविधियों से अछूता बनाए रखा था, उसी बसंत ने समय आने पर अपनी जान की परवाह किए बगैर गाँव का मान रखा था। अकेले ही तेंदूखेड़ा के लड़ाकों से भिड़ कर बाकी सभी बिरादरियों का सिर नहीं झुकने दिया था।

गाँव की नई पीढ़ी ने नीम के वृक्ष के नीचे बातचीत करते हुए तय किया कि जितने दिन बसंत नहीं लौटेगा, उतने दिन वे बसंत की माँ का अच्छी तरह से ख़याल रखेंगे। बसंत की माँ गाँव की माँ! सबने तय किया कि वे बसंत और उसकी माँ दोनों से अच्छा बर्ताव करेंगे।

इस बीच सिंदूरी नदी को पार करके नरेन्द्र पटवारी नीम तले आ गए। उन्हें कुछ भी न पता था। नीम तले जमा गाँववालों को बताने लगे कि रास्ते में बसंत उनसे टकराया था। नरेन्द्र पटवारी ने गाँववालों से पूछ कि क्या बसंत की किसी से लड़ाई हुई है? क्या बसंत गुस्सा होकर गाँव से निकला है? गाँववालों ने सारा घटनाक्रम नरेन्द्र पटवारी को बताया। उन्होंने सारी बातें ध्यान से सुन लीं।

फिर अंत में ज़ोर-ज़ोर से हँसने लगे। सबने हैरत से पूछा कि वे इस तरह हँस क्यों रहे हैं?

नरेन्द्र पटवारी ने किसी तरह अपनी हँसी रोकी। बोले, ''रास्ते में बसंत ने मोहे एक बात बताई, बा बात अब समझ में आई तो हँसी आ रही है।''

सब पूछने लगे कि आखिर ऐसी कौन-सी बात बताई कि जिसे सुन कर तनाव की स्थिति में भी उन्हें हँसी आ रही है।

''फाड़ देहें!'' कहते हुए पटवारी फिर हँसने लगे।

''का फाड़ देहें?'' लोगों ने पूछा।

नरेन्द्र पटवारी बोले, ''बसंत बोलो थो कि तेंदूखेड़ा बारे कहत रह गए कि फाड़ देहें, हमने उनकी सई में फाड़ दई!''

तुम तो मेरी चौथी बेटी हो

हरदौल चीकट लेके आए द्वारे
मोटरों में लादके सामान
सोनो, चाँदी, कपड़ा, लत्ता करे दान
सारे नगर में ढोंढरा पिट गओ
सोचें बस्ती बारे
हरदौल चीकट लेके आए द्वारे।

चरणलाल धाकड़ के घर विवाह की धूमधाम मची हुई थी। औरतें मंगल गीत गा रही थीं। पूरा गाँव फिर कुछ समय के लिए एकजुट हो गया था। हालाँकि, राजनीतिक चेतना और महत्त्वाकांक्षाओं के हावी होने के चलते गाँव शनै:-शनै: मुख्यत: दो धड़ों में बँटता जा रहा था। एक धड़ा परंपरागत रूप से पूर्व ज़मींदार की बेटी मीराबाई के साथ ही जुड़ा रहा, जबकि उसके विरोध में दूसरा धड़ा कृपाल सिंह के पक्ष में लामबंद होता जा रहा था। दिनोंदिन दोनों ही पक्ष एक-दूसरे के विरोध में संगठित होते जा रहे थे और पहले से कहीं अधिक आक्रामक भी। ऐसी स्थिति में बहुत कम मौके रह गए थे, जब दोनों पक्ष अपने-अपने मतभेद और मनभेद भुला कर एक साथ काम कर पाते। फिर भी विवाह जैसे कुछ मौके बचे थे। खासकर लड़कियों के विवाह के, जब गाँव के लोग किसी परिवार की लड़की को अपने घर की ही लड़की समझ कर पूरी ज़िम्मेदारी से अपने-अपने ज़िम्मे का काम करते थे।

चरणलाल धाकड़ की लड़की ममता के विवाह का समय आया तो गाँव में दोनों पक्ष के सभी जन अपने सारे सियासी भेद किनारे रख कर मिल-जुल कर विवाह की तैयारी में जुट गए। धाकड़ परिवार था तो शुरू से ही मीराबाई के समर्थन में, पर कृपाल सिंह के लोग यह बात अच्छी तरह जानते हुए भी अपनी ओर से चरणलाल की पूरी मदद कर रहे थे। ममता का रिश्ता मदनपुर से कोई पचास किलोमीटर दूर नरसिंहपुर जिले के ही बीतली गाँव में पक्का हो गया था।

जब नियत तिथि पर बीतली से बारात मदनपुर आई तो पुराने स्कूल भवन में बारातियों के ठहरने की व्यवस्था कर दी गई। उन बारातियों में दो-चार ज़रा शहरी मिज़ाज के भी थे, जिन्हें मदनपुर वालों द्वारा किये जा रहे स्वागत-सत्कार में मज़ा ही नहीं आ रहा था। जैसे खरबूजे को देख खरबूजा रंग बदलता है, कुछ बारातियों के नखरे देख बाकी कई बाराती भी अपने कष्ट बयाँ करने लगे। ये बाराती मदनपुर वालों की ओर से की जा रही खातिरदारी को पिछड़ा साबित करने में लगे हुए थे। बात-बात पर कमी निकाल रहे थे। लड़की वाले होने की वजह से गाँववाले बहुत देर से उनका रौब और कमेंटबाज़ी बर्दाश्त किए जा रहे थे।

इस क्रम में बारातियों ने जब दूसरी बार चाय की माँग की तो घरातियों द्वारा फिर से चाय बनवाई गई। लेकिन, बारातियों ने यह कहकर चाय फेंक दी कि ऐसी फीकी चाय पीने से तो चाय न पीना ही ठीक है। हालाँकि, कहने वालों में वे बाराती भी शामिल थे जिन्होंने शराब पी हुई थी और जिन्हें असल में चाय पीनी ही नहीं थी। गाँव के लड़कों ने किसी तरह यह बात भी सहन कर ली और सोचा, 'थोड़ी देर की ही तो बात है, आखिर बारातियों के लिए यही तो अवसर होता है जब वे किसी पर अपनी अकड़ दिखा पाते हैं।'

''काय रे, जा बताओ, जा चाय है, या कि गरम सरबत। पता होता कि इतने गए-गुज़रे हैं तो यहाँ आते ही नहीं।'' एक बाराती के बोलने के ढंग से तो यही लग रहा था कि मानो वह सीधा मुंबई से चला आ रहा है।

''गाँव में तो दूध की कमी होनी नहीं चाहिए थी। जा लड़की के बाप को बुला कर ला!'' पहले बाराती को रौब में देख दूसरा बाराती कुछ ज़्यादा ही बोल गया।

बारातियों की खातिरदारी में लगे गाँव के लड़कों ने ज्यों ही यह सुना त्यों ही उनका माथा ठनक गया। ठीक है कि बाराती हैं, लेकिन बाप तक पहुँचने का हक उन्हें किसने दिया! पुराने स्कूल भवन में पधारे बारातियों के सामने तो उस समय कोई कुछ न बोला, पर यह बात जब दुल्हन के पिता चरणलाल धाकड़ को बताई गई तो गुस्से के मारे धाकड़ का तो दिमाग ही घूम गया। कुछ देर के लिए उन्हें तो यह होश ही न रहा कि उनके घर ही कार्यक्रम चल रहा है और वे लड़की के पिता हैं।

बदतमीज़ बारातियों को सबक सिखाने की मंशा से उन्होंने कहीं से एक मोटी लाठी उठा ही ली थी कि कुछ लोगों ने उन्हें पकड़ लिया और एक कमरे में बंद कर दिया। भीतर से चरणलाल धाकड़ चिल्लाये जा रहे थे, ''लड़की के

बाप को बुलाओ को का मतलब है! कोउ कमी रह गई तो बताने चयै, लड़की के बाप तक पहुँच गए तो पता लग जेहे लड़की को बाप का होत है!''

अचानक विवाह में दंगे की स्थिति बनते देख महिलाएँ घबरा गईं। उधर, चरणलाल ने घरवालों को हुक्म सुना दिया कि विवाह की तैयारी रोक दी जाए। उनका कहना था कि जिस घर के पढ़े-लिखे लोग तक यह नहीं जानते कि लड़की के पिता से कैसे बात की जाती है, रिश्तेदारी में कैसे लिहाज़ बरता जाता है, स्वागत करने वालों से किस लहज़े में बर्ताव किया जाता है, उस घर में बेटी देनी ही नहीं है। आमतौर पर ऐसी स्थिति में लड़की वालों को झुकना पड़ता है, पर चरणलाल धाकड़ दूसरी ही मिट्टी के बने हुए थे। बगैर परवाह किए बोले, ''बारातियों को वेलकम अब लट्ठों से हुइये!''

चरणलाल धाकड़ जब अपनी पर आ जाते थे तो गाँव में उनसे बड़ा दबंग कोई दूसरा नहीं दिखता था। इसलिए, कुछ घंटों तक तो कोई उन्हें समझा कर समझौते के लिए राजी नहीं कर सकता था। वहीं, बीरन चच्चा को जब बारातियों की हरकतें पता चलीं तो उन्होंने स्वागत-सत्कार में लगे गाँव के लड़कों को इकट्ठा कर लिया। तय हुआ कि आगे से उसी बारात का मान रखा जाएगा जो उस मान के लायक होगी। बीतली के बारातियों को छोड़ दिया गया तो कल दूसरे गाँव के बाराती आकर मदनपुर वालों को जो जी में आएगा ऊटपटांग बोला करेंगे, गालियाँ बक कर चले जाएँगे। वहीं, चरणलाल धाकड़ के सगे-संबंधी तो पहले ही बारातियों की ठुकाई का मन बना चुके थे।

''लड़की के बाप से जेहे मिलने है, वे चुपचाप बाहर निकर अइयो!'' बीरन चच्चा ने पुराने स्कूल जहाँ कि बाराती ठहरे हुए थे, के नज़दीक आकर आवाज़ लगाई। जो लड़के थोड़ी देर पहले तक बारातियों से बड़े आदर के साथ चाय-पानी के लिए पूछ रहे थे, उनके हाथों में लाठियाँ देख बाराती सकते में आ गए। फिर तो जो बाराती कमरे के भीतर का दरवाज़ा लगा कर भीतर ही रह गए, सिर्फ़ वही बच गए। बाकी निहत्थे बारातियों को अंधेरी रात में दौड़ा-दौड़ा कर मारा जाने लगा। अंधेरे का ही लाभ उठा कर जो बाराती जहाँ छिप सकता था, छिपने की कोशिश करने लगा। इधर, गाँववाले उन्हें टॉर्च की रोशनी में जहाँ-तहाँ तलाश रहे थे।

इस बीच गाँव के एक आदमी ने बताया कि उसने कुछ बारातियों को सिंदूरी नदी की ओर भागते हुए देखा है। बीरन चच्चा की अगुवाई में लड़कों का एक दल अंधेरे में ही सिंदूरी नदी की ओर चल दिया। लेकिन, नदी के किनारे

बाराती कहाँ छिपे हैं जो वे टॉर्च की रोशनी में खोजने पर भी नहीं मिल रहे थे। अंधेरे में उन्हें खोज पाना मुश्किल हो रहा था। पर, नदी के पास बारातियों की बस खड़ी दिखी। हो सकता है कि कुछ बाराती बस में छिपकर लेट गए हों, यही सोच कर कुछ लड़कों ने बस पर पत्थर मार-मार कर बस की खिड़कियों के काँच फोड़ डाले। इसके बावजूद, कहीं से कोई हरकत नहीं हुई तो बीरन चच्चा ने अंधेरे में ही बारातियों को चुनौती दे डाली, ''हम चाय भी देत हैं, और मौका आ गओ तो आदमी हे चीर भी देत हैं, असल हो तो बाहर निकर अइयो, लड़ लइयो फिर इते से लेके बंबई तक!''

सुबह हुई तो बारातियों और घरातियों के बीच अहं थोड़ा ठंडा पड़ गया। रात में विवाद के बाद बारातियों को खाना तक नहीं मिल पाया था और विवाह की कोई भी रस्म सम्पन्न नहीं हो सकी थी। इसके बावजूद, लड़का मनीष और मनीष के परिजन विवाह के पक्ष में ठहरे हुए थे। उनका कहना था कि लड़की उन्हें पसंद है, कुछ बारातियों ने लड़की के पिता और गाँववालों का अपमान कर दिया है तो उसमें मनीष और उसके परिवार की कोई गलती नहीं है। हालाँकि, चरणलाल धाकड़ का क्रोध कम हुआ था, मगर पूरी तरह शांत नहीं हुआ था। बोले, ''मोड़ी के चार भइया हैं, जादा-से-जादा का हुइये, ममता को बियाह न हुइये तो न सही, मनो ससुराल में गारी तो न खाये बा!''

इस बीच दिन में बारात के लिए भाड़े पर बस देने वाली बस की मालकिन रामकली सागर शहर से गाँव आ धमकी। दरअसल, जब ड्राइवर समय पर बारात लेकर नहीं लौटा तो उसे चिंता हो गई थी कि उसकी बस बारात लेकर क्यों नहीं लौटी! कोई पचास-पचपन साल की रामकली मर्दों की तरह शर्ट-पैंट और जूते पहना करती थी। उसने महिला होकर अपने इलाके में दबंगों के बीच बस कंडक्टर बन कर अपना संघर्ष शुरू किया था। फिर किसी तरह पैसे जोड़े और एक पुरानी बस खरीदी और फिर देखते-ही-देखते कुछ सालों में ही वह और तीन बसों की मालकिन बन चुकी थी।

उसका जॉब ही ऐसा था कि मौका आ जाए तो उसे लड़ने-भिड़ने के लिए तैयार रहना पड़ता था। लिहाजा, लड़ने-भिड़ने में वह पीछे नहीं हटा करती थी। समय आ जाए तो मर्दों की तरह गालियाँ भी बकने लगती थी। उसके सख्त मिज़ाज से सभी डरते थे और बगैर उसके मुँह लगे ही भाड़ा दे दिया करते थे।

वह अपने नाम के आगे अपनी जाति 'चमारन' लगा कर अपना पूरा नाम 'रामकली चमारन' प्रचारित करती थी। जब उससे इसकी वजह पूछी जाती तो

वह खुल कर वजह भी बता देती। कहती, ''लुच्चे, लफ़ंगे, बदमाशों को सीधा रखना जानती हूँ, बड़े-से-बड़ा गुंडा मुझसे ऐसा-वैसा नहीं बोल सकता है, मैंने किसी को गाली दे दी, या समझो मार ही दिया तो लोग उस पर थूकेंगे कि एक चमारन से पिट गया। फिर वह मेरा कत्ल भी कर दे तो क्या! उसकी तो इलाके भर में इज्ज़त उतार दी न इस चमारन ने!''

रामकली ने जब सिंदूरी नदी किनारे अपनी बस की फूटी खिड़कियाँ देखीं तो बिफ़र पड़ी। एक तो दो दिनों का बस का भाड़ा वसूलना रह गया था और उस पर उसे बस को हुए नुकसान की भरपाई भी वसूलनी थी। वह सिंदूरी नदी से चलते हुए तुरंत पुराना स्कूल पहुँच गई, जहाँ लड़के वालों के साथ कुछ बाराती ही रह गए थे। वहाँ उसने लड़के के पिता से पैसे माँगे। लड़के के पिता अपना ही रोना लेकर बैठ गए कि वह तो बहुत सारा पैसा पहले ही खर्च करके विवाह के लिए मदनपुर आए थे और अपने लड़के का विवाह कराके ही बीतली लौटना चाहते थे, पर लड़की वाले हैं कि विवाह के लिए तैयार ही नहीं हो रहे हैं, जबकि लड़की उन्हें पसंद है।

रामकली ने उन्हें दो टूक कह दिया कि उनकी समस्या वे जानें, उसे तो उसके पैसे से मतलब है और अपना पैसा वसूलने के लिए वह किसी भी स्तर पर उतर सकती है। यह सुनकर लड़केवालों की तरफ़ से कहा गया कि जब बस बारातियों ने तोड़ी ही नहीं है तो वे पैसा क्यों दें? वे सिर्फ़ बस का भाड़ा ही दे पाएँगे। रामकली को जब लगने लगा कि घी सीधी उँगली से नहीं निकलेगा तो उसने उँगली थोड़ी टेढ़ी कर ली। बोली, ''मेरा पूरा नाम तो पता है न क्या है! रामकली चमारन। पैसा तुम्हारे हलक में हाथ डाल कर भी निकालना आता है, ऐसे ही तीन बसें नहीं खरीद लीं! पैसा तुम दो, या लड़की वालों से दिलवाओ, या दोनों मिल कर दो, मगर मुझे मेरा पूरा पैसा दो!''

फिर रामकली वहाँ से उठ कर लड़की वालों के घर चल दी। लड़की के पिता चरणलाल धाकड़ आँगन में ही बैठे हुए थे। उन्हें देख रामकली ने बिना हालचाल पूछे ही सीधे उनसे पैसा माँग लिया। चरणलाल ने रामकली को माटी के टीले पर बैठने के लिए कहा और अपनी मजबूरी बताई कि नकद तो उनके पास भी नहीं है, जो नकद था वह शादी में ममता के गहने खरीदने में खर्च हो गया। रात जो झगड़ा हुआ उसमें कसूर बारातियों का ही है। लेकिन, दो-तीन दिनों की मोहलत दी जाए तो वे बस को हुए नुकसान की भरपाई कर देंगे।

''दो-एक दिन में पैसा कहाँ से आ जाएगा?'' रामकली को लगा कि

चरणलाल टालने के लिए बहाना बना रहे हैं। वे बाद में पैसा नहीं देंगे। लेकिन, चरणलाल ने बताया कि वे उनकी लड़की ममता के गहने बेच कर हिसाब कर देंगे। यह सुन कर रामकली चुप हो गई। फिर रामकली ने ममता को एक नज़र देखने की इच्छा ज़ाहिर की। ममता जब रामकली के सामने आँगन में आकर खड़ी हुई तो उसे देख रामकली का दिल पसीज गया। उसने दूर से ही ममता को अपने दोनों हाथ उठा कर आशीर्वाद दे दिया।

''लड़की के गहने बेचेगो! उसका विवाह मगर नहीं होने दोगो! आखिर कैसे बाप हो?'' रामकली की बात सुनकर सब अचंभे में पड़ गए कि कुछ देर पहले तक सिर्फ़ अपने पैसों की बात करने वाली रामकली कैसे ममता के हित के बारे में बात करने लगी है! कुछ देर तक सन्नाटा छाया रहा।

फिर रामकली ने ही चुप्पी तोड़ी और अपना संघर्ष बताने लगी। बताने लगी कि वह लड़के और लड़के वाले के परिवार को अच्छी तरह जानती है। मनीष जैसा दूल्हा उसे मिला होता तो वह अपनी बड़ी लड़की की शादी उसके साथ करा देती। सागर शहर में उसके घर तीन-तीन जवान लड़कियाँ हैं। पति बहुत पहले ही मर गया। वह एक-एक करके तीन बसों को बेच देगी और अपनी तीनों लड़कियों की शादियाँ करा देगी। तीन लड़कियों की माँ होने के नाते वह किसी भी हालत में यह नहीं चाहती कि ममता की शादी टूटे।

''मनो गहना बेचके पइसा तुम्हें दे देहें तो ममता है का देहें?'' चरणलाल ने अपनी मजबूरी साझा कर दी। यह बात सुन रामकली नरम पड़ गई। रामकली ने मुस्कुराते हुए बताया कि उसने अपना सख्त रूप तो ज़ालिमों से निपटने के लिए बनाया हुआ है। यदि वह ज़रा भी कोमल पड़ जाए तो लोग उसकी कोमलता को कमज़ोरी समझ कर उसे खा ही जाएँगे! लेकिन, असल में उसके भीतर एक माँ का मन है। तीन लड़कियों की माँ ही नहीं बल्कि पिता का भी कर्तव्य निभाने के कारण वह किसी भी लड़की के साथ खिलवाड़ नहीं कर सकती। रामकली ने कहा कि उसे बस को हुए नुकसान का एक पैसा नहीं चाहिए। बस शादी में ममता के गहने ममता को दे दिए जाएँ, यही उसके हिस्से का पुण्य होगा।

भावनाएँ जब अपने चरम पर होती हैं तो सख्त से सख्त आदमी का हृदय नारियल-सा फूट कर सामने आता है—बाहर से कड़क, अंदर से मीठा निकलता है।

रामकली के हस्तक्षेप से लड़के और लड़की वालों के बीच समझौता हो गया। सारी वैवाहिक विधियाँ दिन में सम्पन्न कर ली गईं। जब वर-वधू को तिलक लगाने की बारी आई तब रामकली ने तिलक में वर-वधू को इक्यावन

सौ एक रुपए का नेग दिया। फिर रामकली ने ममता से कहा कि यदि उसे कभी कोई दिक्कत आए तो वह उस तक संदेश पहुँचवा दे। दुल्हन के रूप में लजाती हुई ममता ने उस समय 'हाँ' में सिर हिला दिया।

ममता ने बैठे-बैठे रामकली को प्रणाम करने के लिए झुकना चाहा। लेकिन, रामकली यह देख पीछे सरक गई। कहने लगी कि वह बेटियों से पैर नहीं पड़वाती है। दूर बैठ कर महिलाओं के साथ वह भी उस समय मंगल-गीत गा रही थी। गाते हुए बीच-बीच में ममता से बोलती जा रही है, ''तुम तो मेरी चौथी बेटी हो!''

बसंत, साले हे मार!

"काय का हो गओ? काय का हो गओ?"

बसंत को बस-स्टैंड की ओर से तेज़ सरपट दौड़ते देख रास्ते में जो भी मिल रहा था वही चौंक रहा था और पूछे जा रहा था कि काय का हो गओ? बसंत का बस-स्टैंड पर फिर से झगड़ा हुआ है! बसंत ने फिर से किसी को मारा है और सिंदूरी नदी पार करके भाग रहा है! बहुत समय बाद तो बसंत गाँव लौटा था और उसे लौटे ज्यादा दिन भी न हुए थे कि यह भगदड़ देख किसी को समझ नहीं आ रहा था कि क्या हुआ! इससे पहले कि रास्ते के लोग कुछ समझ पाते, बसंत के पीछे गाँव के ही लड़के उसे पकड़ते, गालियाँ बकते और दौड़ते नज़र आए।

तो बसंत की अबकी गाँव के लड़कों से ही लड़ाई हो गई! क्यों?—रास्ते के लोगों ने यह जानने के लिए बसंत और उसके पीछे उसे पकड़ने दौड़ रहे लड़कों को रोकना चाहा। पर, रुकने की स्थिति में वे नहीं थे। राम मन्दिर के बाद सिंदूरी नदी की ओर जाने के लिए बस्ती के भीतर से कई सारी तंग आड़ी-तिरछी गलियाँ खुलती थीं। फिर उन्हीं तंग आड़ी-तिरछी गलियों में भागम-भाग चालू हो गई। रास्ते के कुछ लड़के मामले को बिना जाने-समझे ही इस भागम-भाग में शामिल होकर बसंत के पीछे दौड़ पड़े, जबकि बाकी जन मामले को समझने के लिए बस-स्टैंड आ गए।

बस-स्टैंड स्थित बजरंग-बली के चबूतरे पर बहुत सारे लोग पहले से ही वहाँ बैठे ठाकुर कृपाल सिंह को घेरे खड़े थे। पता चला कि बसंत कृपाल सिंह की पीठ पर लाठी के निशान छोड़ भागा था। कृपाल सिंह अव्वल तो उम्रदराज़ और उस पर भी 'सिंह' थे, इसलिए जिसे भी यह पता लगता कि बसंत कृपाल सिंह को लाठी भांज कर भागा है, वह बसंत पर आगबबूला हुए जा रहा था। फिर सब यह भी जानते थे कि कृपाल सिंह गाँव के सरपंच भले ही न हों, मगर जब भी पंचायत का चुनाव होगा, उनका सरपंच बनना लगभग तय है। ऐसे में

गाँव के दलित लड़के के हाथों उनकी बस-स्टैंड पर ही हुई पिटाई जैसे गाँव की बेइज़्ज़ती का मुद्दा मान लिया गया था।

उस पर यह कि उस समय भीड़ में जो भी नया आदमी शामिल होता तो आकर यही पूछता कि हुआ क्या है? फिर कृपाल सिंह के सामने उसे बताना पड़ता कि बसंत कृपाल सिंह को मार कर भागा है। बसंत के हाथों कृपाल सिंह की पिटाई की बात सुन कोई भी तैश में आ जाता था कि बसंत ऐसी हिम्मत कर कैसे सकता है!

अगर दलित की बजाय दूसरी बिरादरी का आदमी उन्हें पीट देता तो भी लोग किसी तरह खून के घूँट पी जाते। पर, लग रहा था कि बसंत ने कृपाल सिंह की पीठ पर निशाना साध कर पूरे गाँव की ही इज़्ज़त पर चोट पहुँचा दी थी। इस बीच ग्राम सर्रा के ठाकुर साहब ने मोटरसाइकिल रोक कर हाल-चाल पूछा। जब उसे मामला मालूम हुआ तो मोटरसाइकिल पर ही बैठे-बैठे हँसा। बोला, ''तुमाय गाँव में चौधरी गर्रा गए! हमाय गाँव में तो हमने उन्हें डोरा-डार सीधा कर रखा है।'' इतना कह कर सर्रा का सरपंच मोटरसाइकिल से फटफटाते हुए चला गया। मदनपुर का कोई आदमी उससे कुछ न कह सका। बस सभी उसकी बात को किसी तरह सहन करके रह गए। सभी को सच ही लग रहा था कि सर्रा के चौधरी यानी दलित तो डोरा-डार सीधे थे, जबकि मदनपुर के दलित लिहाज़ भूल गए थे।

आमतौर पर कई इलाकों में चौधरी शब्द सवर्ण बिरादरियों के लिए प्रयुक्त होता है, पर हमारे यहाँ चौधरी का मतलब दलित है। लेकिन, यह सवाल सुन कर कि बसंत ने उन्हें क्यों मारा, कृपाल सिंह सकपकाए जा रहे थे, उनके मुँह से कुछ न फूट पड़ रहा था, जैसे कि उनकी घिग्घी बँध गई हो। कई लोगों को यह देख हैरानी भी हो रही थी कि अक्सर दबंगई से खूब बड़बड़ाने वाले कृपाल सिंह पिटने के बावजूद चबूतरे पर पूरी तरह शांत क्यों बैठे हुए थे, मानो उन्हीं से कोई अपराध हुआ हो।

जब उनसे गाँव के लड़के पूछते, ''काय कक्का का हो गओ थो?'' तो कृपाल सिंह 'कछु नई, कछु नई भओ' कह कर चुप हो जाते थे। बहुत पूछने पर वे बस इतना ही बोलते, ''जान दे, कोउ की लाज उखड़ जेहे!''

''कोउ की लाज उखड़ जेहे!'' लेकिन, किसकी? यह बात समझ नहीं आ रही थी कि कृपाल सिंह सरेआम दिन में यूँ बुरी तरह बेइज़्ज़त होकर पिटने के बावजूद आखिर किसकी लाज बचाने की बात कर रहे थे। वे बाजू में रखी

अपनी मज़बूत छड़ी को बार-बार हाथ से उठाते और वापस रख देते थे। इस दौरान नज़दीक ही स्कूल परिसर से दीक्षित सर भी वहाँ आ गए थे। दीक्षित सर ने कृपाल सिंह के हाव-भाव देख पूछ लिया, ''कोउ गलती तुमई से हो गई होय तो बता दे, काय डर रये हो?''

दीक्षित सर ने बोला ही ऐसा था कि कृपाल सिंह से रहा नहीं गया। उन्हें भी लगने लगा था कि गाँववालों को झगड़े की जड़ के बारे में बात बतानी ही पड़ेगी। वे अपना सिर और अपनी आँखें ज़मीन पर गड़ाते हुए बताने लगे कि बसंत का मोहन पटेल की लड़की से चक्कर चल रहा है। जब उन्हें इसकी भनक लगी तो उन्होंने एक सयाना आदमी होने के नाते बसंत को अपनी अटारी में बुलवाया और लड़की से दूरी बनाने की हिदायत दी। लेकिन, कृपाल सिंह की मानें तो बसंत उनकी बात को मान ही नहीं रहा था और लड़की से संबंध तोड़ने के लिए तैयार ही नहीं हो रहा था। गाँव की लोक-लाज बचाने के लिए उन्हें बसंत पर सख्ती दिखानी पड़ी। एक दिन उन्होंने बसंत को दोबारा बुलवाया और चार दिनों के भीतर गाँव से भाग जाने की धमकी दे दी थी। उन्हें इस बात का अंदाज़ा बिलकुल नहीं था कि बसंत उनसे बदला लेगा और गाँव छोड़ने से पहले उन्हें लाठी से पीट कर भाग भी सकता है।

कृपाल सिंह की बातें सुन कर एक पल के लिए तो दीक्षित सर को यकीन ही नहीं हुआ। मोहन पटेल की बेटी सरिता पटेल को उन्होंने खुद पढ़ाया था। बोले, ''अरे बा मोड़ी पढ़बे में ज़रूर कमज़ोर हती, मनो बहुतई भली और भोली मोड़ी है बा। आपने गलत सुन-सुना लई का सिंह साब?''

''सरजी, आप जा गाँव के नइया, काय टाँग डार रये बीचई में, हमें पता है इते का चल रओ है और का नई चल रओ है।'' बहुत देर से सहमे बैठे कृपाल सिंह पहली बार हल्के उत्तेजित दिखे। सरिता गाँव की सबसे सुंदर, जवान लड़कियों में से एक थी, जो वर्षों पहले आठवीं की परीक्षा में फ़ेल होकर घर पर ही माँ-बाप के कामों में हाथ बँटाने लगी थी। सरिता जैसी सीधी लड़की का नाम उजागर हुआ तो बाकी लोग भी कृपाल सिंह की बात पर भरोसा नहीं कर पा रहे थे।

बसंत और सरिता दोनों अलग-अलग बिरादरी के लड़के-लड़की थे। इसके बावजूद उनके बीच प्रेम न पनपे तो यह कोई ज़रूरी नहीं था। फिर भी एक पटेल की लड़की का गाँव के बाकी लड़कों को छोड़ दलित लड़के पर दिल आना सभी को चौंका ज़रूर रहा था। फिर दोनों के घर, गाँव में दो अलग-अलग कोनों पर थे, इसलिए दोनों के मिलने और बात करने की कल्पना को लेकर भी लोगों में

संदेह पैदा हो गया था।

इस प्रकरण में बात जब मारपीट तक पहुँच गई और राज़ भी जगज़ाहिर हो गया तो कुछ सज्जनों ने मोहन पटेल को बस-स्टैंड पर बातचीत के लिए बुलाने का फ़ैसला किया। हालाँकि, कृपाल सिंह उन्हें इस बात के लिए रोकने और मामले को रफ़ा-दफ़ा करने के लिए कहते दिखे। लेकिन, लोग नहीं माने तो नहीं ही माने। बोले कि सीधे सरिता से नहीं तो उसके पिता मोहन से ही बात की जाए।

मोहन पटेल उस समय घर पर नहीं थे। वे अपनी बेटी सरिता को लेकर कहीं दूसरे गाँव रिश्तेदारी में गए हुए थे। लेकिन, मोहन पटेल की पत्नी ने जो संदेश भिजवाया तो उसे सुन कर सब भौंचक्के रह गए। मोहन पटेल की पत्नी ने कहलवाया कि दोषी बसंत नहीं है, दोषी है तो खुद कृपाल सिंह। मोहन पटेल की पत्नी ने बताया कि कृपाल सिंह की ही उनकी बेटी सरिता पर कई दिनों से गंदी नज़र थी। यह बात सरिता के घरवालों ने एक दिन बसंत को बता दी थी। इसलिए, इस बात पर उलटा बसंत ने ही कृपाल सिंह को दो-तीन दफ़ा सुधर जाने के लिए कहा था। पर, कृपाल सिंह अपनी अकड़ में थे और मान नहीं रहे थे। सीनाज़ोरी करते हुए कृपाल सिंह कहा करते थे कि बसंत होता कौन है इस मामले में दखल देने वाला। बात जब हद पार करने लगी तो कृपाल सिंह ने बसंत को उनकी अटारी पर बुलवाया और चार दिनों के भीतर बसंत को गाँव छोड़ देने की धमकी दे दी। 'करे कोई और भरे कोई', बस इसी बात पर गुस्सा होकर बसंत ने कृपाल सिंह को मारा होगा।

यह बात सुन कर लोगों को समझ ही नहीं आ रहा था कि गाँव में चल क्या रहा है! कई लोग असमंजस में पड़ गए, जबकि कुछ देर पहले तक तो सभी कृपाल सिंह के पक्ष में इकट्ठा हो रहे थे। फिर यह भी था कि पक्ष उसी का लिया जा सकता था जो सच बोल रहा हो। लेकिन, किसी को नहीं मालूम था कि सच कौन बोल रहा है! कृपाल सिंह या फिर मोहन पटेल की पत्नी? सभी इस मामले से अनजान थे। यहाँ तक कि उन्होंने इस मामले में किसी के मुँह से कुछ सुना भी न था। इसलिए, थोड़ी देर तक बस-स्टैंड पर सन्नाटा खिंच गया।

ठीक है कि कृपाल सिंह का गाँव में वर्चस्व था। ठीक है कि वे तेंदूखेड़ा कृषि उपज मंडी से लेकर कोर्ट, कचहरी वगैरह के कामों में गाँववालों की मदद किया करते थे। लेकिन, अगर बात बदचलनी पर आ जाए और लड़की की माँ ही कृपाल सिंह पर बदचलनी का लांछन लगाए तो ऐसे मामले में सोच-समझ कर ही कदम उठाया जाना चाहिए। यही वजह थी कि उस समय बसंत के खिलाफ़

उमड़ा गुस्सा थोड़ा ठंडा पड़ गया।

कृपाल सिंह थे तो मूलत: नेता ही। बसंत के खिलाफ़ माहौल कमज़ोर पड़ता देख, वे तनाव में आ गए। वे तो खुद ही नहीं चाह रहे थे कि यह मामला खुले, लेकिन जब सारी बातें सतह पर आ गईं तो उन्हें अपनी छवि बचाना ज़रूरी लगने लगा था। बसंत से पिटने के बाद पहले ही उन्हें बेइज़्ज़ती का सामना करना पड़ रहा था। उसके बाद अगर लोगों की सहानुभूति भी उनसे हट जाती तो उनकी राजनीति भी धरी रह जाती। यही सोच कर शांत-सहमे दिख रहे कृपाल सिंह अपने असली रंग में आ गए। उनकी गलती नहीं है, यह बात अच्छी तरह लोगों के दिमाग में बैठा देना ही जैसे कृपाल सिंह के लिए उस समय ज़िन्दगी और मौत का प्रश्न बन चुका था। उस प्रकरण में किसी भी सीमा तक जाकर लोगों को अपने पक्ष में कर लेना उनके लिए बहुत ज़रूरी हो गया था।

प्रतिकूल परिस्थिति को अपने पक्ष में मोड़ न सके तो फिर वह नेता ही क्या! कृपाल सिंह के कुछ समर्थक बसंत के पीछे पड़े थे, जबकि बाकी बस-स्टैंड पर ही उनके आस-पास मौजूद थे। लेकिन, लीड तो कृपाल सिंह को ही लेनी थी। अचानक ही कृपाल सिंह अपनी मज़बूत छड़ी के सहारे चबूतरे पर बजरंग-बली की मूर्ति के पास तक गए और नत-मस्तक होकर फूट-फूट रोने लगे। उसी समय दौड़ कर उनके दो-तीन समर्थकों ने उन्हें सँभाला और वापस चबूतरे पर ही बैठा कर पानी पिलाया। पानी पीने के कुछ देर बाद तक वे पानी का गिलास देख-देख कुछ सोचते दिखे। फिर उन्होंने अपना मौन तोड़ दिया। धीरे-धीरे धीर-गंभीर आवाज़ में बोलने लगे, ''अब हम राजनीति छोड़ देहे, कच्छु फ़ायदों नइया, जा राजनीति में। गंदो इल्जाम और लग गओ। बुढ़ापे की सत्यानास हो गई हमाय तो! जा राजनीति से तो हाथ जोड़े भईया!''

जब गाँव उन्हें आगामी पंचायत-चुनाव में सरपंच बनाने का मन बना चुका था, तब कृपाल सिंह के राजनीति छोड़ देने की बात कई लोगों के लिए सदमे की तरह थी। आखिर उन्होंने कई लोगों को फ़ायदा तो पहुँचाया ही था। कृपाल सिंह बताने लगे कि चुनाव से पहले उनके खिलाफ़ बहुत बड़ा खेल हो गया। उन्होंने बगैर किसी का नाम लिए कहा कि उनके विरोधियों ने पहले तो एक दलित लड़के से पिटवा कर गाँव के भीतर ही उनकी ठसक माटी में मिला दी और फिर उनके चरित्र पर झूठा आरोप लगाकर अपने ही लोगों की नज़रों में उन्हें गिरा दिया। इस तरह, उनकी सारी अच्छाइयों पर एक बार में ही पानी फेर दिया।

वहाँ मौजूद कृपाल सिंह के समर्थक कृपाल सिंह की हाँ में हाँ मिलाने

लगे और दावा करने लगे कि उन्होंने कई मौकों पर कृपाल सिंह के विरोधी गुट के साथ बसंत और मोहन पटेल को एक साथ देखा है। गुड्डू नाम के समर्थक ने पूछ भी लिया, ''एक मिनट हे मान लो कृपाल कक्का की गलती है, मोड़ी के घर बारों के अलावा गाँव के कोई आदमी हे जा विषय में कच्छु पता नइया, जा बात फिर अकेले बसंत हे काय से पता चल गई? उन्ने ऐसी बात अकेले बसंत ही को काय बताई? बाकी गाँव बारे का मर गए थे।''

''मनो, जा बताओ, कोई लड़की की माँ लड़की के बारे में झूठ काय बोलहे?'' बहुत देर से चुप दीक्षित सर फिर बोल पड़े।

''मोड़ी को कैरेक्टर बचाबे बा ही माँ न बोलहे तो का आप बोलहो!'' कृपाल सिंह ने अपनी तरफ़ से सफाई दी। बताने लगे कि न चाहते हुए भी जब उनकी वजह से मोहन पटेल की कुँआरी लड़की के चरित्र पर लाँछन लग गया तो मोहन पटेल का परिवार तो कहेगा ही यह सब झूठ है। कृपाल सिंह की मानें तो गुस्से के मारे भी मोहन पटेल का परिवार उन पर झूठ मढ़ रहा है। वैसे भी वे उनके विरोध में जो रहता है।

''बा हे अपनी मोड़ी को चरित भी बचाने हैं और हमसे रंजिश भी निकारने हैं, बा तो कहेगी ही कि मैं झूठ बोल रओ!'' एक ही बात दोहराने के बाद कृपाल सिंह पिछले कुछ सालों में गाँव की हवा बिगड़ने पर चिंता ज़ाहिर करने लगे। दरअसल, गए सालों में दो-तीन जोड़े प्रेम में पड़ कर गाँव से ऐसे भागे थे कि लौट कर गाँव नहीं आए। दूसरे शब्दों में कह सकते हैं कि गाँव में जो स्थिति और मान्यता थी, उसके भीतर उनका अंतरजातीय विवाह करने के बाद फिर गाँव लौट कर आना ही मुश्किल था। इस तरह, कृपाल सिंह ने बसंत के प्रकरण को अंतरजातीय विवाह संबंध और प्रेम-प्रसंगों से जोड़ दिया तो खासकर गाँव के कई सारे बुजुर्ग उनकी बातों पर गंभीरता से विचार करने लगे।

कोई आठ-दस महीने पहले ही नंदू साहू और सरोज पटेल नाम की लड़की गाँव से भाग कर शादी कर चुके थे। नंदू साहू बड़े किसान का बेटा था, पर प्रेम में पड़ कर जब वह भागा तो उसके लिए गाँव लौटना मुश्किल हो गया। वहीं, नंदू के प्रेम में सरोज का भी मायका और ससुराल दोनों ही एक साथ छूट चुके थे। दोनों के घरवालों ने बोल दिया था कि दोनों ही उनके लिए मर चुके हैं। इसलिए, दोनों के लिए गाँववालों को मुँह दिखाना मुमकिन न था।

फिर भी कुछ लोगों ने नंदू जैसे धनी युवक को जबलपुर में चाय का ठेला लगाते हुए देखा था। नंदू को तो कुछ लोगों ने फिर भी देखा, पर ऐसे ही और

कुछ जोड़ों के बारे में तो मालूम ही नहीं चल रहा था कि वे भाग कर कहाँ गए ? गाँव और अपने परिवार से दूर आखिर किस हाल में रहते होंगे ?

नंदू-सरोज का उदाहरण देकर कृपाल सिंह का दाहिना हाथ लखन गाँव वालों को चेताने लगा, ''का चाहत हो, तुमाय मोड़ा-मोड़ी नंदू-सरोज सरीखे मज़दूर बन जाएँ ? अभै ध्यान नई दओ तो आज बसंत तो कल कोई और ऐरा-गैरा नत्थू खैरा कोउ के मोड़ी हे ले के शहर भग जेहे !'' फिर कृपाल सिंह के दूसरे समर्थक मलखान सिंह ने जोड़ा, ''कृपाल कक्का ने तन्नक सख्ती कर दई, उन्नई हे मार दओ ! कल तुम रोको तो तुम्हें भी मार देहें ! जा बात हल्के में मत लइयो !''

बसंत ने क्यों मारा ? इस बात को पटरी से उतारने के लिए फिर इस डर पर चर्चा होने लगी कि दलित बसंत का हाथ फिर किसी और पर भी उठ गया तो क्या कीजिएगा ? चर्चा होने लगी कि गाँव के सयानों ने सारी बिरादरियों के लिए जो परंपराएँ बनाई थीं, अगर वही टूट गईं तो किसी का मान-सम्मान न बचेगा। कृपाल सिंह अपनी ही बिरादरी के चार बड़ों के पाँव पड़ कर बोले, ''दद्दा, मान लो हमने गलत करई दई, तो आप लोग हमें मारो, हमें दुख न हुइये, मनो बो चौधरी का मोड़ा मार सकत है का ?''

अपनी बातों से कृपाल सिंह अपने पक्ष में समर्थन जुटा ही रहे थे और वहाँ मौजूद लोगों में अपने प्रभाव का जायज़ा ले ही रहे थे कि इस बीच अचानक हल्ला मच गया। खबर आई कि बसंत को सिंदूरी नदी पार के किसी दूसरे गाँव से पकड़ लिया गया है और गाँव के लड़के उसे घसीटते हुए नदी के उस पार तक ले आए हैं। यह सुनते ही वहाँ खड़े लोग बसंत को मारने के लिए नदी की ओर दौड़ पड़े। जब तक कि लोग नदी पार करके उस तरफ़ पहुँचते तब तक बसंत को इतना मारा जा चुका था कि वह वहीं बेहोश हो गया था। इससे पहले कि बसंत कृपाल सिंह को मारने के पीछे का कारण अपने मुँह से बता पाता, भीड़ ने उसे इतना मारा कि वह कुछ भी कहने की हालत में नहीं था। उस दिन बगैर पंचायत लगे ही बसंत को सज़ा दी जा रही थी। जो बसंत का पक्ष सुन सकते थे, वे पंच भी रास्ते में कहीं बहुत पीछे रह गए थे।

गाँव में यह पहली घटना थी जब लोगों ने एक दलित को पीटा था। वजह थी कि गाँव में पहली बार ही तो दलित ने उग्र विरोध किया था। यदि यह उग्र विरोध न होता तो गाँव जातीय भेदभाव की स्थिति पर मौन पहाड़ जैसा स्थिर बना रहता। पीड़ित के भीतर जब पीड़ा की अनुभूति होती है और जब कभी वह विरोध कर बैठता है तो उस पर हमला होता ही है। बसंत पर हमला हुआ था।

असल तो बसंत के भीतर की पीड़ा को वही आँखें देख और पकड़ सकती थीं जिनका मन संवेदनशील हो, लेकिन मन की आँखों पर भी तो पूर्वाग्रह ने कब्ज़ा कर लिया था। नतीजा—

दूसरी तरफ़, गाँववालों को आगे दौड़ा कर अपने कुछ समर्थकों के साथ थोड़े पीछे अपनी मज़बूत छड़ी को टेकते-टेकते चले आ रहे थे तो कृपाल सिंह। एक पाँव से लँगड़ाते हुए चलने की उनकी चिर-परिचित चाल में बड़ा इत्मीनान और आत्मविश्वास झलक रहा था।

नदी के दूर से ही कृपाल सिंह ने आवाज़ लगाई, ‘‘बसंत, साले हे मार!’’

वे दो पत्थर

यादों में देर तक रहो तो कोई-न-कोई कहानी खुल ही जाती है। याद है साल 1998 की, जुलाई के महीने में तेज़ बरसात की एक दोपहर स्कूल में अपनी कक्षा के कमरे में लंच-टाइम में मैं लंच करके अगले पीरियड से पहले खाली समय में बॉयोलॉजी के कुछ पन्ने पढ़ना चाह रहा था।

जैसे ही मैं कुर्सी पर बैठा और डेस्क पर किताब रख कर उसके पन्ने खोले, चंद मिनटों के लिए मेरी आँखें पुस्तक से हट कर कोई चार कदम दूर लड़कियों की डेस्क और कुर्सियों की तरफ़ गईं। लंच-टाइम में बारहवीं की कक्षा में ग्यारहवीं की लड़कियाँ आकर अपनी सहेलियों के साथ बतियाते हुए शोर मचा रही थीं। उन्हीं लड़कियों में से ग्यारहवीं की एक लड़की मुझे देर से एकटक घूरे जा रही थी। काजोल की-सी आँखों वाली वह लड़की बाकी लड़कियों से बात करने की बजाय बहुत देर से बस मुझे ही घूरे जा रही थी।

उस क्षण जब हम दोनों की आँखें लड़ीं तो वह न झेंपी, उलटा मैं ही झेंप गया। दूरदर्शन पर प्यार-मोहब्बत की इतनी सारी फ़िल्में तो देख ही चुका था कि उस क्षण उसकी घूरती हुई आँखों से साफ़ था कि उनमें क्या है! प्यार-ही-प्यार था, बेशुमार! कम उम्र के लड़के तो लड़कियों के मिज़ाज के होते हैं। मैं तो मारे लाज के पानी-पानी हो गया। आँखें वापिस किताब पर गढ़ा तो दीं, पर बॉयो विषय का कोई शब्द नहीं दिख रहा था। घबराहट के मारे हाथ-पैर काँपे जा रहे थे। बैठे-बैठे ही साँसें फूलने लगी थीं। धक-धक-धक करता दिल लगा कि मुँह से बाहर निकल बायोलॉजी की किताब पर ही न गिर पड़े! एक बार भी किताब के बाहर उन्हीं आँखों की तरफ़ एक नज़र देखने की हिम्मत नहीं हो रही थी, इस डर से भी कि अगर उस लड़की ने मुझसे कुछ पूछ लिया तो? तो, दहशत के चलते वहीं मेरे प्राण छूट जाते।

दिमाग थोड़ी देर सुन्न रहने पर जब खुलता है तो तेज़ी से सोचने लगता है। मैं सोचने लगा कि लड़की ने मात्र देखा ही तो है, इसमें क्या गज़ब हो गया! फिर सोचा कि मेरे जैसे बुद्धू लड़के को तेंदूखेड़ा की लड़की ने देखा है तो यही

क्या गज़ब नहीं है, पहले तो किसी लड़की ने इस एहसास के साथ कभी घूरा ही नहीं! गाँव की तरह कस्बे में भी लड़के-लड़कियों का आपस में बात करना अच्छा नहीं माना जाता था। स्कूल में भी दोनों के बीच आपस में एक दूरी को बनाए रखना सभ्य-सुसंस्कृत परिवेश के अनुकूल माना जाता था। यही वजह थी कि लड़के-लड़कियों के बीच न के बराबर बातें होती थीं। इसलिए, इधर किसी के लिए किसी लड़की का देख कर मुस्कुरा देना भी असहज होने का कारण बन सकता था। लिहाज़ा, हर लड़का मन-ही-मन इस बात को लेकर सजग रहता था कि फलाँ लड़की उसके बारे में क्या सोच रही होगी! भले ही दोनों के बीच कभी कोई बात भी न हुई हो।

यूँ ही एक बार राजेश के हत्थे स्वीटी का पैन चढ़ गया था। स्वीटी को भी पता नहीं था कि उसका पैन कहाँ गुम हो गया, लेकिन राजेश उसका पैन लंबे समय से सँभाल कर रखे हुए था, स्वीटी की निशानी, जो स्वीटी ने कभी उसे दी ही नहीं थी।

काफ़ी देर तक अपनी किताब को देखते-देखते मेरी हिम्मत होने लगी कि काजोल की-सी आँखों वाली लड़की को एक क्षण के लिए दोबारा देखूँ तो सही कि वह देख कहाँ रही है! सोचा, कहीं मैं यूँ ही खुशफ़हमी का शिकार तो नहीं हो रहा हूँ। मैंने तिरछी नज़र से किसी तरह उस लड़की की ओर फिर से देखा तो उफ़्फ़ यह क्या! वह तो 'बाज़ीगर' में जैसे काजोल, शाहरुख खान को घूरती है ठीक वैसे मुझे घूरे जा रही थी। तिरछी नज़र से देखने पर ही उस क्षण मेरा संदेह कुछ-कुछ भरोसे में बदलने लगा। वहीं, मैं इस बात पर भी शर्मिन्दा हुआ जा रहा था कि मेरे नैनमटक्के पर वह लड़की क्या सोच रही होगी! उसे संदेह तो हो ही गया होगा कि मेरा ध्यान किताब में नहीं, उसी की तरफ़ है! मेरा पढ़ना महज़ नाटक भर रह गया था।

हाय! यह सब बारहवीं में ही होना था! कहाँ तो कुछ देर पहले परीक्षा में टॉप करने पर निशाना साधा हुआ था और यहाँ तो ज़रा देर बाद ही गाड़ी का गियर उलटा डल गया। जैसे कि वो कहते हैं न, 'गाड़ी का ब्रेक छोड़ सब लग रहा था, गाड़ी का हॉर्न छोड़ सब बज रहा था!' फिर दिमाग दिल पर भारी पड़ने लगा कि क्या पता लड़की दूसरों को भी यूँ ही घूरती हो? लड़की के मामले में कहीं अपनी तरफ़ से ज्यादा ही तो नहीं सोचे जा रहा हूँ? किंतु, डेढ़ बार आँख लड़ाने के बाद सोचने के लिए बचा ही क्या था! लड़की दूसरों को भी यूँ ही घूरे तब भी क्या! यह क्या कम था कि वह उन कुछ में से मुझे भी तो प्यार से घूर रही थी।

दरअसल, बुद्धि से लेकर सूरत तक में मुझ जैसे एकदम सामान्य लड़के की ओर किसी कस्बाई लड़की का यूँ घूरना ही मुझे बहुत बड़ी बात लग रही थी। खासकर, सूरत की बात पर तो मेरे भीतर आत्मविश्वास रहा ही नहीं था। इसलिए, हर कृपा को भगवान से जोड़ कर देखने की आदत ही पड़ गई थी। जैसे कि सोचा करता था अगर भगवान की कृपा रही तो किसी दिन कोई-न-कोई भली लड़की का दिल मुझ पर पक्का आ जाएगा! अगर भगवान की कृपा रही तो कोई लड़की मुझसे भी बात कर ही लेगी! उस क्षण भी अगर कस्बे की किसी एक भली लड़की का दिल मुझ पर आता हुआ लग रहा था तो पता नहीं कैसे भगवान की कृपा भूल गया था और सोचने लगा था कि एक सौ एक परसेंट मुझमें कुछ तो होगा ही जो वह मुझे यूँ देख रही है!

उन कुछ क्षणों की एक उम्र में आह की आग मेरे भीतर सुलगने लगी थी; डॉक्टरी के सपने बुनते-बुनते एक झटके में हृदय रोगी बन गया था। इस बीच किताब पर से ही सिर उठा कर एक और बार उसे देख लेने की इच्छा जागी। मुट्ठी बाँध भीतर तक ताकत जुटाई और पलक झपकते हुए तान दीं आँखें उसी की ओर। पर, अबकी यह क्या! वह उस जगह थी ही नहीं। डेस्क खाली थी। ज़ाहिर था कि लंच-टाइम समाप्त होने पर ग्यारहवीं की लड़की ग्यारहवीं कक्षा के कमरे में चली गई थी। लेकिन, उसके बाद अगले पीरियड के लिए बजा स्कूल का घंटा टन-टना-टन-टन-टन टारा-सा फ़िल्मी गाने की धुन में बदला जा रहा था और फिर एक के बाद एक दिल से कई सारे गाने कानों में बजने लगे थे। यूँ : 'किसी के इश्क में खुद को मिटा लूँ, हो नहीं सकता!.. किसी की याद में खुद को चुरा लूँ, हो नहीं सकता!'

उसके बाद हिन्दी का पीरियड तो किसी तरह झेल गया। लेकिन रसायन-शास्त्र के सूत्रों में एच, ओ, सी वगैरह के इधर-उधर वन, टू या वन लगा कर केमिस्ट्री वाले सर जी रासायनिक सूत्र कैसे समझा रहे थे, ये तो समझने की कोशिश ही छोड़ दी थी। रही बात अंग्रेज़ी के पीरियड की तो जब दिल दीवाना हो जाए फिर अंग्रेज़ों की जुबान चढ़ती कहाँ है! आखिर अंग्रेज़ी के पीरियड को अंग्रेज़ों के नाम छोड़ गाँव लौटने के लिए बस में बैठ गया। आज गाँव लौटना पहले से अलग ही महसूस हो रहा था! आधा मन कस्बे में जो छूटा जा रहा था उस कस्बे वाली लड़की की आँखों में।

''संगीत जगत का जीवन है, संगीत जगत की पूँजी है, संगीत से दुनिया हँसती है, संगीत से दुनिया रोती है।'' बस में बैठा तो प्राय: विवाह के मौके पर

मृदंग के साथ बजाए जाने वाला धनुषाकार वाद्य-यंत्र रमतूला मन-ही-मन बज उठा। साथ ही बस की धड़-धड़-खड़-खड़ का संगीत भी चल रहा था। इसमें जीवन के कई सारे सुर-ताल से मैं गुज़र रहा था, लेकिन बोल उस मौन संगीत में अटके थे जो कक्षा की उस लड़की की आँखों में जाकर ठहर गया था, मैं मौन हो गया था...

बारहवीं में आने के बाद भी मेरा ध्यान बस की खिड़की की तरफ़ रहता था। सोचता था कि मैं कितना ही बड़ा हो जाऊँ चाहूँगा सीट खिड़की वाली ही। खिड़की चाहे बस की मिले, जीप की मिले, किसी किले की मिले या अपने घर के कमरे की ही, झाँकते ही विचारों का संसार खोलती है। लगता कि पता नहीं कब से दुबक कर भीतर एक 'हनुमान' बैठा है, जिसमें समंदर पार करने की शक्ति है।

बारहवीं में आते ही हमारे अध्यापकों ने हमारे मन-मस्तिष्क में यह बात अच्छी तरह बैठा दी थी कि एमपी स्टेट बोर्ड की आखिरी परीक्षा हमारा भविष्य बना भी सकती है, मगर इसके लिए अगर तैयारी ठीक से न की तो पिछली ग्यारह कक्षाओं की मेहनत पर पानी फिर जाएगा। बारहवीं के परीक्षा-परिणाम के आधार पर ही हमें किसी अच्छे कॉलेज में दाखिला मिल सकता है, या फिर प्रतियोगी परीक्षाओं में मदद भी। हालाँकि, वह साल था जब हमें गाँव और कस्बों में कैरियर-संबंधी सुझाव देने वाला कोई न था। हमारे स्कूल में आर्ट-फ़ैकल्टी थी नहीं, इसलिए मैथमैटिक्स और बायो में से हमें एक विषय चुनना था। मैंने चुनी बायो और रुचि-अरुचि की चिंता किए बगैर बायोलॉजी-फिज़िक्स-केमिस्ट्री समूह की मोटी-मोटी किताबों में खुद को झोंक दिया था।

उस दशक में टीवी देखने के चलते हमारी महत्त्वाकांक्षाएँ आसमान छूने लगी थीं। ऐसा लगने लगा था कि अपनी महत्त्वाकांक्षाओं को पूरा करने का मतलब है गाँव छोड़ देना और दूरदर्शन पर दिखाए जाने वाली शहर की दुनिया में चले जाना। हमें गाँव में रहते हुए अपनी महत्त्वाकांक्षाओं को हासिल करने के लिए कोई अवसर ही नज़र नहीं आ रहा था। लेकिन, हमें यह बताने वाला भी तो कोई नहीं था कि गाँव छोड़ हम जाएँगे किस दिशा में और करेंगे क्या? लिहाज़ा, हमारे पास दो विकल्प थे जिन पर चल कर भी हम 'लकीर के फ़कीर' ही बन सकते थे।

पहला विकल्प था, सम्पन्न घरों के पढ़ाई में होशियार बच्चों वाला, जो इंजीनियर और डॉक्टर बनाने वाले संस्थानों में प्रवेश परीक्षाओं की तैयारी करते

थे। दूसरा विकल था, जो बीएससी इत्यादि में दाखिला लेकर शिक्षाकर्मी बनने के लिए प्रयास करता। मेरे जैसे आम लड़के पर तो उन दिनों शिक्षाकर्मी बनने का दबाव ही काफ़ी था। लेकिन, मैं कुल दो विकल्पों में से पहले विकल्प पर चलने को कहीं ठीक समझने लगा था। यानी चाहता था कि डॉक्टर बन जाऊँ, जबकि डॉक्टरी कहीं कठिन और महंगा विकल्प माना जाता था।

परिस्थितियाँ भी वजह होती हैं कि कुछेक मौकों पर वे हमें उन सपनों की ओर धकेलती हैं, जिनके बारे में हमने पहले कभी कल्पना भी नहीं की थी। बाद में हम उन नए सपनों को बुनने लगते हैं और उन्हें स्वीकार कर लेते हैं। फिर पुराने सपनों पर नए सपनों के रंग चढ़ जाते हैं। डॉक्टरी का सपना भी मेरी आँखों में तब आया जब मुझे स्कूल में बायो को चुनना पड़ा। सोचा करता था कि बारहवीं में अगर ज़्यादा नंबर ले आया तभी पापा डॉक्टरी के लिए कहीं से कर्ज़ का इंतज़ाम करने के लिए राज़ी हो पाएँगे। इसलिए, मौका नहीं चूकना चाहता था। साइंस अपनी रुचि का विषय तो नहीं था, फिर भी शुरुआत से ही साइंस पढ़नी चालू कर दी थी।

उस शाम घर पहुँचा तो एहसास हुआ कि भूख ही नहीं लग रही है। कुछ घंटों बाद जब रात हुई तो यह पता चला कि नींद भी उड़ चुकी है। दिल बाकी दिनों से उलट शांत-शांत, तन्हा-तन्हा था और आँखों में रह-रह कर वही कुछ क्षणों का दृश्य घूम रहा था जो उस दोपहर भारी बारिश में घटा था।

चाहता तो था कि उसके नाम एक कविता लिख दूँ, तब याद आया कि उसका नाम तो मालूम ही नहीं है, सरनेम ही मालूम है। वह भी इसलिए कि यह तो पता था ही कि लड़की सिंघवी सेठ की लड़की है। कई बार पहले भी गलियों से गुज़रते हुए उसे उसके घर के दरवाज़े के आस-पास देखा था। फिर भी उस बेनाम के लिए ही चार पंक्तियाँ लिखने का मन तो हुआ था, मगर लिखा कुछ नहीं गया। दिल पर बस 'हूम-हूम करे घबराए' की तरंगें और रोम-रोम में अलग ही तरह की खुमारी चढ़ी जा रही थी।

तरकीब सूझी कि किसी तरह कविता लिख दी तो अगले दिन चोरी-छिपे ग्यारहवीं कक्षा में जाकर उसे उस डेस्क पर रख दूँगा, जिस पर अक्सर ही वह बैठी दिखती थी। सिंघवी सरनेम के पहले नाम भी पता होता तो उसके नाम से हो सकता था कि अच्छी कविता बन पड़ती! दूसरा, अगर उसकी डेस्क पर कोई दूसरी लड़की बैठ गई और अपनी कविता दूसरी लड़की के हत्थे चढ़ गई तो बवाल भी हो सकता था। मामला प्रिंसिपल तक पहुँच सकता था। फिर बताने की

हिम्मत भी नहीं पड़ती कि कविता लिखी किस बेनाम के लिए थी। इसलिए, उस रात यही सोचा कि कविता तब लिखूँगा जब उसका नाम पता कर लूँगा। नाम हर हालत में अगले दिन ही पता कर लूँगा। नाम छोटी कक्षा के किसी सीधे बच्चे से पूछूँगा जिसे संदेह न हो कि मैं किस नीयत से लड़की का नाम पूछ रहा हूँ!

करवट इधर से उधर बदलते हुए रात गुज़र गई। बरसात बंद थी। लेकिन, आसमान में बादल छाये रहने के बावजूद मैं बिना छाता लिए ही सवेरे सिंदूरी नदी की ओर चल दिया। नदी बरसात के पानी से मामूली उफ़ान पर थी। मैं सिंदूरी की धार से दूर बरगद के नीचे रखे बड़े पत्थर पर बैठ गया। मन में कई तरह के ख़याल आने लगे। सोचने लगा कि इस प्रेम का पता अगर सिंघवी जी को हुआ तो बहुत पिटवाएँगे। लड़की के मामले में गाँववाले तो दूर पापा भी बचाने नहीं आएँगे। उनका तो सिर शर्म से झुक ही जाएगा कि एक शिक्षक होने के बावजूद उनके लड़के पर लड़की से प्रेम करने का लाँछन लगा है। जैसे अपने यहाँ प्रेम करने का अर्थ ही संस्कार-विहीन हो जाना हो।

गाँव क्या पूरे इलाके की ही सोच यह थी कि हत्या करने वाले अपराधी का साथ देने वाले के बारे में एक बार सोचा जा सकता है, नहीं स्वीकार किया जा सकता है तो प्रेमियों को और उनके प्रेम-प्रसंगों को। ऐसे में अपने प्रेम-प्रसंग का खुलासा हो गया तो तेंदूखेड़ा के स्कूल जाना और परीक्षा दे पाना मुश्किल हो जाएगा। बारहवीं अच्छे नंबरों से पास करना तो दूर की बात, प्रेम में पड़ कर फ़ेल ही होना पड़ेगा।

तब एक गाँव के लड़के की सपनीली आँखों में तैर रहा था तो मात्र प्रेम। 1984 उसकी कहानी में नहीं आता था। 1992 उसकी कहानी में नहीं आता था। उसका गाँव और उसका लड़कपन तब तक बाकी देश-दुनिया से कटा था। इस सीमा तक कटा था कि उसकी आँखों में रची-बसी थी तो सिर्फ़ मदनपुर से तेंदूखेड़ा के बीच की दुनिया। उसके सपने में पहली बार आया था तो कस्बे की एक लड़की का चेहरा। 1984 की सिख विरोधी भीड़ के बारे में उसने अपने बुज़ुर्गों से नहीं सुना था। 1992 में ढहाई गई विवादित मस्जिद के बाद के दंगों की आवाज़ें उस तक नहीं पहुँची थीं। भारत की त्रासदियों, सियासी कुटिलताओं और विकास की जटिलताओं से करीब-करीब अनजान था दूर देश का गाँव। उन दिनों गाँव की अपनी ही कई मुश्किलें थीं।

कुछ देर बाद सिंदूरी नदी के किनारे तक आया और मटमैली नदी के बरसाती पानी में हथेली डाल दी। सोचा कि प्रेम करने के बाद गाँव के लड़के-

लड़कियों को गाँव छोड़ना ही पड़ता है। फिर प्रेम में पड़ कर अपने प्रेमी और प्रेमिकाओं के साथ भागने वाले कई बिरादरी के लड़के-लड़कियों को दोबारा गाँव आते नहीं देखा। मैंने प्रेम किया तो मुझे भी गाँव छोड़ना पड़ेगा और मैं भी क्या फिर कभी गाँव नहीं लौट सकूँगा? वैसे भी वह सिंघवी है और मैं खरे, हमारे परिवार में तो गर्व से बताते हैं कि किसी भी पीढ़ी ने दूसरी जाति की लड़की या लड़के से शादी की ही नहीं। फिर? फिर हँसी भी आई कि लड़की का नाम तो पता नहीं, बात तक तो हुई नहीं है, बस कस्बे की भली लड़की ने भलमनसाहत से देख लिया और पहुँच गए सीधे शादी तक।

मेरे भीतर द्वंद्व चल रहा था कि प्रेम में पड़े आदमी के लिए बाहर कई तरह की चुनौतियाँ हैं, यह जानते हुए वह मन में प्रेम क्यों पालता है? बाहर स्थितियाँ प्रेम के प्रतिकूल हैं, लेकिन मन तो प्रेम के अनुकूल है। दूसरे के अनुभव बताते हैं कि प्रेम करना घातक हो सकता है, फिर भी आदमी है कि प्रेम करना नहीं छोड़ता है। कई तरह के दुख और चरित्रहीनता का सर्टिफ़िकेट मिलने के बावजूद वह प्रेम करता ही है क्योंकि प्रेम करना आदमी का स्वभाव है। जैसे सिंदूरी नदी का स्वभाव है बहना। सिंदूरी नदी बाँध के डर से बहना तो नहीं छोड़ सकती। फिर आदमी के भीतर भी तो एक नदी बहती ही है। वह भी किसी बंधन या दबाव से प्रेम करना कैसे छोड़ सकता है! पानी में पत्थर फेंकने पर हलचल मचती है, वही हाल प्रेम में भी है, कोई पत्थर फेंक दे तो मन में तरंगें उठती ही हैं। मन में तरंगें ही तो उठ रही थीं पहले प्रेम की।

प्रेम के आवेग में हासिल अनुभूतियाँ एकांत में और बलवती होती हैं। प्रेम की मन:स्थिति में हमारे निकटवर्ती लोग और निकट आ जाते हैं। उनके जीवन हमारे जीवन पर इस हद तक हावी होने लगते हैं कि वे हमारी ही कहानी बन जाते हैं। हमारे रक्त में ही घुल-मिल जाते हैं उनके गुण-धर्म। सिंदूरी नदी किनारे प्रेम ही बह रहा था। तभी सफ़र में साथ बने रहे थे बलवीर गोंड, कैलाश, लटकन भैया, केशव जोगी और कांशीराम। तभी मेरे बहुत भीतर तक धँस गए थे मुग्घा के संताप, उदयराम के सवाल, बसंत का क्रोध और पीपरपानी वाली के सूख चुके आँसू। मेरे गहरे तक घुस गई थी सत्या पंडितजी की 'बाल-बुद्धि'। सत्या पंडितजी, यादव मास्साब, अवधेश, धन्ना, खूंटा, पीपरपानी वाली और कल्लो हमेशा के लिए बिछड़ने पर भी मेरे भीतर ही रह गए थे, बल्कि जम गए थे एक अच्छा प्रेमी बनने के लिए। प्रेमी, जिसमें घर करता जा रहा था रामकली का ममतामयी मन भी।

दौड़ कर फिर बरगद के नीचे गया और वहाँ पड़े दो पत्थरों को अपने हाथों में उठा लिया। आदमी नदी के बीचोंबीच पत्थर क्यों फेंकता है? ताकि नदी की शांत जगह पर हलचल पैदा हो और उसके साथ पानी में उठने वाली तरंगों को देख वह भी तरंगित हो उठे। एक पत्थर पर मैंने अपना ही नाम लेकर फूँका और नदी की बीच धार में उछाल कर उसमें हलचल पैदा की। बहती धार में हस्तक्षेप किया। तरंगें जब स्थिर हो गईं तो मैंने नदी में दूसरा पत्थर उछालना चाहा। लेकिन, दूसरा पत्थर सिंदूरी में किसका नाम लेकर फेंकूँ कि कस्बाई लड़की का नाम ही नहीं पता था। तब बगैर नाम लिए मन में उसके चेहरे की कल्पना करके पत्थर फूँका और दूसरा पत्थर भी उछाल दिया जो पहले पत्थर के पास ही सिंदूरी नदी के बीचोंबीच जा गिरा। पानी बहता है और फेंके गए भारी पत्थर वहीं ठहर जाते हैं। पत्थर का गुण होता है पानी के गहरे तक तल में जाना।

तब से अब तक इन दो दशकों तक नदी सतत् बहती जा रही है। सिंदूरी की धार ज्यों-की-त्यों बनी हुई है और वे दो पत्थर भी वहीं रह गए हैं। नदी की तलहटी में। सिंदूरी के भीतर गहरी स्मृतियों में धँस कर।

❑❑❑

आभार

नदी सिंदूरी का आभार, जहाँ भी रहता हूँ अक्सर खुद को उसके किनारे पाता हूँ, जो मुझमें अविरल बहती रहती है, कहानियाँ सुनाती है। आभारी हूँ मदनपुर का, जिसकी मिट्टी में मैं जन्मा, पला, बढ़ा, सीखा, सुधरा, बिगड़ा और अपने मानवीय जीवन में खुद को बचा कर रख पाया। शुक्रगुज़ार, मदनपुर के बाशिंदों का। वे अब तक वही रहे, इसलिए उनके हिस्से आया वर्तमान, जबकि मेरे हिस्से आया अतीत।

भाई अमित खरे ने संदर्भ सहित आवश्यक तथ्य और विवरण जुटाए। लेखक नवनीत नीरव का विशेष धन्यवाद, जिन्होंने मेरे कच्चे विचारों को ध्यान से सुना और फिर उन्हें कहानियों के क्रम में व्यवस्थित रूप व सही दिशा देने के लिए अपनी महत्त्वपूर्ण टिप्पणियाँ दीं। रंगकर्मी मित्र मोहन जोशी ने स्थानीय संरचनाओं को बड़े फलक पर देखने के लिए ध्यान दिलाया। वरिष्ठ पत्रकार पशुपति शर्मा ने कुछ कहानियों के अंत को बदलने के लिए रचनात्मक दृष्टिकोण दिया।

उत्तराखंड से शिक्षिका ममता पंत जोशी ने जिस तरह हर कहानी पर अपना फ़ीडबैक दिया और बातचीत के दौरान कुछ अन्य कहानियों को किताब के लिए लिखने के लिए प्रेरित किया। बिहार से शील जी ने अनावश्यक सामग्री काटने और कुछ नया जोड़ने के लिए ध्यान दिलाया। पुष्यमित्र, जयंत सिन्हा, गजेन्द्र यादव और रहमत जैसे बड़े भाइयों से जब भी किसी उलझन के बारे में बातचीत हुई तो चुनौतियाँ मामूली लगने लगीं। शेफाली चतुर्वेदी दीदी के अलावा प्रभात, रूपेश कुमार, अनुराग द्वारी और योगेन्द्र जोशी जैसे सहपाठियों ने मुझे भावनात्मक संबल दिया।

आभार बड़ी नदियों पर लिखने वाले लेखकों का भी, जिनके कारण मैंने एक छोटी नदी और उसके किनारे एक गाँव की कहानियों को लिखने के बारे में सोचा। धन्यवाद राजपाल एण्ड सन्ज़ के संपादन मंडल का, जिन्होंने किताब की सामग्री को गुणवत्तापूर्ण और समृद्ध बनाने में बहुत परिश्रम किया।